MAXIME GILLIO

POST FRONTIÈRE

TALENT ÉDITIONS
115 rue de l'Abbé Groult, 75015 PARIS

Ouvrage publié avec le concours de l'agence Kalligram

ISBN : 978-2-37815-317-5

MAXIME GILLIO

POST FRONTIÈRE

Talent Éditions

Du même auteur

Bienvenue à Dunkerque, Ravet-Anceau, 2007

L'Abattoir dans la dune, Ravet-Anceau, 2008

Le Cimetière des morts qui chantent, Ravet-Anceau, 2009

Les Disparus de l'A16, Ravet-Anceau, 2009 ; J'ai lu, 2016

La Fracture de Coxyde, Ravet-Anceau, 2011 ; L'Atelier Mosésu, 2017

Batignolles Rhapsody, Krakoen, 2012 ; Pygmalion, 2021

Dunkerque, baie des Anges, Sirius, 2012

Anvers et Damnation, L'Atelier Mosésu, 2013

Ma fille voulait mettre son doigt dans le nez des autres, Pygmalion, 2017

Thérapie du crime, avec Sophie Jomain, Pygmalion, 2018 ; J'ai lu, 2019

Mais sinon, tout va bien ! (sous le pseudonyme de Max Deloy), HarperCollins, 2019

Super-Héros, épisode 1, Origines, Flammarion jeunesse, 2019

Super-Héros, épisode 2, Révolte, Flammarion jeunesse, 2020

Super-Héros, épisode 3, Vérité, Flammarion jeunesse, 2021

Cellule 24, Auzou, 2021

La Fantastique Ligue des Animaux Mégacools : Mission dodo, Auzou, 2022

La Fantastique Ligue des Animaux Mégacools : Panique à la piscine, Auzou, 2022

Cellule 24, Mission Australie, Auzou, 2023

L'Odyssée de Milo, Scrineo, 2023

Au plus formidable des pères : le mien.

PROLOGUE

Priesten, Bohême, Tchécoslovaquie, fin de l'été 1944

La poussière du chemin danse dans les rayons du soleil. La sueur coule sous ses aisselles et meurt sur ses hanches épaisses. Elle a chaud, elle a honte. Elle rase les murs, les bras croisés sur sa poitrine. Sa robe noire trop serrée l'étouffe, elle aimerait arracher ce col qui l'étrangle, ce bandeau qui l'oppresse, défaire ce chignon qui lui donne mal à la tête.

Ses chaussures usées sont couvertes de terre séchée. Elle a parcouru à pied les trois kilomètres qui séparent la vieille ferme du village. Elle y a laissé les garçons et espère être de retour rapidement. Horst n'a que quelques mois et Helmut quatre ans. Il est encore jeune, mais elle a confiance en lui. Elle sait qu'il surveillera son frère, qu'ils ne feront pas de bêtises.

Elle arrive sur la place du village et jette un œil à la fontaine, à sa margelle couverte de mousse. C'est ici que les villageois se retrouvent pour colporter les dernières nouvelles, faire bruisser les ragots. Elle entend les discussions qui s'arrêtent sur son passage, les murmures méprisants, mais elle continue son chemin, le regard fixé sur les pavés. Depuis plusieurs mois, elle a remarqué les changements d'attitude des habitants à son égard. Depuis qu'il se murmure, sous le manteau, que l'issue de la guerre ne serait peut-être pas celle qu'on leur a promise.

L'horloge de l'église sonne 13 heures. Elle arrive près de l'école, un vilain baraquement à la façade décrépite, s'apprête à gravir les marches menant à l'unique salle de classe lorsqu'une ombre apparaît devant elle, l'obligeant à s'arrêter. Elle lève les yeux. C'est Georg et son visage défiguré, souvenir d'un shrapnell qui, vingt-six ans plus tôt, lors de la bataille de Zborov, lui a déchiré tout le côté droit. De cet épisode, Georg a hérité une médaille commémorative, une orbite vide cachée par un bandeau poisseux et une immonde boursouflure qui lui laboure la joue et lui retrousse la lèvre sur d'affreux chicots.

La jeune femme se force à un pâle sourire.

— Bonjour, Georg.

Il ne répond pas et l'observe de son œil valide.

Elle sait l'attirance qu'elle suscite chez cet homme. Jusqu'ici, elle a toujours réussi à l'éconduire en douceur, surjouant sa naïveté. Mais depuis quelques semaines, son insistance est devenue malsaine, presque agressive.

De ses ongles noirs, Georg fait crisser sa barbe, s'attarde sur sa cicatrice. Anna tente de contourner l'ancien soldat, mais il fait un pas de côté pour l'empêcher de passer.

— Où tu crois que tu vas comme ça ?

Sa voix rocailleuse traîne une haleine de mauvais schnaps. Anna aimerait faire demi-tour, prendre la fuite et retrouver ses garçons, mais elle a besoin d'argent. Alors, elle tente de masquer le dégoût que lui inspire ce colosse aviné et lève le menton.

— Il paraît que le professeur a besoin de quelqu'un pour le ménage.

Georg crache aux pieds de la jeune femme.

— Ouais…

Il se tourne vers la fontaine et interpelle les villageois :

— Eh oh, vous autres ! Paraît qu'y a la Berlinoise qui a besoin de travailler.

Puis il porte de nouveau son attention sur Anna.

— Comme si vous ne nous aviez pas assez volés ! Après nos terres et nos fermes, faut encore que vous preniez les seuls boulots minables qui nous restent ? T'as donc pas de fierté ?

La jeune femme pâlit. La chaleur s'est dissipée. Désormais, elle frissonne. Les villageois se sont attroupés et l'obligent à reculer. Elle trébuche et se retrouve adossée au mur lépreux de l'école.

La tête lui tourne, elle ferme les yeux un bref instant, tente de retrouver son calme. Elle contemple ces visages hostiles, durs et ridés. Elle les connaît depuis sa naissance. Elle a fréquenté la même école que ces femmes, elles font les moissons ensemble, vont à l'église tous les dimanches. Mais aujourd'hui, ces figures familières sont devenues des masques menaçants.

— Qu'est-ce que vous me voulez ? C'est juste pour faire du ménage. Quelques heures. Ce n'est pas méchant, c'est…

— Tais-toi ! l'interrompt Georg. C'est pas à toi que doit revenir ce travail. Vous en avez assez fait comme ça, vous autres les Allemands ! Pas vrai, tout le monde ?

Sa stature imposante lui confère un rôle de chef qu'il endosse avec fierté. L'assistance acquiesce. Une simple rumeur, encore sourde, mais lourde de menaces. Sous l'effet de l'indignation, la jeune femme a repris des couleurs.

— Tu es injuste, Georg ! Je suis née dans ce village, j'y ai grandi, avec vous. Je n'ai même jamais quitté la région.

Georg ricane. Il se tourne vers la foule et lève les bras au ciel. Anna le trouve grotesque avec ses postures de prédicateur de carnaval. Mais sa haine hypnotise l'assistance.

— Bien sûr que tu es née ici, Anna ! Mais tu es *allemande*, comme toute ta famille depuis des générations. Comme tous ceux qui nous ont volé nos richesses, nos terres, pillé nos récoltes et nos mines.

Ces accusations attisent la colère d'Anna.

— Arrête, Georg ! Tu fais honte à la mémoire de mon père ! Tu l'as déjà oublié ? Tu as oublié qu'il a siégé au conseil municipal à tes côtés ? De quelle manière il est mort, à Flossenbürg ?

Des larmes de rage coulent sur les joues empourprées de la jeune femme. Comment ose-t-il ? Comment osent-ils ? Lothar, son père, qui toute sa vie avait prôné la paix entre Tchèques et immigrés allemands comme lui. Un modèle d'intégration, un homme qu'elle a vu pleurer au lendemain de l'annexion de la région par ses soi-disant compatriotes, qui s'était opposé au discours expansionniste des autorités allemandes. Lothar, devenu plus tchèque que certains Tchèques d'origine, et pour cette seule raison, assassiné par les nazis un matin de 1940.

L'indignation d'Anna a momentanément calmé la foule. Nul n'a oublié Lothar Koch. Quant à Anna, au fond, tout le monde sait que c'est une gentille fille, discrète et serviable, mais qui n'aura jamais l'intelligence de son père.

Georg perçoit l'hésitation des villageois et craint que son avantage ne lui échappe. Il soulève alors le bandeau crasseux qui couvre son orbite vide pour mieux impressionner sa proie et se retourne vers l'assemblée.

— Lothar ? L'exception qui confirme la règle. Ton père était un brave homme, Anna. Son absence fait beaucoup de mal au village. Ça doit être dur pour toi, sans homme à la maison. À ce propos, tu as des nouvelles de ton mari ? Un vrai patriote, celui-là...

La jeune femme vacille. Résignée, elle reprend sa posture de victime, mains tordues, tête baissée. Que peut-elle objecter ? Contrairement à son père, son mari Josef a rejoint les rangs du parti de Henlein[1], se conduisant avec les Tchèques comme un seigneur avec ses serfs.

Au début de leur relation, séduite par le charme et la virilité de ce beau garçon, elle n'y avait pas prêté attention. Elle se souvient pourtant de la colère mêlée de tristesse sur le visage de son père, le jour où elle lui avait annoncé leur projet de mariage. Elle se rappelle, comme un aiguillon douloureux à jamais incrusté en elle, l'étrange sourire que Josef arborait le matin où les soldats allemands étaient venus chercher Lothar.

Que peut-elle objecter ? La foule est versatile, prompte à suivre les meneurs qui soufflent sur les braises de la rancœur. Déjà, le souvenir de son père s'estompe, remplacé par la haine envers son mari, ce colon arrogant.

— S'il vous plaît, murmure-t-elle, je n'y suis pour rien. Laissez-moi tranquille, je ne veux pas…

Elle ne peut finir sa phrase. Une branche lui heurte la tempe. Elle s'écroule et sa tête cogne une pierre. Un filet vermillon s'échappe de son chignon défait.

La vue du sang excite les villageois. Georg triomphe, harangue l'assistance pour l'inciter à humilier la femme au sol. La curée est proche. Les insultes pleuvent, la masse meurtrière continue à avancer, quand une voix juvénile retentit :

— Suffit !

Les villageois s'arrêtent aussitôt. En haut des marches, à l'entrée de l'école, un jeune homme aux longs cheveux bouclés et aux fines lunettes les contemple. L'indignation étire ses traits d'adolescent.

— Laissez-la en paix ! Vous devriez avoir honte ! Que diriez-vous si je faisais pareil avec vos enfants, hein ? Allez, fichez-moi le camp, bande de sauvages !

---

1. Konrad Henlein : leader du SdP (*Sudetendeutsche Partei*), parti allemand des Sudètes, pronazi, qui milita pour le rattachement de la région des Sudètes à l'Allemagne du IIIe Reich.

Il descend l'escalier et se dirige vers l'attroupement. Les paysans se dispersent sur son passage, honteux et frustrés. Étrange autorité que celle de ce petit homme fluet qui semble à peine entré dans l'âge adulte.

Seul Georg reste immobile, essayant de garder sa fierté. Derrière lui, la jeune femme tente de se relever tout en ramenant ses mèches ensanglantées dans son chignon. D'un geste apaisant, l'homme l'incite à ne pas bouger. Puis il se tourne vers Georg. Le géant le dépasse de deux têtes, mais il ne s'en laisse pas conter. Il pointe un doigt accusateur sur son torse.

— Georg ! J'ai assisté à toute la scène. C'est toi le responsable ! Si je n'étais pas intervenu, qu'auriez-vous fait ? Vous auriez lynché cette malheureuse ?

— Mais, professeur ! C'est… c'est une Allemande, une Sudète, et…

— Et quoi ? Sa famille habite au village depuis trois générations. Et son père était conseiller municipal !

— Oui, mais son mari est…

— Pas de mais ! Allemands, Hongrois, Tchèques… Ici, nous sommes tous des villageois de Priesten, et tu devrais avoir honte de te comporter comme tu l'as fait ! Retourne cuver ton schnaps, et ne t'avise plus de lever la main sur quiconque, ou j'en parlerai à la police.

Georg pâlit, une lueur de colère éclaire son œil unique. C'est une brute avinée, certes, mais pas un idiot. Il sait qu'aux dernières élections, les nazis ont remporté tous les sièges et détiennent désormais tous les pouvoirs. Alors qui sait ce que ce foutu intellectuel risquerait de raconter à la police ? Il n'a pas envie de finir comme Lothar…

Il tourne les talons et quitte les lieux sur un dernier crachat.

Le jeune homme s'accroupit près d'Anna et lui tend la main.

— Ça va ? J'espère que ces imbéciles ne t'ont pas trop amochée.

Anna est rouge de confusion. Elle n'ose regarder en face cet homme si jeune et si intelligent. Tout le village le respecte depuis qu'il est arrivé de la ville. En quelques mois, il est parvenu à se faire accepter et obéir de tout le monde, par sa culture, son assurance, et l'autorité bienveillante avec laquelle il a su domestiquer la marmaille paysanne.

Anna hésite à lui prendre la main et bafouille :

— Oui, ça va, je… je suis désolée, professeur, je ne voulais pas que vous voyiez cela, je… je suis tellement honteuse.

Il l'aide à se relever.

— Allons, tu n'as pas à l'être. C'est à eux de se sentir coupables. Ce qu'ils ont fait est inacceptable.

— Je ne leur en veux pas, je… je peux les comprendre, ce n'est pas non plus facile pour eux.

Elle lève furtivement les yeux. Il l'observe et affiche un étrange sourire.

— Tu compatis avec tes bourreaux, Anna Fierlinger. C'est une preuve de générosité, mais aussi de faiblesse. Ne sois pas une victime, sinon ils te persécuteront sans arrêt. Il faut que tu sois forte et fière. Ne leur fais pas ce plaisir. Tu me comprends ?

— Je… je crois, oui, professeur.

— Ah ! Arrête un peu ! Tu peux me tutoyer et m'appeler Miroslav. Viens, suis-moi dans mon bureau, nous allons nettoyer cette vilaine plaie.

CHAPITRE 1

Heidenau, Basse-Saxe, 2006

Le serveur ne me quitte pas des yeux. Je suis la seule cliente du café, et il ne cesse de me jeter des regards en coin.

Il est intrigué par ma présence dans son établissement depuis dix jours. Mes seuls mots sont pour le saluer et passer commande. Je ne lui dis jamais au revoir, il sait que je reviendrai le lendemain.

L'envie de commander une bière me prend, mais j'arrive à la repousser. Je dois avoir les idées claires. Alors je regarde le garçon et hoche la tête vers ma tasse vide. Il s'empresse de la ramasser et de m'apporter un autre café. Sa main tremble légèrement quand il dépose la coupelle, et une goutte s'écrase sur mon dossier.

Sa pomme d'Adam proéminente joue au yo-yo dans son cou décharné. Il bégaie quelques excuses. Je n'y prête aucune attention et observe par-delà la vitre, de l'autre côté de la rue. La cour de l'école est encore vide. Dans vingt minutes, elle sera là.

L'échalas semble avoir pris de l'assurance. Il arrive à prononcer une phrase complète :

— Vous n'êtes pas de la région ? Vous êtes en vacances ?

Je le contemple par-dessus mes lunettes noires.

Des cheveux gras lui retombant sur le front en une mèche luisante, une acné tardive qui lui constelle les joues, de grandes dents grises voulant s'échapper d'une bouche trop petite, et quelques poils noirs sur un menton osseux.

Qu'il est laid.

Je ne réponds pas et m'absorbe dans la contemplation de l'école. Vexé, il retourne derrière le comptoir en maugréant.

Je sors un mouchoir de mon sac et tamponne mon dossier cartonné. Le papier a déjà absorbé le café et se gondole.

J'ai cette manie de disposer une feuille et un stylo devant moi dès que je m'assois, de relire encore et toujours mes notes. Je peux pourtant en réciter par cœur chaque mot, mais leur présence me rassure.

L'heure approche. Je range ma pochette dans mon sac, jette un billet sur la table, puis me dirige vers la sortie sans attendre la monnaie.

Arrivée devant la porte, la main sur la poignée en laiton noirci, je m'arrête, hésite une seconde, puis me retourne.

— Au revoir.

Surpris, le garçon relève la tête et m'adresse un sourire béat de grand puceau.

Je ne reviendrai pas demain.

Je fais quelques pas sur le trottoir, offre mon visage aux rayons d'un soleil précoce et m'allume une cigarette. Des odeurs de viennoiseries et de paprika me parviennent d'une boulangerie voisine. Deux petits vieux discutent autour d'une chope à la terrasse de l'unique auberge du village. C'est un beau printemps qui se profile à Heidenau.

L'heure de la récréation va bientôt sonner. Je l'entends qui arrive dans mon dos. Je reconnais le raclement des roulettes de son caddie. Elle traverse la route et se plante devant la grille de l'école, comme tous les jours de la semaine.

Ça fait plus d'une semaine que je l'observe depuis le café, que je guette sa venue, que je consigne ses habitudes dans mon cahier en attendant le moment de l'aborder.

Les premiers enfants déboulent et se dispersent dans la cour en piaillant. En quelques secondes, la rue résonne de cris et de rires.

Ce déferlement de vie me cueille à l'estomac. Je porte la main à mon ventre et recule d'un pas. Puis je me reprends, jette ma cigarette à peine entamée, traverse à mon tour et la rejoins. J'admire sa soixantaine fringante et altière. Elle me regarde, je lui adresse un sourire auquel elle répond poliment, et nous retournons toutes les deux au spectacle de la marmaille exubérante.

Après un long moment de contemplation, elle me demande :

— Vous êtes la mère d'un de ces petits monstres ?

Le regard toujours fixé sur la cour, je secoue la tête.

— Non. Je ne suis pas d'ici, mais de Berlin.

Je sens la suspicion qui s'installe. Elle agrippe la poignée de son caddie et tourne les talons.

— Au revoir, madame.

Sa voix est sévère. Je la laisse prendre de l'avance, je sais où elle habite. Je me mets en route à mon tour et la suis tranquillement, sans me cacher, jusqu'à la sortie du village. Elle veut accélérer, en vain.

Parvenue sur le perron de sa maison – une modeste résidence pavillonnaire sans âme ni cachet –, elle se retourne, les poings sur les hanches et les sourcils froncés, mais ne semble pas avoir peur.

— Qu'est-ce que vous me voulez ?

Je tente d'adopter une posture rassurante. Je sors une carte de visite et la lui tends.

— Patricia Sammer. Je suis journaliste au *Tageszeitung*.

Elle prend la carte et y jette un rapide coup d'œil.

— Et alors ?

— J'écris un livre sur la période du Mur. Je recherche les témoignages des fugitifs qui ont réussi à passer à l'Ouest au péril de leur vie, mais qui ont choisi de revenir à l'Est ensuite.

Elle laisse tomber ma carte dans les graviers, fait volte-face et introduit sa clé dans la serrure.

— Je n'ai rien à vous dire. J'ai toujours habité Heidenau. Au revoir !

Elle soulève son caddie et le pousse dans le vestibule.

— Vraiment ? Ce n'est pas ce que j'ai cru comprendre, madame Lamprecht. Ou dois-je vous appeler Inge Oelze ?

Elle s'arrête, la main sur la porte qu'elle s'apprêtait à me claquer au nez. Elle me tourne toujours le dos, voûtée.

Sa main fripée lâche la poignée et vient mourir sur son vieux manteau gris.

J'ai gagné la première manche.

CHAPITRE 2

Heidenau, 2006

Je la suis dans un couloir au carrelage usé. Elle pénètre dans une petite cuisine, tire une chaise de sous une table en Formica, s'assied, croise ses mains abîmées. Son visage aux yeux cernés ne trahit aucune émotion.

J'examine la pièce. Ameublement sommaire, mais propre. Un vieux réfrigérateur à la porte bombée fait entendre son bourdonnement. Une mouche vole autour d'une ampoule recouverte d'un abat-jour vert.

Elle a gardé son manteau, pour me faire comprendre que l'entretien sera bref. Elle ne me témoigne pas d'hostilité particulière, juste une défiance bien compréhensible.

Je pose mon sac, attrape une chaise à mon tour et m'assois en vis-à-vis. J'hésite à sortir mes documents, ce serait prématuré.

Nous nous défions encore du regard, puis je lève les mains en signe de reddition.

— D'accord… Je vous présente mes excuses pour vous avoir abordée de façon aussi brutale. Mais je ne savais pas comment faire.

Elle ne répond pas, ne bouge pas. Je poursuis :

— Comme je vous l'ai expliqué, j'écris un livre sur l'histoire récente de notre pays. Sur les citoyens de l'Est qui ont bravé la mort pour passer de l'autre côté du Mur, mais qui y sont finalement revenus après, alors qu'ils étaient censés avoir trouvé la liberté à l'Ouest. Votre témoignage pourrait…

— Conneries !

Sa voix forte m'a fait sursauter.

— Je vous demande pardon ?

— Ce que vous me débitez là, ce sont des conneries. Vous débarquez comme ça, chez moi, sans prévenir, en espérant que je vais gober vos mensonges ? Un livre de témoignages sur les anciens fuyards de l'Est, vraiment ? Et comment auriez-vous entendu parler de moi ? Un conseil, jeune femme, donnez-moi les vraies raisons de votre venue. Je vous laisse cinq minutes. Après, je vous fous dehors !

J'esquisse un sourire, qu'elle interprète mal.

— Oh, mais ne croyez pas que je n'en sois pas capable ! Je suis peut-être à la retraite, mais je peux encore vous virer par la peau du dos !

— J'en suis persuadée, madame Oelze. C'est juste que j'ai perdu l'habitude qu'on m'appelle « jeune femme ». Et je n'ai aucun doute sur votre vigueur, soyez-en sûre.

Mon ton enjoué et mes tentatives pour rompre la glace sont vains, et je la devine prête à mettre ses menaces à exécution.

— Il vous reste quatre minutes.

— Très bien… J'ai découvert votre existence en effectuant des recherches auprès de la BStU. Vous savez, cet organisme qui…

— Je sais ce qu'est la BStU, me coupe-t-elle. Le bureau en charge des archives de la Stasi.

— Exactement. Comme vous le savez donc, les archives de l'ancienne police d'État sont ouvertes au public. C'est en allant les consulter que je suis tombée par hasard sur votre dossier.

— Par hasard, vraiment ?

Son ton est narquois.

— Qu'est-ce que vous alliez donc chercher, par hasard, dans ces archives ?

Je sors cigarettes et briquet de mon sac et les secoue pour lui demander l'autorisation. Elle ne répond pas et me fixe toujours aussi intensément.

J'allume une cigarette, m'adosse au dossier de la chaise et expire vers le plafond.

Cette cuisine me fout le bourdon. Froide. Couleurs ternes. Le strict minimum d'ustensiles. Je me demande si elle a des bières dans son vieux frigo. Je me damnerais pour une pils bien fraîche.

— Madame Oelze, connaissez-vous un seul Allemand dont la famille n'ait pas été touchée par la séparation de son pays ? Bien sûr que non. Il n'est pas un seul de nos concitoyens qui n'ait pas été affecté par l'éclatement de notre nation. À l'Est, les officiers de la Stasi ont classé des dizaines de millions de pages de rapports, de retranscriptions d'écoutes téléphoniques sur une grande partie des familles allemandes. Comme tout un chacun, j'ai d'abord voulu savoir ce qu'ils avaient comme documents sur ma famille, et au hasard de mes recherches, je suis tombée sur la vôtre.

Elle ne répond pas, car elle sait que sur ce point-là, j'ai raison. Les gens de sa génération ont vécu l'édification du Mur et les années de guerre froide comme le plus gros traumatisme de leur vie. Des familles déchirées, décimées parfois, la suspicion permanente, des frères qui deviennent des étrangers, les cicatrices qui ne se referment pas.

— Admettons, concède-t-elle. Pourtant, nous ne nous connaissons pas, que je sache ? Nous n'avons aucun lien.

La cendre de ma cigarette commence à trembler dangereusement. Je regarde autour de moi à la recherche d'un cendrier. Je me résous à l'écraser à l'intérieur de mon paquet et souffle :

— Les archives disparues…

L'une de ses paupières tressaille.

— En décembre 1989, les officiers de la Stasi ont voulu détruire les archives les plus compromettantes. Celles sur les espions, les agents doubles, les transfuges, les prisonniers, les morts… Les déchiqueteuses ont fonctionné à plein régime, mais tout n'a pas pu être détruit. On a retrouvé seize mille sacs contenant chacun environ soixante-quinze mille fragments de papier. Soit l'équivalent d'un puzzle géant de seize millions de pages et douze milliards de morceaux de papier à recoller. Il paraît que des chercheurs planchent sur un prototype de scanner géant qui permettrait d'avancer plus vite dans cette tâche titanesque.

Je me lève et m'adosse à l'évier. Mon débit est posé, sans interruption.

— L'instinct du journaliste est redoutable, vous savez. Surtout quand il vous souffle que vous tenez un sujet brûlant. J'ai trouvé cette histoire d'archives détruites passionnante. Qu'avaient donc ordonné les dirigeants de l'époque, pour qu'on veuille faire disparaître toutes ces preuves dans une si grande précipitation ? Combien de secrets d'État honteux voulait-on cacher ? J'ai décidé d'enquêter. Parce que c'est notre histoire. C'est l'histoire de chaque famille allemande, et à travers elle, celle de notre pays. Il nous faut savoir. Alors moi aussi, je me suis armée de patience, et comme une petite fourmi obstinée, j'ai réussi à recomposer partiellement un dossier. Le vôtre,

Inge Oelze. C'était la loterie, ça aurait pu être n'importe qui d'autre, mais le hasard m'a fait tomber sur vous… J'ai appris des choses à votre sujet, mais c'est votre interprétation de l'histoire que j'aimerais recueillir. Pour la confronter avec la version officielle.

Elle a vieilli en quelques minutes. Pour la première fois depuis que je l'ai rejointe devant la cour de l'école, elle ressemble enfin à ce qu'elle est : une femme perdue et isolée.

— Que… que savez-vous au juste ?

Je pose les mains sur le dossier de sa chaise et lui souffle à l'oreille :

— Ce que je sais sur vous, madame Oelze, c'est tout ce que la Stasi a consigné. Mais il ne tient qu'à vous de rétablir la vérité… C'est votre version des faits qui m'intéresse. Votre histoire. Je veux vos larmes, vos joies, vos espérances et vos drames. Je veux l'histoire d'une femme, pas le compte rendu froid et impersonnel d'un bureaucrate.

Je regagne ma place et ramasse mon sac.

— Si vous décidez de me parler, je vous promets que votre témoignage sera anonyme. Si vous préférez vous taire, je respecterai votre choix, mais serai obligée d'écrire mon livre à partir du simple témoignage d'un dossier morcelé. Si j'en crois ce qui y est écrit, vous n'avez plus vos parents, pas d'époux, pas d'enfants. Vous n'avez donc rien à perdre, mais tout à gagner. Je vous laisse mon numéro de téléphone. Je rentre à Berlin ce soir. De toute façon, mon livre sortira. À vous de voir avec quelle vérité.

Elle ne me répond pas, le visage tourné vers la fenêtre.

Je quitte la cuisine et sors de la maison. Dehors, je ramasse la carte qu'elle a laissé tomber. Mes ongles effleurent le relief des lettres. Je réprime un spasme et la glisse sous la porte. C'est ma seule et unique cartouche.

CHAPITRE 3

Berlin, 2006

Je pose les pieds sur mon bureau et allume une cigarette.

Paul claque la langue.

Les paupières mi-closes, je lui adresse une œillade enjôleuse à travers la fumée.

Il secoue la tête avec ce sourire indéfinissable, à la fois réprobateur et paternaliste, puis replonge le nez sur son ordinateur.

Paul est le seul de mes collègues à accepter de travailler dans la même pièce que moi. Nous sommes aussi dissemblables que possible, mais je n'accepterais personne d'autre que lui dans mon cagibi. Nos deux bureaux se font face, comme des reflets en négatif. Le mien croule sous les papiers, les revues, les tasses de café poisseuses et un cendrier ventilant ses cendres froides.

Le sien est impeccable, pas un grain de poussière, les stylos alignés au millimètre dans un ordre précis. Tous les soirs, avant de quitter le journal, Paul sort un petit spray et un chiffon microfibres avec lesquels il nettoie minutieusement l'écran de son ordinateur et chaque touche de son clavier.

Paul ne fume pas, il a la cigarette en horreur. Il fait très attention à son alimentation et joue au badminton deux fois par semaine, quand il ne chante pas dans la chorale de son quartier. Il est toujours habillé avec une décontraction recherchée, un foulard négligemment noué sur ses chemises en jean. Il cultive une touche anglaise, un raffinement ambigu qui rassure les mâles et trouble les femmes.

Un jour, je lui ai demandé comment il me trouvait physiquement. Son regard s'est planté dans le mien, puis sans se presser, il a pesé chaque mot de sa réponse :

« Tu es loin d'être moche, mais tu ne fais rien pour te mettre en valeur. De toute évidence, tu as peur de plaire. Pourtant, tu n'es pas timide et tu sais séduire quand le besoin s'en fait sentir, même si ton hygiène de vie est déplorable. En gros, tu te négliges alors que tu as un évident potentiel de séduction. Selon moi, tu dois être sacrément bonne sexuellement, à condition que ce ne soit que pour un coup d'un soir. Deux, grand maximum. Après, ce sont les emmerdes qui commencent. Tu as une autre question ? »

N'importe qui se serait pris ma main dans la figure avant d'avoir pu proférer la moitié de ce qu'il m'a balancé. Seulement, c'était Paul. Et je savais très bien à quoi m'en tenir en lui demandant d'être franc.

Ma nervosité du jour ne lui échappe pas. Je suis incapable de me fixer sur une tâche plus de trois minutes et ne cesse de soupirer ou de triturer tout ce qui me passe sous la main. À l'inverse, Paul, le regard fixé sur l'écran de son ordinateur, le dos bien droit, économise chacun de ses gestes et finit par me faire remarquer :

— Je ne te demande pas ce que tu as fait hier soir, mais je te rappelle que tu as ton papier sur la Coupe du monde à rendre à la compo avant midi.

J'hésite à griller une nouvelle cigarette. La belle affaire que cet article dont tout le monde se fiche. Des rumeurs selon lesquelles le comité de candidature aurait acheté les voix de dirigeants asiatiques afin d'obtenir l'organisation de l'événement.

Et alors ? La Mannschaft s'est fait sortir en demi-finales par l'Italie, futur vainqueur de l'épreuve, et termine à une très honorable troisième place de SON mondial, réconciliant la population avec son équipe renaissante. Alors ça intéresse qui, que le comité d'organisation ait sacrifié à la tradition de la corruption sportive à grande échelle ?

En vérité, j'ai tellement mieux à faire. La conversation avec Inge Oelze, dans sa cuisine figée dans le temps, me taraude. Bientôt quatre semaines et aucune nouvelle de la retraitée. Ai-je agi comme il le fallait ? Concédé les bonnes informations ? Je ne lui ai pas vraiment menti. Ou alors par omission, ma grande spécialité.

J'ai dit la vérité quand je lui ai annoncé ne pas la connaître avant d'être allée fouiller dans les archives de la BStU, et être tombée sur son dossier par hasard.

Enfin, par hasard…

Son nom est le premier d'une liste que j'ai recopiée dans un petit carnet, qui dort dans ma sacoche. Quelques dizaines de noms, sans autres indications. Sans nouvelles d'Inge, j'hésite à passer au suivant. Certains noms sont déjà barrés, car les personnes sont décédées. Une autre est en prison. Inge Oelze est la première que je rencontre. La première de ma liste, établie selon un ordre aléatoire.

Donc non, je n'avais jamais entendu parler d'elle avant de pénétrer dans ce vieux bâtiment austère aux murs froids. Je ne lui ai pas menti.

Du moins, pas à ce moment-là.

Fait chier…

J'ouvre le seul de mes tiroirs qui ferme à clé, en sors une Thermos que je range dans mon sac avant de me lever pour partir aux toilettes.

Les yeux rivés sur son ordinateur, Paul a la décence de ne rien dire.

Une heure plus tard, alors que je suis en train d'apporter les ultimes retouches à mon papier, notre téléphone grésille. C'est Julia, notre réceptionniste.

— Patricia, il y a une personne qui veut te voir.

— Elle a dit son nom ?

— Non, elle refuse. Elle prétend que c'est personnel.

J'entends l'irritation polie dans sa voix. Notre règlement est très strict sur ce point : chaque visiteur doit prendre rendez-vous et justifier de son identité. Mesure de sécurité en ces temps troublés où les journalistes sont de plus en plus l'objet de pressions. Comme j'ai fini mon article et qu'il me reste un peu de temps, je décide de céder à la curiosité.

— OK, fais-la monter. Merci Julia.

Je raccroche et fouille dans mon bazar, à la recherche de mon bloc-notes.

Sans lever le nez de son écran, Paul me tend son carnet. Je l'attrape et tente de dégager quelques centimètres carrés sur mon bureau en me demandant qui est cette visiteuse mystérieuse.

Une silhouette s'immisce dans l'encadrement. Je lève la tête.

Troublée, j'enlève mon énième cigarette du coin de la bouche et l'écrase un peu trop nerveusement.

— Bonjour, madame Oelze ! Je ne m'attendais pas à vous voir ici. Ça fait bien un mois que je vous ai rendu visite.

Paul lève la tête, la salue et m'observe. Un clignement de paupières suffit. Il se lève et quitte le bureau en contournant Inge.

Je désigne le fauteuil laissé libre par mon collègue.

— Asseyez-vous, je vous en prie.

Inge desserre enfin les lèvres. Avec son vieux fichu de fermière russe sur ses cheveux gris qui n'ont jamais connu la moindre teinture, elle ressemble à une paysanne montant à la ville. Elle tient un sac à main sans forme par-devers elle, ses mains fripées agrippées à la lanière usée. Mais je ne me fie pas à son apparence. Son regard brillant exprime tout le contraire de cette gaucherie affichée.

— Non, pas la peine. J'étais juste venue vérifier que vous travailliez bien au *Tageszeitung*, comme vous me l'aviez dit.

Je hausse un sourcil.

— Vous allez faire cinq heures de route, uniquement pour vous assurer que je ne vous ai pas menti ? Vous auriez tout aussi bien pu téléphoner à la rédaction.

Un rictus désabusé étire ses rides.

— L'habitude, jeune femme. L'habitude… Qu'une Patricia Sammer travaille bien au *Tageszeitung*, je m'en suis assurée dès le premier soir. Mais je voulais être sûre que c'était la bonne.

Nos regards s'affrontent. Silence pesant entrecoupé de sonneries de téléphone lointaines. Je me rallume une cigarette sans la quitter des yeux.

— Et vous avez attendu près d'un mois pour venir me voir ?

— Afin de vérifier que vous tiendriez votre promesse, que vous ne me relanceriez pas si je refusais de vous rappeler.

— Vous le voyez, j'ai respecté ma parole. Rassurée ?

Elle hoche la tête et inspecte enfin autour d'elle, s'attardant sur la décoration sommaire et le capharnaüm sur mon bureau.

— Et donc, on fait quoi, maintenant ?

Je regrette déjà ma question. Je suis comme le pêcheur qui a attendu des jours avant que sa proie ne morde à l'hameçon et qui va casser sa ligne à vouloir la remonter trop vite.

Mais elle ne semble pas m'en tenir rigueur. Elle s'approche d'une reproduction de Klimt accrochée au mur. *Le Baiser.*

— Vous aimez Klimt ? me demande-t-elle sans quitter le poster des yeux.

— Je déteste ce peintre. C'est mon collègue qui a accroché cette croûte.

Elle fait demi-tour et se dirige à petits pas vers la porte.

— Lundi prochain, à 15 heures, chez moi. Soyez ponctuelle, je déteste les gens en retard.

CHAPITRE 4

Heidenau, 2006

Je suis à l'heure au rendez-vous.

Cette fois, j'ai droit à un verre d'eau, et nous sommes passées de la cuisine au salon. De part et d'autre d'une table recouverte d'une vilaine nappe, nous nous jaugeons en silence. Ses yeux gris délavés ne me quittent pas. En dépit de son âge, je devine la volonté qui anime Inge Oelze.

Je n'aurai pas la partie facile.

Je détourne le regard.

La pièce est d'un anonymat total. Figée dans une décoration qui n'a pas bougé depuis des années. Pas un bibelot, pas un souvenir pour apporter un semblant d'originalité ou de gaieté. À ma gauche, un vaisselier au vernis écaillé et aux vitres ternies. Sur ce meuble, la seule photo de la pièce. Enfermée dans un cadre en laiton noirci, une jeune femme me regarde à travers les décennies.

Je chausse mes lunettes, me lève et m'approche du cadre. Photo prise en studio, certainement dans les années 1940.

Décor kitsch, balustrade en bois torsadé. La jeune femme porte un bouquet de fausses fleurs. Vêtue d'une tunique blanche et d'escarpins serrés, elle se tient légèrement voûtée. Elle a l'air malingre, presque chétive. Ses grands yeux sombres mangent son visage émacié. Deux longues tresses lui descendent sur les épaules. Elle ne porte pas de bijou, à l'exception d'un collier dont je n'arrive pas à distinguer si les perles sont en nacre ou en bois.

— Votre mère, je suppose ? demandé-je en ôtant mes lunettes.

Elle acquiesce.

— Vous ne parlez pas beaucoup, hein ? Vous ne me faites toujours pas confiance ?

— À défaut de vous faire confiance, j'essaierai d'atténuer ma méfiance.

Un point pour elle. Je balaie la pièce de la main.

— Je ne vois que cette photo, madame Oelze. Pas d'autres souvenirs ?

Elle secoue la tête et un rictus soulève sa joue ridée.

— Et si nous gagnions du temps, Patricia ? Vous avez reconnu en savoir beaucoup sur moi. En réalité, la seule question que je me pose est : qu'est-ce que vous ne connaissez pas *encore* de ma vie ?

Je dois lâcher du lest. Comme elle m'a appelée par mon prénom, je saisis l'opportunité.

— Vous avez raison, Inge. Malgré tout ce que j'ai pu trouver, il reste pas mal de blancs… À commencer par votre enfance, avant le Mur. Je n'ai rien trouvé sur vos premières années.

Je sors de ma sacoche mon enregistreur numérique, un cahier à spirale à petits carreaux, des stylos de différentes couleurs.

Pendant que je vérifie les piles de mon dictaphone et que je prépare mes notes selon un rituel bien établi, Inge me demande :

— Par quoi voulez-vous que je commence ?

J'attrape mon verre d'eau, le bois d'un trait et réponds avec un franc sourire :

— Et si nous commencions par le début ?

CHAPITRE 5

Jävenitz, RDA, 1951

— Rassurez-vous, madame Oelze, c'est une opération bénigne. Dans quelques heures, vous aurez récupéré Friedrich.

La femme acquiesce presque dévotement, les yeux rivés à son interlocuteur. Elle n'a plus la force de parler, juste de retenir ses larmes. Ne surtout pas les montrer. Ne pas inquiéter Friedrich. Il n'a que quatre ans. Mais son menton ridé tremble et ses doigts noueux triturent son fichu.

— Je sais, reprend le Dr Dönner d'une voix bienveillante, vous vous dites que je raconte ça à tous mes patients, mais c'est la vérité, madame Oelze, c'est une intervention des plus courantes. Voulez-vous que je vous réexplique le processus pour vous rassurer ?

Il se lève et se dirige vers l'arrière-salle de son cabinet. Frieda Oelze gémit et secoue la tête.

— Non merci, docteur. Je… je vous fais confiance !

La veille, profitant que Friedrich était resté à la maison, il lui a montré la petite salle d'opération et expliqué en quoi consistait l'intervention. Elle a cru défaillir et a dû s'asseoir, tandis que le Dr Dönner rangeait à la hâte ses instruments chromés. Des mots barbares et des images s'entrechoquent : « Sluder… Pince… Pentothal… Compression… Palatine… Hémorragie… »

— Madame Oelze ?

Elle sursaute et s'arrache à ces images de cauchemar. Le Dr Dönner tient Friedrich par la main. Le garçon regarde sa mère avec de grands yeux confiants, le reste du visage enfoui dans la fourrure de Schneeflocke, son ours blanc immaculé.

— Je crois que Friedrich est prêt. Ce grand garçon est pressé d'en finir avec ces vilaines amygdales. Bientôt, toutes ces angines ne seront plus qu'un souvenir. Pas vrai, bonhomme ?

Friedrich lève la tête vers le docteur et acquiesce. Le praticien ouvre la porte du cabinet et gentiment, incite la mère anxieuse à quitter les lieux :

— Vous pouvez y aller, Frieda. Revenez dans deux heures. Friedrich sera en train de se réveiller. Tout ira bien, je vous le promets.

Elle se lève et se heurte au lourd bureau. Elle s'approche de Friedrich, hésite, passe sa main rugueuse sur la joue de l'enfant, semble chercher ses mots puis fait demi-tour et s'enfuit.

Elle monte dans sa calèche et secoue les rênes. La vieille mule se met péniblement en route.

Frieda arrive à se retenir jusqu'au premier virage, mais sitôt la première ferme passée, elle éclate en sanglots. Une petite voix au fond d'elle tente de la raisonner. Opération banale. Bien-être de l'enfant. Routine.

Mais une angoisse animale la ronge de l'intérieur.

Friedrich. Son petit Bieber… Ce cadeau du ciel.

Le plus gros de la crise est passé. Elle se remet en route en reniflant.

Le Dr Dönner est un excellent médecin. Il a fait ses études à Heidelberg, la meilleure université au monde, aime-t-il à préciser. Il soigne tout le village et les alentours. C'est lui qui a mis Friedrich au monde. Lui qui le suit depuis le début. Qui a tenté par tous les moyens naturels de le guérir de ses incessantes angines et de ses crises d'étouffement.

Quand, quatre ans plus tôt, il lui a appris qu'elle était enceinte, elle n'y a pas cru. Le Dr Schweyer, son prédécesseur, lui avait pourtant affirmé qu'elle ne pourrait jamais avoir d'enfants. D'autant qu'avec Richard, son époux, elle n'avait quasiment plus de relations sexuelles.

La guerre leur avait fait beaucoup de mal : elle les avait enrichis.

Ils dirigeaient la petite entreprise de pompes funèbres du village. En 1941, Richard avait voulu s'enrôler, rejoindre les forces armées. On le lui avait refusé. Un croque-mort pourrait être utile dans les mois à venir.

Ces prédictions s'étaient confirmées. Les batailles sur le front de l'Est avaient fait des centaines de morts dans la région. Richard Oelze fabriquait cercueils et pierres tombales à la chaîne. Son chiffre d'affaires s'était envolé, en même temps que son moral sombrait. Il ruminait de n'avoir pu prendre les armes, n'osait plus croiser le regard des villageoises dont les maris, les frères ou les fils se faisaient tuer en Ukraine ou en Pologne. Trois millions de morts. Et lui qui engrangeait, engrangeait, redoutant d'entendre s'ouvrir, parfois plusieurs fois par jour, la porte de son atelier.

Le schnaps n'avait été qu'un piètre dérivatif. Des litres d'alcool qui les éloignaient tous les jours un peu plus. Frieda et lui dormaient sur un joli matelas d'argent. Des billets qui avaient érigé entre les deux époux un mur infranchissable.

Et puis elle était tombée enceinte. Un miracle ! s'était-elle exclamée en rentrant de sa consultation. Ébranlé, Richard avait tenté de cacher son trouble en s'enfilant une double rasade d'eau-de-vie. Puis, il avait craché :

— Pas de miracle. Dieu est mort !

Qu'à cela ne tienne, Frieda, à quarante ans passés, allait enfanter. Elle priait de toutes ses forces que ce fût une fille. Elle n'aspirait qu'au calme, à la gentillesse et à la douceur d'une petite princesse à la peau de porcelaine.

Ce fut Friedrich.

Dieu merci, cet enfant était un amour de garçon. Posé, rêveur, jamais une colère, ses grands yeux fixés vers un horizon connu de lui seul.

Il avait même réussi à transformer son père. Dès son arrivée, Richard avait cessé de boire. La guerre était finie. Le village et le pays devaient panser leurs blessures. Un deuil impossible devait se faire. Friedrich serait celui qui aiderait son père à reprendre goût à la vie. Grâce à son fils, Richard avait commencé à accepter qu'il n'était pas complice de cette tragédie. Qu'il n'en était qu'un rouage, un pion insignifiant.

Frieda arrive sur la place du marché, une esplanade de terre battue offerte au vent, au pied d'un récent monument commémoratif – quelques rochers superposés sur lesquels trône un aigle en bronze. Des arbres étiques délimitent la place. Une centaine de mètres à l'écart se dresse une église en briques rouges.

Elle déambule entre les étals faméliques et achète une botte d'asperges. Bien cuites, elles seront faciles à avaler. Le Dr Dönner a été très clair : pas d'aliments solides dans les jours à venir.

Elle finit par remarquer une effervescence inhabituelle. En temps normal, les discussions ont lieu à voix basse. On se méfie. Depuis 1949, le blocus imposé par Staline et la création de la RDA, on n'ose plus s'exprimer à haute voix. Y compris dans des villages reculés comme Jävenitz.

Pour une fois, il n'est pas question de Chambre du peuple, mais de Thomas Ackermann, le fils du maréchal-ferrant. On l'avait annoncé mort à Rostov, à l'automne 41. La famille avait commandé une stèle à Richard. Une tombe sans corps, à l'entrée du cimetière.

Dix ans plus tard, Thomas Ackermann est de retour. Prisonnier de guerre. Transféré de camp en camp, de pays en pays, dans un état de santé déplorable. Il se raconte des histoires horribles, de prisonniers qu'on ne soignait que pour les ponctionner de leur sang envoyé ensuite sur le front, dans les hôpitaux militaires. On ne sait pas. Les rares survivants refusent de s'exprimer. Tout comme Thomas Ackermann. Libéré par des Canadiens, brinquebalé de base en campement, monnaie d'échange entre les deux blocs, il revient enfin au pays, dix ans après sa mort, muet, les yeux à jamais perdus dans un vide insondable.

Frieda tente de s'intéresser à la conversation. D'ignorer cette sale bête qui lui ronge le ventre. Mais rien n'y fait. Le retour du miraculé n'arrive pas à chasser ses angoisses.

Une petite vieille l'apostrophe gentiment. Ses yeux sont comme deux fentes taillées dans une pomme ridée. Mme Dhoms. Ses trois fils sont morts à Mourmansk. Il y a cinq ans, les autorités lui ont imposé l'hébergement d'une famille de réfugiés sudètes en provenance de Tchécoslovaquie, une mère et sa petite fille.

— Alors, Frieda ? C'est aujourd'hui, l'opération ? Brave petit Bieber, je suis sûre qu'il est courageux comme tout !

Frieda esquisse un pâle sourire et poursuit sa déambulation. Tout le village aime Friedrich. « Bieber », le castor, ce surnom affectueux dont on l'a affublé, la faute à ces deux grandes incisives écartées qui lui donnent un air canaille.

Elle lève les yeux vers le clocher de l'église. Ça fait un peu plus d'une heure, maintenant. Tant pis, elle se remet en route, elle arrivera un peu en avance.

Elle se retient de courir, regagne sa carriole et secoue la mule à grands coups de badine. Richard doit être sur la route du retour. Il est allé à la ville, à Gardelegen, acheter de la crème glacée. C'est un luxe honteux, mais pour Friedrich et sa convalescence, ils peuvent s'autoriser cet écart.

La calèche aborde le dernier virage, juste avant le cabinet du Dr Dönner, quand Frieda laisse échapper les rênes.

Devant la maison règne une étrange agitation. Une dizaine de personnes discutent, la mine grave.

Une corneille rase l'assemblage.

Frieda n'est déjà plus lucide. Elle saute à bas de la calèche alors que la mule n'a pas encore stoppé. Elle se réceptionne mal et se relève, insensible à la douleur.

Elle s'approche du cabinet avec l'impression de vivre la scène au ralenti. Les gens s'écartent lentement sur son passage. La porte est entrouverte. Le Dr Dönner est assis contre le mur, les yeux rougis, les mains tremblantes. Il se lève à l'entrée de Frieda, mais elle l'ignore et avance de quelques pas.

Avant de s'effondrer, elle aperçoit sur la table deux petits pieds blancs et froids et, au sol, un ours en peluche maculé de sang.

CHAPITRE 6

Heidenau, 2006

Inge part dans la cuisine chercher une bouteille d'eau tandis que je relis mes notes.

Son récit me laisse une drôle d'impression. Au-delà de la mort tragique de cet enfant, j'ai du mal à voir où elle veut en venir.

— Pardonnez-moi, Inge, mais pourquoi me racontez-vous tout ça ? C'est très émouvant, mais…

— Vous m'avez demandé de commencer par le début, non ? Alors, le voici.

— Je ne vois pas…

— Vous en savez moins que je ne le pensais, alors. Mes parents, Josef et Anna Fierlinger, étaient des Allemands sudètes, qui habitaient à Priesten, un petit village de Bohême, dans l'ancienne Tchécoslovaquie. Leurs familles respectives y étaient implantées depuis plusieurs générations. Aujourd'hui, il s'appelle Přestanov, mais à l'époque de mes parents, c'était Priesten, à l'allemande… Je n'ai pas connu mon père, qui était soldat dans la Wehrmacht. J'ai été conçue pendant une de ses permissions, mais il est mort dans les bombardements de Berlin, quelques semaines avant la capitulation… Comme vous le savez, sitôt la guerre terminée, les Sudètes ont été expulsés des territoires où ils habitaient depuis plusieurs années. Ce fut le cas de ma mère qui est partie sur les routes enceinte de moi, avec mes deux frères. Je vous passe les conditions de vie qui furent les leurs durant cet exode.

Je repense à cette conférence donnée l'année dernière à Berlin par un universitaire américain, sur ces mouvements de population d'une ampleur sans précédent, près de treize millions d'Allemands lâchés sur les chemins d'Europe dans une errance macabre.

— J'ignorais que votre famille faisait partie de ces expulsés.

— Je suis née début 1946, dans un camp de transit où ma mère travaillait comme lingère. Ça n'est que quelques mois plus tard qu'elle a pu quitter ce camp, avec son bébé souffrant de malnutrition. Moi, en l'occurrence.

Je relis mes notes et demande :

— Pourquoi avoir ensuite rejoint ce village en Saxe, Jävenitz ? Vous aviez de la famille, là-bas ?

— Oui, mon frère.

J'arrête de tourner les pages.

— Pardon ? Vous venez de me dire que votre mère était partie sur les routes de l'exode en 1945, enceinte de vous, et avec vos deux frères. Vous voulez dire que ces derniers n'étaient plus avec vous dans le camp où vous êtes née ? Que s'est-il passé ?

Ses épaules s'affaissent et je ne peux ignorer le voile de tristesse qui altère sa voix.

— Je ne connais que l'aîné, Helmut. Le second, Horst, est mort durant l'exode, il n'avait pas trois ans. Moi, je n'étais pas encore née… Alors qu'ils étaient parqués dans un camp et que sa grossesse arrivait à son terme, ma mère a réussi à négocier le départ de mon frère, qui a été recueilli par une famille de fermiers allemands.

— Il a été adopté ?

— Je dirais plutôt qu'il a été recruté.

— Mais il avait quel âge ?

Elle hausse les épaules, fataliste.

— Il allait sur ses sept ans… Dites, Patricia, de toute évidence, mon dossier aux archives de la Stasi ne remonte pas très loin.

Dossier lacunaire de la Stasi, à moins que je ne me sois tellement focalisée sur Inge jeune femme que je n'aie pas jugé utile de remonter plus loin. Elle reprend ses explications :

— Vous savez, juste après la capitulation, ces « arrangements » étaient assez fréquents : les populations locales venaient se servir dans les camps d'hébergement. Beaucoup de familles des pays de l'Est étaient en manque de main-d'œuvre. Elles avaient toutes perdu un père, un fils ou un mari au front. Mon frère a eu de la chance. Du moins, c'est ce que ma mère pensait. Il aurait pu tomber dans une famille tchèque ou polonaise qui lui aurait fait payer sa nationalité. Lui, au moins, est arrivé dans une famille allemande. À Jävenitz.

— C'est donc pour retrouver votre frère que votre mère a rejoint ce village ?

— Oui. D'autant que les autorités, afin de tenter de réguler ces arrivées massives de personnes déplacées, réquisitionnaient des habitations et obligeaient leurs occupants à partager leurs biens avec les exilés. C'est ainsi que dans un premier temps, ma mère et moi avons logé chez Mme Dhoms, une veuve qui avait perdu ses trois fils à la guerre.

— Et pas avec Helmut, votre frère ?

— Oh ! les choses n'ont pas été aussi simples avec lui… J'y reviendrai peut-être, si ça revêt une quelconque importance à vos yeux.

— Il est toujours vivant ?

— Il habite à Zienau, un petit village juste à côté de Jävenitz. Il est revenu vivre là où notre mère est enterrée… Nous avons des contacts disons… épisodiques. Lui, c'est la mémoire vivante de la famille. Un véritable archiviste. C'est lui que vous devriez aller voir…

Du doigt, je montre mes notes étalées sur la table.

— Votre frère a tenté de passer à l'Ouest ? Si c'est le cas, je n'en ai trouvé aucune mention.

— Oh non, en dépit d'un caractère farouche, Helmut n'a jamais envisagé de tenter le passage.

— C'est quand même pour cette raison que je tenais à vous rencontrer, Inge. Alors continuons toutes les deux pour l'instant.

Avec un stylo rouge, j'effectue des cercles appuyés autour d'un nom.

— Pourquoi avoir mentionné cette famille, les Oelze ? Vous avez le même nom qu'eux, mais vous m'avez dit que vos parents s'appelaient Fierlinger. Je ne comprends plus…

— Parce que ce sont eux qui m'ont élevée.

J'ai beau avoir l'habitude des dossiers complexes, celui-ci est quand même corsé.

— Vous avez été élevée par une famille allemande, vous aussi ? Mais, et votre mère, Anna Fierlinger, la Sudète ?

— Ma mère est allée voir les Oelze, deux ans après la mort tragique de leur petit garçon pendant cette opération des amygdales que je vous ai racontée, et leur a proposé de m'adopter.

— Mais pourquoi vous a-t-elle confiée à cette famille ?

Elle tourne quelques secondes la tête vers le cadre, puis son regard accroche à nouveau le mien, tandis qu'elle annonce d'une voix posée :

— Parce qu'elle allait mourir.

CHAPITRE 7

Jävenitz, RDA, 1954

Agenouillée devant la sépulture, les genoux meurtris par le gravier, la petite Inge nettoie la dalle de marbre, comme papa Richard le lui a appris.

Elle a commencé par arracher les mauvaises herbes entourant la tombe, puis a ôté les fleurs séchées. Dans une bouteille en verre trempent les roses fraîches qu'elle a apportées. Quand elle aura fini le nettoyage, elle les disposera sur la dalle et reviendra le mois suivant accomplir le même rituel.

D'un sac à dos presque aussi grand qu'elle, l'enfant sort une boîte en plastique blanc, d'aspect luisant et graisseux. Elle en dévisse le couvercle avec précaution, ne surtout pas en perdre une goutte. Papa Richard lui a bien expliqué que c'était un produit rare, qu'il a créé lui-même, donc cher.

Inge fouille à nouveau dans son sac et en extrait une brosse aux poils usés. La première fois que papa Richard la lui a montrée, elle a explosé de rire en disant que c'était une brosse à dents pour éléphants, pour bien leur nettoyer les défenses. Papa Richard n'a pas ri. Il la lui a confiée et est retourné travailler dans son atelier.

Elle trempe sa brosse à dents pour éléphants dans le pot en plastique, enlève le surplus de produit en le raclant sur le bord, puis commence à nettoyer la stèle.

Les contours sont vite traités. Le produit accroche bien au marbre et sèche vite. Quand elle aura fini de l'appliquer, elle donnera un coup de chiffon doux, et la tombe brillera. À mesure qu'elle s'approche des inscriptions en lettres dorées, ses gestes se font plus précis. Elle s'applique et sort la langue. Papa Richard a bien insisté sur ce point : le produit s'applique sur le marbre brut, pas sur les lettres ou les chiffres, sinon, il risquerait de brûler la peinture dorée.

Alors la petite fille se concentre. La bouche entrouverte, elle retient sa respiration tandis que la brosse vient flirter avec les lettres, se glisse entre les jambages, effleure les déliés, sans jamais les toucher. Toujours dans le même ordre : d'abord la barre extérieure du A, puis elle suit l'ordre des caractères, comme la maîtresse le lui a appris, et finit par la boucle du 2.

Satisfaite, Inge se redresse et contemple son travail. Elle n'a pas débordé sur l'inscription « Anna Fierlinger 1920-1952 ».

Elle referme le couvercle, range le pot et la brosse dans le sac, sort son chiffon doux et commence à lustrer la pierre tombale.

— Encore en train de jouer à la gentille petite fille ? demande une voix derrière elle.

Elle n'a pas sursauté. Elle savait qu'il la rejoindrait.

— Coucou, Helmut, répond-elle sans retourner la tête. Tu es venu dire bonjour à maman ? C'est gentil.

L'adolescent échevelé s'est assis sur le mur du cimetière. Les jambes battant dans le vide, il cherche du regard les lézards qui sortent des anfractuosités.

— Maman ? demande-t-il. Mais je lui ai dit bonjour ce matin avant de quitter la maison. Toi aussi, d'ailleurs, tu as fait pareil chez toi, non ?

La fillette interrompt son nettoyage et se tourne vers l'adolescent, les joues rougies et les yeux brillants. Elle comprend, du haut de ses sept ans, que son frère dit ça pour se rendre intéressant, qu'il ne le pense pas forcément. C'est ce que lui ont expliqué papa Richard et maman Frieda. Qu'à cet âge-là, les garçons sont souvent bêtes, qu'ils ont besoin de se faire remarquer. Et que Helmut n'a pas une enfance facile, ont-ils ajouté tristement.

Il n'empêche, ce matin, elle n'a pas envie de faire semblant. Les paroles d'Helmut lui font du mal. Pourquoi continuer à dire que ce n'est pas leur maman qui dort sous la tombe ? Et puis d'abord, s'il pense que ce n'est pas leur vraie maman, pourquoi vient-il toujours traîner au cimetière quand elle s'y trouve ?

— Tais-toi, Helmut ! Tais-toi, tais-toi, tais-toi ! Ou alors va-t'en et laisse-moi tranquille avec maman ! Je te déteste quand tu es comme ça !

Elle enfouit sa petite tête blonde entre ses genoux et ne cherche plus à retenir ses larmes.

Le garçon a arrêté de balancer les jambes. Le visage pâle, il contemple sa petite sœur en sanglots. Un lézard sort la tête de sous une pierre. Helmut l'écrase.

Puis il saute à bas du mur, s'approche de sa sœur et finit par bougonner :

— Excuse-moi, Inge. Je ne voulais pas te faire pleurer.

La fillette relève la tête, s'essuie dans la manche de son chemisier, attrape son chiffon et reprend son lustrage.

— Je te pardonne, bredouille-t-elle les yeux rougis. Mais je ne veux plus que tu sois méchant comme ça avec maman. Ce n'est pas sa faute.

Helmut fouille dans le gravier à la recherche de gros cailloux pour mitrailler les croix des tombes voisines. Inge ne dit rien. C'est sa façon à lui de s'exprimer. Mais elle aimerait quand même qu'il se fasse moins remarquer dans le village. Elle a entendu papa Richard et maman Frieda en discuter. Il paraît que le garde champêtre est encore venu chez les Kramer. Cette fois, c'était parce que les vitraux de l'église avaient été brisés, et que des voisins avaient vu Helmut traîner dans les parages. Il paraît aussi que le garde champêtre a dit aux Kramer que c'était la dernière fois qu'il venait les voir à propos d'Helmut, et que la prochaine fois, ce serait la *Volkspolizei*.

Le lendemain, dans la cour de l'école, Roselinde a raconté avoir entendu le père Kramer corriger Helmut comme jamais la veille au soir. Inge n'aime pas Roselinde, une grande qui fait toujours son intéressante. Mais tout le monde sait que lorsque Helmut fait une bêtise, le père Kramer sort le knout, et Inge a compris que son frère a encore été battu.

Elle s'est mise à l'écart pour pleurer. Roselinde l'a regardée d'un air méprisant en la traitant de bébé. Elle lui a même sorti son insulte préférée, « bâtarde de Sudète », mais l'institutrice a sifflé la fin de la récréation et elles ont aussitôt regagné leurs rangs.

Inge a beau être intelligente, il y a quand même des choses qu'elle a du mal à comprendre. Pourquoi Helmut continue-t-il à mal se comporter ? Comme s'il tirait une fierté d'être devenu un voyou. Déjà que lorsqu'ils sont arrivés dans le village, on les a regardés d'un œil méfiant, alors si en plus il se met tous les habitants à dos, c'est la prison qui l'attend.

Et la question qu'Inge se pose en permanence, c'est pourquoi Helmut n'a-t-il jamais voulu venir habiter avec elles quand elles sont arrivées à Jävenitz ? Pourquoi a-t-il voulu rester avec les Kramer, ces fermiers qui le battent et l'exploitent en le faisant travailler aux champs au lieu de l'envoyer à l'école ? Et pourquoi est-ce qu'il appelle toujours maman « Anna », et jamais maman, comme elle le fait ? Après tout, on peut avoir deux mamans différentes. Maman, la vraie maman, et puis par exemple maman Frieda, la femme de papa Richard Oelze, ceux qui l'ont adoptée quand maman-la-vraie est tombée malade et qu'elle est morte.

— Pourquoi tu fais ça, Helmut ?

Elle rentre la tête dans les épaules et n'ose se retourner. Elle a peur de la réaction de son grand frère. Mais il ne réagit pas. Il a arrêté de jeter ses cailloux et regarde le village en contrebas.

— Pourquoi je fais quoi ?

— Être méchant, comme ça. Avec maman, avec les autres.

Il se retourne.

— Ah bon ? Je suis méchant, moi ? Et avec toi, je suis méchant, peut-être ?

— Non, reconnaît la fillette, pas avec moi. Mais je suis peut-être la seule. Et puis d'abord, ajoute-t-elle en montrant la tombe, pourquoi tu ne l'appelles jamais « maman », mais toujours « Anna », hein ?

Il s'apprête à répondre que ce n'est pas sa mère qui pourrit là, plutôt une inconnue, mais il se retient. Il ne veut pas faire encore plus de mal à sa petite sœur, alors il préfère biaiser :

— Ça se passe bien, chez les Oelze ?

— Avec papa Richard et maman Frieda ? Oui, pourquoi ?

— Ben ça n'a pas dû être évident, quand tu es arrivée. C'est vrai quoi, tu remplaces quand même leur vrai enfant, le garçon qui est mort.

La fillette s'assied sur le bord de la pierre tombale, la mine grave. Elle repense au premier soir qu'elle a passé chez Richard et Frieda. Ils l'ont accueillie sans chaleur particulière, mais sans méchanceté. Ils ont commencé par lui demander comment elle voulait les appeler. Ce pouvait être par leurs prénoms, ou bien papa et maman, c'était comme elle voulait. Sa mère était sous terre depuis seulement quelques heures, et déjà Inge devait faire un choix. Elle avait opté pour cette formulation intermédiaire, papa Richard et maman Frieda, et il n'en avait plus été question depuis.

Un jour, maman Frieda avait emmené Inge dans leur chambre à coucher, une pièce dans laquelle elle n'avait pas le droit d'entrer. Sur une commode, en face d'un vieux lit-bateau, un cadre avec un ruban noir dans un angle protégeait la photo d'un garçon souriant, aux grandes incisives et au regard curieux.

— Tu vois ce garçon ? avait dit maman Frieda en montrant le cadre. C'est Friedrich. C'était notre fils. Il est mort il y a deux ans, et depuis ce jour, je sais que plus jamais je ne serai heureuse. Tu n'es pas là pour le remplacer, Inge. Nous te considérons comme notre fille, mais sache que Friedrich sera toujours avant toi dans mon cœur. C'est la seule et unique fois où je te parle de lui. Désormais, je t'interdis de l'évoquer. Même si tu entends des choses à l'école ou au village, nous n'en parlerons jamais dans cette maison, de la même manière que tu n'as pas le droit d'entrer dans notre chambre. Jamais. Si je te surprends une seule fois dans cette pièce, ou si tu nous poses des questions sur Friedrich, nous te mettrons à l'orphelinat. Est-ce que je suis bien claire ?

Inge, du haut de ses six ans, avait acquiescé gravement et n'avait jamais transgressé aucun des deux interdits. Elle savait que maman Frieda et papa Richard mettraient leur menace à exécution sans le moindre scrupule.

Après s'être rappelé cet épisode, elle finit par répondre :

— Ça va... Papa Richard et maman Frieda sont gentils avec moi et je ne manque de rien. Bon, c'est vrai qu'on ne rigole pas souvent à la maison. Ils ne parlent pas beaucoup, non plus, mais je n'ai rien à leur reprocher.

— Et sur le fait que tu ne sois pas une vraie Allemande, ils ne disent rien ?

Inge fronce encore plus les sourcils. Elle ne voit pas de quoi son frère veut parler.

— Je ne comprends pas.

— Anna… pardon, maman et toi n'êtes pas nées en Allemagne. Mais vous êtes arrivées dans le village et on vous a donné la maison de gens qui sont morts à la guerre. Du coup, ton papa Richard et ta maman Frieda ne te l'ont jamais reproché ? Ils ne t'ont jamais traitée de sale étrangère ?

— Mais bien sûr que non ! Pourquoi ils feraient ça ?

La fillette est indignée. De penser que ses parents puissent lui reprocher ses origines la révolte. Pourtant lui reviennent à l'esprit les insultes dont elle est souvent victime à l'école…

Elle a quand même du mal à comprendre. Pour elle, il n'y a aucun problème, ils sont tous allemands.

Les bouleversements du siècle lui échappent. Elle n'a que sept ans et ne réalise pas encore qu'elle est le symbole de cette redistribution des cartes. Ses premiers souvenirs la ramènent toujours à Jävenitz. C'est là qu'elle a grandi, qu'elle a appris à marcher, à parler. Là qu'elle va à l'école, là où sont ses amis. Là où elle a appris, trop tôt, le chagrin et le deuil. Alors toutes ces insultes et ces allusions aux origines des uns et des autres, elle ne cherche même pas à les comprendre.

Elle croise les bras et rétorque avec une moue boudeuse :

— C'est n'importe quoi ! De toute façon, j'habite Jävenitz depuis que je suis née. On est tous des Allemands, non ?

Helmut ricane. Il ramasse un nouveau caillou et le jette de toutes ses forces sur un vase qui éclate sous les cris de protestation d'Inge.

— On est tous des Allemands ? Mais quelle bonne blague ! Je te rappelle que moi, je suis né et j'ai grandi en Bohême. Et tu sais comment on m'appelait là-bas, à l'école ? On me traitait sans arrêt de sale Allemand. Et puis après la guerre, nous les sales Allemands, on nous a chassés, parce que soi-disant on n'était plus chez nous. Alors quand je suis arrivé ici, chez les Kramer, je pensais qu'au moins, ce serait réglé, et que le sale Allemand que j'étais serait enfin chez lui, en Allemagne. Mais non ! Pas du tout ! Depuis que je suis arrivé, on me fait comprendre que je ne suis pas un *vrai* Allemand, que je ne suis qu'un Sudète, un parasite, un bâtard qu'on a accepté uniquement parce qu'on avait besoin de bras à la ferme, mais que ma vraie place n'est pas ici ! Alors, je suis qui, moi ?

— Ils ne sont pas tous comme ça, quand même, objecte la fillette d'une voix timide.

— Ah bon, c'est ce que tu crois ? Mais regarde, regarde !

Hors de lui, il déboutonne sa chemise et offre son dos au regard horrifié de sa sœur. Sa peau est striée de dizaines de cicatrices, certaines encore suintantes. Inge pousse un cri, éclate en sanglots et détourne la tête.

— Richard et Frieda sont gentils avec toi, tant mieux, tu as de la chance. Mais moi, je suis chez les Kramer, et il n'y a pas un jour sans que je me chope une rouste. La vérité est qu'on ne m'a jamais accepté, et qu'on ne m'acceptera jamais. Alors ne viens pas me sortir tes « On est tous des Allemands », par pitié ! Moi, le Sudète, le vaurien, le parasite, je resterai à jamais un sous-homme, un moins-que-rien.

En contrebas, le village s'enflamme aux lueurs orangées des derniers rayons du soleil. Inge doit rentrer. Elle observe son frère à la dérobée, son visage effilé où brillent des yeux fiévreux. Elle le trouve beau, son profil en lame de couteau se découpant dans la pénombre naissante. Elle souffre pour lui, mais lui est reconnaissante de s'être ainsi ouvert. Elle pensait qu'ils n'avaient de frère et sœur que les noms, mais elle se rend compte ce soir qu'ils partagent bien plus que cela. Elle aimerait lui offrir un peu de sa chance. Mais avant de regagner le village, il faut qu'elle sache.

— C'est pour tout ça que tu lui en veux ? demande-t-elle en montrant la tombe.

Un long silence s'installe, puis, d'une voix qu'elle ne lui connaît pas, Helmut finit par lui répondre :

— Quand nous étions dans le camp et qu'elle s'est arrangée pour que je sois recueilli par les Kramer, je lui en ai voulu. J'ai cru qu'elle m'abandonnait. En vérité, je crois que j'aurais préféré rester dans le camp avec elle plutôt que d'échouer dans cette famille de bourreaux. Je sais qu'en faisant ça, elle a voulu me protéger, mais peu importe, si j'étais malheureux ici, c'était sa faute. Alors quand vous êtes arrivées à votre tour quelques mois plus tard, j'ai refusé de vous rejoindre chez la veuve Dhoms. Je voulais qu'elle soit triste à cause de moi. J'étais content, ça me faisait du bien de la faire souffrir comme j'avais souffert, moi. Et puis elle est tombée malade. Quand elle m'a annoncé qu'elle allait mourir, et qu'elle me demandait de veiller sur toi, j'ai cru que j'allais la frapper ! Elle m'abandonnait une deuxième fois ! Elle *nous* abandonnait ! Encore ! Je suis parti de sa chambre en courant, et j'ai refusé de la revoir. Et maintenant qu'elle est dans sa tombe, je ne peux plus rien lui dire du tout.

Inge se lève et attrape son sac. En passant à côté de son frère, elle lui presse le bras furtivement, puis elle quitte le cimetière en courant, afin de regagner la maison des Oelze.

Sa maison.

Seul dans le cimetière, Helmut Fierlinger regarde les lumières du village, maintenant plongé dans l'obscurité. Parmi ces fenêtres allumées, il y a celles de chez les Kramer, qui doivent l'attendre le fouet ou la ceinture à la main.

Alors qu'il s'apprête à regrimper sur le mur d'enceinte, le jeune garçon suspend son geste, fait demi-tour et s'approche de la tombe d'Anna. Il pose une main hésitante sur le marbre qui a gardé la chaleur de cette journée de printemps. Puis il prend son élan, escalade le mur et s'engouffre dans la forêt.

CHAPITRE 8

Heidenau, 2006

Le soir tombant plonge la pièce dans l'obscurité. Je sors mon paquet de cigarettes et m'en allume une.

Les yeux d'Inge sont secs, comme si toute trace d'émotion y était interdite.

Je repose mon briquet et expire en direction du plafond. Bon sang, que ça fait du bien…

La diode rouge de mon enregistreur numérique commence à donner des signes de faiblesse. J'ai des piles neuves dans mon sac, mais je préfère contempler les volutes flotter dans la pénombre.

Finalement, Inge se lève et actionne l'interrupteur, me faisant plisser les yeux. Elle sort un cendrier du vaisselier, se rassied, toujours très droite, croise les mains et me regarde.

— Je commence à comprendre…

Ma voix est rauque, cassée. Voix de fumeuse, disait ma mère.

— Je commence à comprendre pourquoi vous êtes remontée si loin dans vos souvenirs.

— Vraiment ?

— Oui, je voulais le témoignage d'une *Ossie*[2], mais pour bien saisir ce que fut votre vie à l'Est, je dois d'abord la replacer dans un contexte plus général. Votre histoire personnelle rejoint la grande, Inge.

— Heureuse que vous vous en rendiez compte.

Ignorant le sarcasme, je survole mes notes et reprends, davantage pour moi-même :

— Vous êtes une fille de la guerre, une expulsée, rapidement orpheline, adoptée par une famille elle-même véhiculant son lot de drames.

— C'est vrai, mais je ne revendique aucune compassion. Des comme moi, il y en a eu des milliers.

— Absolument ! Et c'est bien pour ça que votre témoignage est capital, Inge. Comme je vous le disais, votre histoire, c'est celle de notre pays.

Elle hausse les épaules et détourne pour la première fois le regard.

— Si vous y tenez…

Je regarde ma montre. J'ai encore de la route à faire, mon estomac gronde et mes mains commencent à avoir la tremblote.

— Une dernière question avant de partir. Quel regard portez-vous sur votre enfance ? Diriez-vous que vous avez été malheureuse ?

Elle prend un temps fou avant de répondre, perdue dans des souvenirs qui me sont étrangers. J'ai peur que mon ventre ne me trahisse. J'hésite et, au bout du compte, me rallume une cigarette.

— Malheureuse, non. Il y a bien eu un manque, par moments, mais comme je vous l'ai dit, mes parents adoptifs ont toujours été là pour moi. Certes, ce n'étaient pas des grandes effusions, car nous étions une famille pudique, mais je n'ai

---

2. Surnom donné aux habitants de l'ex-Allemagne de l'Est (*Ost* en allemand).

manqué de rien. J'ai eu la chance qu'ils respectent mes origines et ne cherchent jamais à me les faire renier ou à m'assimiler de force. Quand Anna, ma mère biologique, est morte, c'est Richard Oelze qui lui a offert une sépulture digne de ce nom, plutôt que de la voir enterrée avec les indigents.

« Ils ont toujours fait en sorte que je puisse poursuivre mes études. Je me souviens que Frieda me faisait réciter mes leçons ou mes poésies, car elle tenait à ce que je réussisse à l'école. Vous savez, elle avait fait des études, elle aussi. Très pointues à l'époque, qui plus est pour une femme. Des études en psychologie, mais qu'elle a dû arrêter quand ils se sont mariés. »

Finalement, Inge éteint le plafonnier et allume une veilleuse. La faible lueur donne à la pièce des airs de salon mortuaire. Je préférais encore être dans le noir.

— Tenez, une dernière anecdote : Anna, ma mère naturelle, était catholique. Les Oelze, eux, étaient de fervents protestants, comme la majorité des villageois. Malgré cela, ils ne m'ont jamais obligée à les accompagner au temple, bien que Frieda fût une fidèle adepte de la chorale. Je me souviens, quand les cloches sonnaient, ils répétaient souvent, comme pour me taquiner : « Ce sont les cloches qui t'appellent, Inge, il faut venir avec nous ! » Mais jamais ils ne m'y ont contrainte, ils ont toujours respecté ma foi d'origine.

Inge se ressert en eau, ignore mon verre vide.

— Que les choses soient claires, Patricia. Richard et Frieda étaient mes parents. Point final. Quand ils sont morts, respectivement en 1989 et 1994, j'ai éprouvé la plus grande tristesse du monde, comme n'importe quel adulte quand il voit partir ses vieux parents. D'ailleurs, je porte leur nom, pas celui de ma mère biologique. Ce sont eux qui ont insisté pour que l'adoption soit officialisée le plus tôt possible. C'est bien là un gage d'amour filial.

Avec mon stylo, je montre le cadre en haut du vaisselier.

— Pourtant, si je me fie aux dates, c'est bien Anna Fierlinger qui est sur cette photo. En revanche, je n'en vois aucune des Oelze.

Elle répond d'une voix calme :

— J'avais sept ans quand ma mère est morte. J'en ai près de soixante maintenant. Autant dire que je n'ai aucun souvenir d'elle, si ce n'est ce portrait. En revanche, je suis remplie de ma vie avec les Oelze. Vous connaissez sûrement cette citation : « Le vrai tombeau, c'est le cœur des vivants. » Je n'ai pas besoin de photos pour me les rappeler. Ils m'accompagneront jusqu'à ma mort. Mais je vous rassure, j'ai dans ma chambre plusieurs albums remplis de clichés avec eux…

Fin de l'entretien. Je remballe mes affaires, troublée, et nous nous dirigeons vers la sortie. Sur le perron, je lui demande :

— Merci infiniment pour cet entretien, Inge. Pouvons-nous en envisager d'autres ? C'est vous qui décidez.

Pour la première fois, je la sens vacillante.

— Eh bien… d'accord. Je suppose que j'ai encore quelques anecdotes à vous raconter, n'est-ce pas ?

Je lui tends la main. Elle hésite à peine une seconde et la serre. Le geste est ferme.

— Encore merci, Inge. Je sais que c'est pour vous un effort considérable de vous livrer. Rassurez-vous, je tiendrai ma promesse : je ne raconterai que ce que vous m'autoriserez à écrire. Je ne vous trahirai pas.

CHAPITRE 9

Priesten, Bohême, Tchécoslovaquie, décembre 1944

La lampe à pétrole baigne la chambre d'une lueur tremblante qui allonge les ombres sur les murs. Des bûches achèvent de se consumer dans le vieux poêle en fonte. Le froid qui sévit dans la campagne tchèque glace sournoisement le lit.

Anna Fierlinger frissonne, se tourne sur le côté et remonte le drap. Une main se pose sur son bras. Elle ferme les yeux et soupire.

— Tu ne peux pas rester cette nuit ?

Elle murmure :

— Tu sais que j'aimerais. Mais ce n'est pas possible. Il y a les garçons… Et puis si on me voit sortir de chez toi demain matin, tout le village sera au courant.

Elle se retourne et regarde son amant. Miroslav s'étire et ramène la jeune femme contre lui.

— On n'aura qu'à faire attention. Après tout, tu es censée travailler à l'école demain matin. Tu pourrais rester ici jusqu'à ton service. Et puis les garçons sont chez Olga, elle s'en occupe bien, non ?

— Oui, mais je les lui ai confiés seulement pour la soirée. Et elle a déjà fort à faire, je ne veux pas lui imposer cette charge supplémentaire.

— Je comprends…

Ils restent le regard dans le vague, perdus dans leurs pensées, leurs rêves et leurs peurs.

— Miroslav, c'est vrai, ce qu'on raconte au village ?

— Ce qu'on raconte sur quoi ?

— Tu le sais bien… Sur la guerre. Que l'Allemagne va la perdre. Que nos frontières vont encore être bouleversées. Qu'est-ce que ma famille va devenir, dans tout ça ?

L'instituteur pense aux journaux étrangers qu'il lit à longueur de journée, aux discussions avec les gens de la ville voisine. Il finit par répondre avec prudence, faisant attention au choix de ses mots. Il ne veut pas inquiéter plus qu'il ne faut sa jeune maîtresse. Si Anna arbore la plupart du temps une humilité de fille de paysans, elle peut parfois faire preuve d'une détermination farouche que rien ne saurait infléchir.

— Je crois en effet que ce n'est plus qu'une question de mois avant que la guerre ne se termine. Les Américains ont libéré la France, la Russie avance à l'est, l'Allemagne est exsangue… C'est la fin, Anna.

— Et Josef ?

À l'évocation du mari d'Anna, Miroslav ressent l'habituelle morsure de la jalousie et ne peut réprimer un ricanement.

— Ton mari a fait ses choix ! C'est un soldat allemand, il a pris des risques qu'il lui faut assumer.

— Qu'est-ce que tu veux dire ?

— Il sera peut-être fait prisonnier ? C'est la guerre, il est soldat, il connaissait les règles.

Anna s'écarte de Miroslav.

— Tous les Allemands ont été enrôlés, Miroslav, tu le sais bien.

Le jeune homme hausse les épaules.

— Ne sois pas de mauvaise foi, Anna, tu sais bien qu'il a devancé l'appel ! Il aurait pu attendre son ordre de mobilisation, mais non, il s'est porté volontaire, tant pis pour lui.

Puis il ajoute, d'une voix radoucie :

— Et puis surtout… je t'aime. Et nous savons ce que signifiera son retour. Voudrais-tu que je sois hypocrite ? Faire comme si je voulais que tout redevienne comme avant ? Bien sûr que non… Et toi, tu m'aimes, n'est-ce pas ?

— Bien sûr, Miroslav ! C'est juste que je ne peux pas faire deux pas dans le village sans qu'on détourne le regard, qu'on m'insulte ou qu'on change de chemin. Pourtant, je suis née ici, notre ferme a été construite par mes grands-parents, mon père a fait partie du conseil municipal. Mais c'est comme si tout ceci n'avait jamais existé. Et quand Josef sera de retour, ce sera pire ! Alors qu'allons-nous devenir après la guerre ? À quoi dois-je m'attendre, Miroslav ? Dis-moi !

Le jeune homme se lève et passe à la hâte un tricot et un gilet de laine épaisse. Son amour pour Anna l'empêche d'être suffisamment objectif pour analyser de façon lucide la situation. Alors il regagne son bureau, fouille dans des journaux que lui ont transmis ses contacts à Prague et relit les dernières nouvelles en provenance d'Angleterre.

La guerre n'est pas encore terminée que les trois grandes puissances sont déjà en train de se partager le gâteau. Échanges de territoires, déplacement de frontières… Il se murmure que des accords secrets ont déjà été passés avec Staline. Dès que la guerre sera finie et l'Allemagne vaincue, qu'adviendra-t-il des Sudètes et de toutes les populations allemandes disséminées à l'est ? Que doit faire Anna ? Et lui-même, Miroslav, dont le sang tchèque coule pourtant dans les veines, ne risque-t-il pas d'être inquiété pour avoir vécu son amour avec une Allemande ?

— Miroslav ?

La jeune femme s'est redressée, la couverture contre sa poitrine.

— Miroslav, qu'y a-t-il ? Pourquoi tu ne me réponds pas ?

Il s'efforce d'afficher un sourire rassurant.

— Il y a beaucoup de rumeurs, Anna, c'est normal. La fin de la guerre approche. Je pense que tu ne risques rien. Comme tu l'as dit, vous êtes dans le village depuis trois générations.

— Oui, mais… et Josef ?

Miroslav se passe la main sur le front. Le vent projette des rafales de neige sur le carreau fêlé, pénètre par les lézardes et le bois vermoulu. Il aimerait regagner le lit, se réchauffer contre le corps d'Anna, fermer les yeux. Alors il s'assied à ses côtés et la prend dans ses bras.

Il ne sait que répondre. Doit-il essayer de la rassurer ? De la persuader qu'en dépit de la marche de l'Histoire, elle sera miraculeusement épargnée ? Anna n'est pas naïve à ce point. Les brimades qu'elle subit depuis des jours ne sont que les signes avant-coureurs de vengeances plus cruelles à venir. Comme si elle suivait le cheminement de ses pensées, elle renchérit :

— Et puis il y a notre voisine, reprend-elle. Olga. Elle aussi est allemande, et son mari est lui aussi engagé volontaire dans l'armée du Reich. Comme le mien.

Il la rejoint au bord du lit et tente de la serrer davantage contre lui, mais elle repousse ses avances, agacée.

— Anna, explique-t-il d'une voix douce, Olga, c'est différent… Elle et son mari sont arrivés il y a six ans à peine.

La jeune femme lâche le drap, découvrant son corps nu et blanc. Une ecchymose jaunâtre sur sa poitrine souille la pâleur de sa peau.

— Mais qui cherches-tu à convaincre, Miroslav ? Toi ou moi ? Regarde le dernier cadeau de Georg. Tu étais présent, non ? Tu l'as vu faire ?

Miroslav baisse la tête.

— Les nazis ont imposé Olga et son mari dans le village, reprend-elle froidement. Et pour ça, ils ont déporté les Vaněk, les seuls Juifs du village, à Theresienstadt. Ils leur ont pris leurs terres et leur ferme pour les donner à Olga et à son mari !

Il veut objecter, mais elle l'en empêche :

— Mes nouveaux voisins sont allemands, Miroslav, comme nous. Ils ont spolié des biens vous appartenant, et les deux hommes sont dans l'armée du Reich. Alors penses-tu que Georg et les autres feront la différence entre la famille d'Olga et la mienne ? Vraiment ?

L'instituteur cherche la main d'Anna, la porte à sa bouche, s'apprête à murmurer de vagues paroles réconfortantes, mais se retient. Il sait qu'elle a raison, qu'il ne sert à rien de la bercer de promesses illusoires.

Il ne leur reste plus qu'à espérer.

CHAPITRE 10

Munich, 2006

Le Dr Schelling affiche son habituel air de chien battu. Depuis le temps qu'il me suit et m'ausculte, pourquoi prendre des pincettes ?

Ses cheveux gris cendre, son nœud papillon qui lui remonte le goitre, sa chemise boutonnée sur une panse trop pleine, ses phalanges mangées de psoriasis, tout me révulse chez lui.

Il réprime un hoquet et ose enfin me regarder par-dessus ses verres demi-lune.

— Je suis désolé, Patricia, ce n'est pas encore pour cette fois.

Je ricane.

— Pas « encore » ? Allons, pourquoi autant de précautions ? Qu'est-ce que la médecine peut encore me proposer ? Je suis stérile, je suis stérile, point barre !

Il enlève ses lunettes et se masse les yeux. Je le fatigue. Ou plutôt, mon cas le fatigue, je le devine qui s'agace. Il ramasse les feuilles étalées sur son bureau.

— Patricia, je vous l'ai déjà dit, physiologiquement, vous n'êtes pas stérile. Nous avons pratiqué tous les examens possibles, votre corps est apte à enfanter, c'est juste que…

Il cherche ses mots, vieux restes de diplomatie médicale. Je prends les devants :

— D'accord. Je ne suis pas stérile, mais je ne peux pas avoir d'enfants. C'est beau la science, non ?

Il rechausse ses lunettes. Sa compassion me remue autant qu'elle m'irrite.

— Patricia. Vous ne *pouvez* ou vous ne *voulez* pas ?

La tension envahit le cabinet. Ma voix se veut ferme.

— Que voulez-vous dire, docteur ? Que c'est mon inconscient qui m'empêche d'enfanter ? Que mon esprit ordonne à mes ovules de ne pas se laisser féconder, c'est ça ? Magnifique ! Je pensais avoir affaire à un scientifique, pas à un charlatan.

Il laisse passer l'orage. C'est le meilleur obstétricien de tout le pays. Tous les deux mois, je parcours plus de mille kilomètres pour bénéficier de son savoir-faire. Il en a vu passer des centaines de ces femmes désespérées, condamnées à ne porter que le vide. Alors, il fait le dos rond et souffre en silence avec ses patientes.

— Vous savez, reprend-il, des études ont prouvé que parfois, la difficulté à être enceinte résultait d'une barrière psychologique, et qu'il était conseillé d'entamer une analyse afin de la faire tomber. Les résultats sont probants, on estime que dans les cas de stérilité inexpliquée, l'origine de…

— Vous voulez que je parle de mes parents à un psy, c'est ça ? Savoir si mon complexe d'Œdipe a bien été résolu ? Et pourquoi pas de l'hypnose, tant qu'on y est ?

Je dois être livide. Il bafouille :

— La psychothérapie est en effet une piste que vous devriez peut-être envisager. Rien ne garantit qu'elle porterait ses fruits sur votre désir de grossesse, mais elle…

— Ou sinon ? Que me reste-t-il comme alternative ?

Nouveau soupir blasé.

— Nous pouvons repartir sur un cycle de stimulation ovarienne…

— Et tenter une FIV, toujours pas ?

Nouveau massage des yeux.

— Nous en avons déjà parlé, Patricia… Outre que ce serait un processus très lourd, avec hospitalisation, vous n'y avez pas droit car vous n'avez pas de partenaire fixe…

Je regarde par la fenêtre. Le parc derrière la clinique est rempli d'enfants qui poussent des cris joyeux. Je contemple ces parents qui discutent entre eux, lisent ou jouent avec leurs rejetons.

Je ne les envie pas. Schelling a raison. Je suis un paradoxe vivant : je fais tout pour être enceinte, mais je n'aime pas les enfants.

Sa voix m'arrache à mes réflexions.

— Il y a une donnée qu'il vous faut prendre en compte, Patricia, c'est… votre âge. Ne le prenez pas mal, mais vous n'êtes plus une gamine. Passé la quarantaine, je ne vous apprends rien, non seulement les chances d'être enceinte se réduisent, mais les facteurs de complications augmentent : risques de malformation ou de trisomie chez l'enfant… Je comprends votre désir, Patricia, mais à un moment, il faudra bien admettre que la nature reprend ses droits…

Il est plus subtil qu'il n'en a l'air, mais question rhétorique, je ne suis pas la dernière non plus. Deux fois qu'il utilise le mot « désir » en cinq minutes. Je le vois venir avec ses gros sabots. Alors je botte en touche.

— Célibataire et sans enfants, docteur, dans cette bonne vieille Bavière. Vous connaissez mieux que moi les mentalités de nos compatriotes. Au choix, je serai une vieille gouine ou une mauvaise femme qui n'a pas voulu enfanter.

— Allons, nous ne sommes plus en 1950, voyons ! Les mentalités ont quand même évolué !

Je montre du doigt l'inévitable photo de famille qui trône sur le bureau.

— Je compte quatre enfants, à côté de votre femme. Belle tribu. Votre femme travaille, docteur ?

Il secoue la tête.

— Vous pouvez toujours reporter votre colère sur les autres, Patricia, mais vous ne répondez pas à cette question pourtant primordiale : voulez-vous vraiment enfanter, connaître les bonheurs et les angoisses d'être mère, ou obéissez-vous à une norme sociale, ou pire, à une obligation morale ?

Je me lève, furieuse, fouille dans mon sac et en sors deux billets de cinquante euros que je jette sur son bureau. J'ai du mal à retenir mes larmes.

Qu'il aille au diable, lui, ses traitements et sa psychologie de comptoir ! Je n'en peux plus de ses discours, de ses médicaments, de la route, de cet espoir que chacune de mes visites rallume malgré tout, et des vérités enfouies qu'il cherche à mettre à nu…

Je déboule sur le parking, m'arrête près de ma vieille BMW, m'allume une cigarette. Je peux au moins me tuer de l'intérieur, puisque aucun petit être n'y sera jamais niché.

Je décide de laisser ma voiture sur le parking de la clinique et de rejoindre le centre-ville à pied. Circuler en voiture dans Munich est devenu illusoire et marcher me fera du bien.

Ma balade me calme un peu. Je crois que j'ai perdu tout espoir d'enfanter un jour. Jusqu'ici, je poursuivais le traitement en m'obligeant à y croire encore un peu, mais à quoi bon ? Autant abandonner définitivement.

Malgré moi, je me laisse bercer par la quiétude ambiante. J'aime profondément cette ville, son opulence de capitale qui ne dit pas son nom. Je suis toujours étonnée des idées reçues de mes collègues berlinois sur Munich : ville figée, obsolète, bourgeoise, engluée dans son archaïsme bavarois...

En vérité, je la trouve fascinante, paradoxale comme j'aime, mélange d'industries et de verdure, où les culottes de peau se mêlent aux couleurs de l'Italie.

C'est ici que mon père m'a emmenée en voyage pour la dernière fois, à l'occasion du carnaval. Juchée sur ses épaules, j'avais contemplé, fascinée, ces femmes en costumes dansant et chantant avec le public. Une marchande en habits bariolés jetait des bonbons dans la foule. L'un d'entre eux m'avait heurtée au front. J'avais pleuré en silence, sans que mon père le remarque. Je ne voulais pas gâcher ce moment.

Je m'aperçois que mes doigts caressent mon front, vingt-neuf ans plus tard.

Ma gorge se noue et les larmes jaillissent sans prévenir.

Si tu savais comme j'aimerais encore ressentir cette douleur au front, enfouir mon visage dans mon pull pour pleurer sans que tu me voies, et sentir tes mains rassurantes sur mes cuisses de mouche.

Les yeux rougis, je m'engouffre dans le *Viktualienmarkt*, ces halles gigantesques sous leur charpente en fer forgé. Les senteurs, les couleurs et le brouhaha de la foule me calment. Je sèche mes larmes et déambule entre les étals. Viandes, fruits, légumes, gibier, poissons, fleurs et plantes des plus communes aux plus exotiques... Je n'ai d'autre but que de me gaver d'odeurs et de bruits.

J'ai profité de mon séjour en Bavière pour prendre un billet au *Gasteig*, le philharmonique de Munich. Ce soir, on joue un programme Beethoven. J'ai juste le temps de passer à mon hôtel pour me changer et boire un verre au bar. Une robe de soirée, des talons, un soupçon de maquillage, un whisky et je me rends en taxi à la salle de concert.

Une légère bruine fait briller le carrefour où se situe le bâtiment de pierre et de verre. Les lumières des réverbères, des phares et des néons se reflètent sur les trottoirs luisants.

Je pénètre dans la salle aux murs et plafonds recouverts de panneaux de bois. J'ai l'impression d'entrer dans une immense ruche.

Le pianiste fait son entrée sous les applaudissements polis de la salle. Il salue l'assistance et s'assied devant son instrument. Aussitôt le calme se fait. Ni murmure ni raclement de gorge ou quinte de toux. Le silence complet.

Il exécute trois pièces courtes, puis enchaîne avec une sonate. Mais je n'arrive pas à me laisser transporter. J'entends sans écouter. Les propos du médecin reviennent sans cesse et me mettent les nerfs à fleur de peau.

Mon voisin de devant se retourne et me fait signe de me calmer. Mon pied battait la mesure contre son dossier sans que je m'en aperçoive. Je grimace une mimique d'excuse et change de position.

Les sièges sont trop rapprochés, la clim mal réglée, j'ai chaud, je me retiens de me tortiller de peur de provoquer l'agacement autour de moi, je sens la sueur qui coule sous mes aisselles.

Après la sonate, le pianiste invite une jeune violoncelliste à le rejoindre. Le programme annonce la *Sonate pour piano et violoncelle n° 3* et explique que la jeune musicienne est une Bavaroise pleine de promesses de la *Hochschule* de Munich.

Mais au beau milieu du quatrième mouvement, la violoncelliste effectue un couac et s'arrête, pétrifiée, obligeant le pianiste à en faire autant. Murmures dans le public. Courageusement, la pauvre fille recommence son morceau. Mais au même endroit, nouvelles fausses notes.

La musicienne est tétanisée, comme une flamme noire vacillante prête à s'éteindre. Alors, le pianiste se tourne vers l'assistance et, d'un geste, incite le public à soutenir la violoncelliste atterrée. Des applaudissements montent des travées, encourageant la jeune femme à reprendre confiance en elle.

D'une main tremblante, elle reprend son archet et rattaque le morceau. Au moment crucial, quelques maladresses subsistent, mais elle arrive à passer outre et à finir la sonate, sous une nouvelle salve d'applaudissements.

Mon attention a complètement décroché. J'observe le public, à la recherche d'une proie.

Je finis par repérer un petit moustachu, à la sixième rangée. Il semble être seul.

Après les rappels, le public se lève en ordre. Mon moustachu se dirige vers la sortie, mais je n'ai pas encore quitté ma travée, n'ayant réussi à obtenir qu'une place en hauteur. Il va m'échapper. Comme il s'apprête à passer en contrebas, je lance mon programme. La plaquette atterrit juste devant lui. Il s'arrête, la ramasse et lève la tête. Je lui sors mon plus beau sourire.

Deux heures plus tard, je sens son ventre contre le mien. Il ahane, sue à grosses gouttes et rajuste toutes les cinq secondes ses lunettes qui lui glissent sur le nez. Son haleine a des relents aigres de bière. Il a beau s'escrimer, je ne sens rien.

Il remonte ses lunettes pour la énième fois et tente de glisser sa langue dans ma bouche. Je le repousse, arrache ses lunettes, enlève sa capote et me mets à quatre pattes.

— Maintenant, tu me baises vraiment !

Ma brusquerie l'excite. Il me reprend et je sens qu'il bande plus fort. C'est mieux, mais encore insuffisant.

— Plus vite ! Fais-moi mal !

Il hésite, accentue ses mouvements et tente une timide claque sur mes fesses. Je crie :

— Traite-moi de pute !

C'est le déclic. Il me défonce à grands coups de reins, m'insulte, m'agrippe les seins.

Je sens enfin la jouissance arriver, il m'attrape les cheveux et me tire la tête en arrière. La douleur me coupe le souffle et me libère, l'orgasme déferle, j'ai mal, je jouis juste avant lui, je m'écroule sur le lit.

Recroquevillée, le dos tourné, je l'entends qui peine à reprendre son souffle.

— Maintenant, tu me prends dans tes bras et tu me dis que tu m'aimes, ou alors tu pars.

Moment de silence. Puis le lit qui bouge, un froissement de vêtements et la porte qui claque.

Je me force à sourire et ferme les yeux.

CHAPITRE 11

Heidenau, 2006

À peine la porte ouverte, Inge fronce les sourcils.

— Vous allez bien, Patricia ?

Je sais que j'ai une mine de déterrée. Je m'oblige à paraître enjouée, mais ma voix sonne faux.

— Rien de grave, la rassuré-je, peu de sommeil, beaucoup de café, trop de cigarettes, et voici le résultat.

La nuit dernière, je suis restée vautrée dans ma sueur, sa semence et mes larmes. Endormie au petit matin, à peine deux heures de sommeil, une douche rapide, pas le temps de me maquiller, la voiture et la route pour Heidenau. Je dois avoir l'air de ce que je suis, une traînée sur le retour.

Elle me consent un sourire et me précède dans son salon. Sur la table, deux verres, une bouteille d'eau gazeuse, une de jus de pomme et un cendrier. De la cuisine, je capte des effluves de vin cuit, de viande et de vinaigre.

Je réprime un haut-le-cœur, puis regarde Inge, amusée.

— Oui, s'excuse-t-elle comme à regret, je reconnais que je n'ai pas été très accueillante la fois dernière.

Je secoue la main.

— C'est normal, Inge. Vous ne me connaissez pas, je déboule dans votre vie et je vous demande de vous mettre à nu... À vrai dire, je suis même étonnée que vous ayez accepté de me revoir.

Elle s'assied et m'invite à en faire de même.

— L'exercice est peut-être moins douloureux que prévu...

Je ressors mes différentes affaires. Même rituel que d'habitude. Inge s'en amuse.

— Vous procédez toujours ainsi ?

— Comment ça ?

— Votre matériel, là. Votre enregistreur, vos crayons, vos cahiers... Vous les avez sortis et installés dans le même ordre qu'il y a trois jours.

Je souris. Observatrice, Inge.

— C'est vrai, dès que je me mets au travail, j'ai besoin de ces repères, de mes petites habitudes.

J'enclenche le dictaphone.

— On reprend où on en était arrivées la fois dernière ? Votre enfance à Jävenitz ? Vos rapports avec votre frère ? Avec votre famille d'adoption ?

— Je ne vois pas ce que je pourrais vous dire d'autre à ce sujet. Vous savez, en dépit du contexte historique, j'ai eu une enfance des plus banales. J'ai grandi dans un petit village de la campagne allemande. Après la primaire, je suis entrée à l'école polytechnique de Gardelegen. Puis, j'ai commencé une double spécialisation en horticulture et en maçonnerie. Je partais tôt le matin, rentrais tard le soir, comme tous les jeunes de mon âge et de ma région. Rien de passionnant, je vous assure.

Je tique en reprenant mes notes. Sans lui demander son autorisation, j'ai allumé une cigarette.

— Rien de passionnant, c'est vous qui le dites, Inge ! Le 13 août 1961, la nuit où le Mur a été construit, vous aviez seize ans, tout de même. Vous n'avez pas un souvenir précis de cette nuit-là ?

— Très flou, à vrai dire. Je me trouvais justement en colonie de vacances à Berlin, cet été-là. J'ai un vague souvenir des moniteurs qui, le matin, nous ont annoncé que le programme des visites avait changé et que nous devions rentrer plus tôt, mais c'est tout. Les vacances ont continué, et puis voilà.

— Simplement ça ? Un changement d'emploi du temps et tout a continué comme si de rien n'était ?

Son regard clair me dévisage sans ciller. Sa voix est cinglante.

— Réflexion typique d'une citadine de l'Ouest... Il n'y a pas un Allemand de ma génération à qui on n'ait jamais posé la question : que faisiez-vous le 13 août 1961, quand vous avez appris qu'un mur avait été construit dans la capitale ? Comme si tous les Est-Allemands habitaient à Berlin à ce moment-là. Mais les frontières entre les deux Allemagnes existaient déjà depuis 1952 ! Alors pour une pauvre petite paysanne perdue dans un land de bouseux, franchement, que vouliez-vous que ça change ?

Je lève des mains que j'espère conciliantes.

— Ne le prenez pas mal, Inge. C'est juste qu'un événement aussi marquant a forcément laissé des traces. Et puis ce mur ne s'est pas érigé cette nuit-là sans qu'il y ait eu des signes avant-coureurs. Même moi qui suis née vingt ans plus tard, j'ai entendu parler des événements de 1953, de la cinquantaine de morts pendant les émeutes ouvrières à Berlin, Leipzig ou Dresde. Alors même au fond de votre soi-disant land de bouseux, vous ne pouviez pas ne pas avoir senti que les choses allaient dégénérer ?

— Encore une fois, Patricia, j'avais huit ans au moment de ces manifestations... Et dans notre village reculé de la campagne allemande, loin de l'agitation des villes, les nouvelles qui nous parvenaient étaient déjà partiellement censurées. D'ailleurs, pour en revenir à août 1961, quand je suis rentrée à Jävenitz après ma colonie, rien n'avait changé. Les autorités sont passées voir chaque famille pour expliquer que désormais, les mesures pour passer la frontière seraient un peu plus contraignantes qu'avant, mais c'est tout.

— C'était vraiment tout ?

Elle ôte ses lunettes, se frotte les yeux, puis va fouiller dans un tiroir de son buffet. Elle revient avec un vieil atlas des cartes routières, qu'elle ouvre sur une double page représentant le pays.

— Les deux Allemagnes et leurs frontières existent depuis 1949, nous sommes bien d'accord ? À l'été 1952, le gouvernement est-allemand a décidé de durcir les règles, pourtant déjà très strictes, pour pouvoir passer à l'Ouest. Donc, neuf ans avant le Mur, il y avait déjà ce qu'on appelait des « zones réglementées », qui commençaient cinq kilomètres avant la frontière.

De son doigt ridé, elle suit une ligne partant du nord de la Bavière et sinuant jusqu'à la mer Baltique.

— Mille kilomètres de frontière traversant le pays depuis des années, Patricia. Avec des mesures et des règles extrêmement contraignantes. Alors honnêtement, le mur de Berlin et ses 155 kilomètres, neuf ans plus tard, pour nous, c'était anecdotique. Ça s'est fait presque… naturellement. Un jour, on nous a dit : désormais, si vous voulez passer à l'Ouest, il faudra demander l'autorisation, voilà.

Elle hésite, puis ajoute :

— Sauf que ces autorisations n'étaient jamais accordées…

Je tente de rebondir :

— Justement, les frontaliers et leurs familles ? Ceux qui habitaient d'un côté et travaillaient de l'autre ? Comment ça s'est passé pour eux ?

— Là aussi, ça s'est fait naturellement. On a dit aux Allemands de l'Est qui travaillaient à l'Ouest qu'ils devaient tout de suite regagner la RDA, mais je vous le répète, *c'était comme ça.*

Je laisse passer un silence, les yeux mi-clos à cause de la fumée de ma cigarette et de ma perplexité grandissante.

— Bon, OK, admettons que ces mesures n'aient pas été une surprise, mais la concrétisation d'un processus politique plus ancien. Mais après ? Après le Mur ? Quand les restrictions ont commencé à se durcir ? Il y a bien un moment où vous avez commencé à vous rendre compte que quelque chose ne tournait pas rond, non ? La privation de vos libertés ? La Stasi ? Jamais vous n'avez eu l'impression d'une quelconque oppression ?

De toute évidence, mon insistance commence à l'irriter. Elle répète, en détachant bien les mots, comme si j'étais une demeurée :

— Patricia, à la campagne, nous n'avons rien remarqué tout de suite. Il aurait sans doute fallu que vous interviewiez une citadine de Leipzig ou de Halle pour avoir un témoignage plus spectaculaire.

— Pourquoi pas une Berlinoise ?

Elle a une petite moue méprisante.

— Même à l'époque, Berlin-Est était considérée par le reste du pays comme l'antichambre du capitalisme, c'est vous dire ! Les conditions de vie y étaient meilleures que partout ailleurs ! Bref, nous n'avions rien remarqué, car les péquenauds dans notre genre allaient rarement à la ville.

Je réprime un geste d'agacement. Il ne faut pas qu'elle se braque. Pas maintenant qu'elle a commencé à m'accorder sa confiance. Je reprends doucement :

— C'est votre témoignage qui m'intéresse, Inge, pas celui d'une autre. D'ailleurs, cette indifférence dont les habitants des campagnes ont fait preuve au moment du Mur est un angle d'attaque intéressant pour mon livre. Cela changera du mythe de l'Allemand de l'Est qui entre en résistance dès le 14 août. Car je note que vous venez de dire « nous n'avons rien remarqué *tout de suite* ». Alors si ce n'était pas tout de suite, Inge, quand était-ce ? Quand avez-vous commencé à réaliser ?

CHAPITRE 12

Jävenitz, 17 août 1962

La fête des moissons se tient chaque année sur la place du marché. La terre battue, les fétus de paille et la poussière volent dans l'air chaud de cette nuit étoilée. D'immenses tables ont été dressées, des vieux bancs alignés, des chopes de bière naviguent au-dessus des têtes. La chaleur et l'alcool rendent les rires plus bruyants.

Au pied de l'estrade, les vieux du village ont laissé la place aux plus jeunes. L'orchestre a rangé ses accordéons et ses vêtements traditionnels pour abandonner le podium à un groupe de la ville.

Ils sont quatre, habillés de la même façon, chic et ostentatoire : costumes vert brillant avec liseré gris, nœuds papillon kaki, mocassins vernis, cheveux gominés. Mais leur musique, elle, reste traditionnelle, l'influence décadente du rock occidental restant fermement proscrite.

Inge a seize ans et danse sagement au milieu des autres jeunes. Elle aimerait se lâcher davantage, s'abandonner aux rythmes maladroits de cet orchestre de pacotille, mais elle se retient. Au village, tout le monde se connaît, et elle n'aimerait pas que le lendemain, on raconte que la petite Inge Oelze s'est trémoussée comme une traînée. Elle n'a que seize ans, mais déjà un corps de femme. Sa poitrine lourde se soulève au gré de ses mouvements, et plus d'un garçon la contemple à la dérobée.

Mais Inge n'a d'yeux que pour Christian.

Le jeune homme, de six ans son aîné, était étudiant à Hanovre l'année précédente. Comme tous ses camarades de l'Est, il a dû revenir à Jävenitz et s'est inscrit dans une autre université, à Karl-Marx-Stadt, pour finir ses études. Du coup, il revient souvent au village, et c'est ainsi qu'il a remarqué que la petite Oelze avait bien changé depuis quelque temps.

Ce n'est même pas un flirt d'adolescents. Pas encore. Lui, gauche et timide, ne sait comment se comporter en présence de cette fille qui lui emballe le cœur et lui noue le ventre. Elle, de son côté, n'ose le brusquer et s'impatiente de sa difficulté à faire le premier pas.

Pourtant, ce soir, elle s'enhardit. Sous les regards désapprobateurs des anciens, elle se rapproche du jeune homme à distance tout juste respectable, et recommence à danser.

Cette année, papa Richard et maman Frieda ne sont pas venus.

Helmut non plus n'est pas là. Son régiment est en déplacement, et il n'a pas eu de permission pour la fête des moissons. L'armée semble lui apporter la stabilité qui lui manquait. Tous les villageois se rappellent sa fugue, huit ans plus tôt, après qu'on l'avait vu discuter avec sa jeune sœur dans le cimetière, les trois jours et trois nuits pendant lesquels le père Kramer et des dizaines d'habitants avaient parcouru les champs et forêts à la recherche de l'adolescent. Quand ils l'avaient retrouvé, terré dans un fossé, à demi mort de froid, son père adoptif l'avait ramené au village sans dire un mot. Les deux jours suivants, le couple de fermiers l'avait requinqué, réchauffé, nourri et lavé. Puis quand ils avaient été assurés qu'il était suffisamment remis, Ruddi Kramer lui avait administré la pire correction de sa vie. Les hurlements du garçon transperçaient les murs des fermes voisines, et le maire du village avait dû se résoudre à intervenir.

De l'avis de tous, il valait mieux que Helmut soit placé dans une autre famille. Le maire avait négocié une somme compensatoire avec les Kramer, et le jeune homme avait enfin quitté cette ferme maudite. Quand était venu le temps d'effectuer son service militaire, il y était parti avec toujours au fond du ventre cette rage qui le consumait.

Les mois de caserne l'avaient calmé, pas guéri. Il revenait à Jävenitz pour ses permissions, passait de longs moments avec Inge, puis, quand la nuit tombait, il s'installait en face de chez les Kramer. Assis sur une pierre, il passait des heures, immobile, à attendre on ne savait quoi, grillant cigarette sur cigarette, sans quitter du regard la vieille façade en torchis. À l'intérieur, les fermiers se terraient, lumières éteintes, et scrutaient à travers les rideaux ce point qui rougeoyait de l'autre côté du chemin.

Puis il repartait rejoindre sa caserne à Potsdam, et les Kramer pouvaient à nouveau souffler, redoutant la prochaine permission du jeune homme.

Inge est arrachée à ses pensées, car sur la scène, le bellâtre gominé annonce qu'ils attaquent la dernière partie de leur concert. Elle pousse un soupir de déception. Ça veut dire qu'il lui faut rentrer. Richard et Frieda lui ont donné la permission de 23 heures. Elle serait volontiers restée avec les autres jeunes de son âge, mais il ne lui viendrait jamais à l'esprit de désobéir à ses parents.

Elle retourne à sa table, rajuste son gilet, se tourne vers Christian, planté au milieu de la piste, et lui jette un regard implorant.

Le jeune homme s'enhardit, s'approche et propose, d'une voix mal assurée, de la raccompagner jusque chez elle. Elle rougit et accepte, les yeux baissés.

Jamais le chemin jusque chez les Oelze n'a été accompli si lentement. Ils marchent à tout petits pas, retardant le moment de la séparation et profitant de la langueur de cette nuit d'été. Inge lève la tête et regarde les étoiles qui brillent comme seules savent briller les étoiles en été.

Un an plus tôt, pendant une heure et quarante-huit minutes, 250 kilomètres au-dessus d'eux, un homme a incarné à la face du monde la fierté retrouvée d'un pays que l'on annonçait exsangue. À lui tout seul, Youri Alexeïevitch Gagarine a fait oublier, seize ans après la fin de la guerre, les vingt-cinq millions de morts soviétiques et l'économie en ruine de sa patrie. Depuis, les rues et monuments à son nom fleurissent dans toutes les nations de l'Est.

Christian et Inge se sont rapprochés, leurs épaules se frôlent. Ils parlent de tout et de rien, de leurs études, des moissons, de la vie à Jävenitz. Ils s'étouffent de rire en évoquant le guitariste du groupe minable s'escrimant sur son instrument. Des insectes nocturnes stridulent entre deux accords étouffés provenant de la place du village.

Enfin, ils arrivent devant chez les Oelze. Une lumière vacille au rez-de-chaussée, dans la cuisine. Richard et Frieda doivent attendre Inge. Elle n'a pas trop de retard, tout va bien.

Christian s'arrête et bredouille un drôle d'au revoir. Inge soupire, attrape le jeune homme par le cou et l'embrasse avidement. La bouche de Christian a des parfums de bière et de schnaps mêlés. Ce goût d'interdit excite encore plus l'adolescente, qui sent une chaleur lui couler dans le ventre.

Puis leurs lèvres se séparent. Le regard brillant, elle rajuste son chandail et fait demi-tour, sans dire un mot. Elle a envie de crier son bonheur, de sautiller jusque chez elle comme une jeune folle, mais elle se tient droite et marche posément, sentant dans son dos le regard de son amoureux qui lui dévore les courbes.

Elle déboule dans la cuisine, le feu aux joues, une excuse toute prête pour justifier ses quelques minutes de retard. Mais les mots qui se bousculent s'arrêtent net. Richard et Frieda sont attablés devant deux tasses de café froid, le visage défait. Frieda a les yeux rouges et gonflés, ses mains ridées triturent un vieux mouchoir en tissu.

L'euphorie de son premier baiser s'envole aussitôt et Inge se précipite vers ses parents.

— Papa, maman, qu'est-ce qui se passe ? Ce n'est pas à cause de moi ? J'étais presque à l'heure et…

— Non, l'interrompt doucement Richard, tu n'y es pour rien.

— Alors qu'est-ce qui est arrivé ? Pourquoi tu pleures, maman ?

Frieda plonge son visage dans son mouchoir et ses épaules tressautent dans un sanglot silencieux.

Richard se tourne vers sa femme et pose sa main rugueuse sur la sienne.

— Frieda… Je peux expliquer à la petite ?

Elle acquiesce, le visage toujours caché dans son morceau de tissu. Richard se racle la gorge, tente de poser sa voix, mais l'indignation la fait vibrer.

— C'est Oma, ma chérie… Elle est morte.

Inge encaisse le coup. Oma, la mère de Frieda. Donc sa grand-mère adoptive. Elle ne l'a pas souvent vue, car elle habite à l'autre bout du pays, de l'autre côté de la frontière. Elle a le souvenir d'une petite femme menue, à la peau crevassée et duveteuse. Un regard malicieux derrière des lunettes à double foyer. Hiver comme été, le même bonnet de laine posé sur ses cheveux d'un gris terne ; des bas de contention en toutes saisons ; la poche de son tablier à fleurs toujours remplie de caramels, à se demander ce qu'elle pouvait bien en faire, avec ses mâchoires dégarnies.

Un souvenir lui revient avec fulgurance. Quel âge avait-elle ? Huit ou neuf ans ? Oma était venue passer quelques jours à Jävenitz. Un matin, mal réveillée, Inge était entrée dans la salle de bains, dont le loquet n'avait pas été tiré. Elle s'était pétrifiée. Lui tournant le dos, les jambes écartées au-dessus d'une bassine en fer, Oma se nettoyait au gant de crin. Elle n'avait pas entendu entrer la fillette et se fourbissait consciencieusement le bas-ventre.

Horrifiée, Inge avait observé ce vieux postérieur ridé, ces fesses rabougries comme des fruits asséchés, avant de se ressaisir et de refermer doucement la porte, avec un sentiment de honte et de sacrilège.

Ce soir, Inge se dit que le seul souvenir qu'elle risque d'emporter de sa grand-mère, c'est celui de son cul fripé au-dessus d'une bassine d'eau mousseuse. Ça la ferait presque sourire, s'il n'y avait l'affliction de ses parents.

Quelque chose l'alarme cependant. La mort, Frieda et Richard y sont habitués. Elle ne les a pas épargnés, et tous les jours, Richard la côtoie dans son atelier. Or, ce soir, c'est la première fois qu'Inge voit sa mère pleurer. Même lorsqu'une fois par an, elle se rend sur la tombe de Friedrich, elle a toujours les yeux secs et le front volontaire.

Richard lit l'interrogation sur le visage d'Inge. Alors il poursuit :

— Ce qu'on ne t'a pas dit, c'est qu'Oma est morte avant-hier…

— Quoi ? Mais pourquoi vous ne m'avez pas prévenue ?

— Il y avait la fête des moissons. On savait que tu te faisais une joie d'y aller. On n'a pas voulu la gâcher.

La jeune fille est abasourdie. Depuis deux jours que la grand-mère est morte, elle n'a rien vu, rien deviné.

— Le problème, reprend Richard d'une voix blanche, c'est que l'enterrement a lieu demain, et que nous venons seulement de recevoir ce papier.

Il tend à Inge un courrier à en-tête officiel de la police. Inge s'en saisit et le lit d'abord sans comprendre. Elle sait, bien sûr, que depuis deux ans, on ne peut passer de l'Est à l'Ouest sans une autorisation. Mais on lui a dit que les motifs familiaux étaient étudiés avec bienveillance par les autorités. Oma habitant à l'Ouest, Frieda et Richard devraient obtenir leur laissez-passer le temps des funérailles.

C'est en relisant le courrier qu'elle réagit. L'enterrement est prévu le 13, mais l'autorisation est prévue pour la seule journée du 14.

Elle lève la tête et regarde son père, incrédule.

— L'autorisation est valable le lendemain de la cérémonie. C'est forcément une erreur !

— C'est ce que nous pensions aussi, répond Richard. J'ai appelé le bureau des affaires de déplacement pour avoir des éclaircissements. Ils m'ont trimballé de service en service, et finalement, tu sais ce qu'ils m'ont répondu ? Que de toute façon, Oma n'était plus à un jour près. Que ça faisait plus de deux ans qu'on ne l'avait pas vue, et que d'aller sur sa tombe le jour même de l'enterrement ou le lendemain n'avait aucune importance. Et ce fumier a rigolé avant de me raccrocher au nez... Ils auraient pu se contenter de nous refuser l'autorisation, mais non, c'est pire, ils nous l'accordent pour le lendemain. Nous ne pourrons même pas dire adieu à Oma.

À ces mots, Frieda renverse sa chaise et se précipite hors de la cuisine. Piteux, Richard finit par la rejoindre dans leur chambre, laissant la jeune fille interdite.

Inge ramasse la chaise, nettoie les tasses, éteint et regagne sa chambre. Elle s'assied sur le rebord de la fenêtre. La pleine lune éclaire la pièce. Le front collé à la vitre, elle se laisse aller à un mélange de sentiments doux-amers. La chaleur électrique de son premier baiser, la tristesse de voir maman Frieda si bouleversée, les souvenirs flous d'une vieille dame au bonnet de laine et au cul ridé, et le sentiment qu'une graine étrange vient de lui être plantée dans le cœur.

CHAPITRE 13

Heidenau, 2006

Un camion de pompiers passe dans la rue, sirènes hurlantes. Le bruit arrache Inge à son passé.

J'admire sa façon de raconter ses souvenirs. Les anecdotes et les évocations s'enchaînent, son débit est clair, sans hésitations ni balbutiements. Je pourrais presque me contenter de retranscrire mes enregistrements, sans les retravailler. Mais cette fluidité ne me convient pas. C'est trop lisse, trop propre, sans aspérités. Il me faut encore la pousser dans ses retranchements, car je sais qu'elle ne me dit pas tout, qu'elle est dans le contrôle de ses souvenirs et de ses émotions. Je veux qu'elle lâche prise.

— C'est ce jour-là que vous avez compris que vivre à l'Est était différent ? Quand on a refusé à Frieda d'assister aux funérailles de sa propre mère ?

— Oui et non… Les déchirements dans les familles, nous commencions à y être habitués. Tenez, Richard, mon père, avait un frère qui était compagnon. Un artisan qui arpentait les routes du pays, de chantier en chantier. La nuit de l'édification du mur, il était à l'Ouest, à Cologne, avec sa femme et ses enfants. Eh bien mon père ne l'a jamais revu… C'est ce genre d'événements, petits ou grands, qui, mis bout à bout, ont fini par constituer un tableau de la réalité. L'anecdote que je viens de vous raconter en est une parmi d'autres.

Elle esquisse un début de sourire ironique.

— Et puis vous savez, j'avais seize ans, j'étais amoureuse de Christian, en proie aux tourments des jeunes gens de mon âge. Pour être franche, ça n'est que quelques années plus tard que l'épisode de l'enterrement de ma grand-mère m'est revenu à l'esprit, sous un jour nouveau.

Elle se ressert un verre d'eau qu'elle avale à petites gorgées et cherche ses mots.

— Attention, je n'ai pas non plus dit que rien n'avait changé. J'ai dit qu'il n'y avait pas eu de révolution du jour au lendemain. Je pourrais vous raconter des centaines d'anecdotes. Prises isolément, elles ne portent pas à conséquence. Mais c'est l'ensemble de ces petites histoires qui est révélateur. Seulement, on ne s'en rend compte que plus tard… Un autre exemple : savez-vous quelle était la seule préoccupation de la mairie de mon village, plusieurs années après le Mur ? C'était de vérifier l'orientation des antennes sur les toits.

— Pour vérifier qu'elles n'étaient pas tournées vers l'Ouest ?

— Exactement. Les quelques rares familles qui possédaient une télévision ou une radio devaient avoir leurs antennes dirigées vers l'Est. Pour les autorités, si jamais une antenne était tournée dans l'autre direction, cela signifiait que les habitants cherchaient à capter les programmes occidentaux, ce qui était rigoureusement interdit. Du coup, le maire avait donné comme consigne à ses employés de passer dans la rue, le nez en l'air, et de vérifier leur alignement.

— Dit comme ça, c'est presque cocasse…

— Mais oui, c'est ce que je veux vous faire comprendre !

Quand on est jeune, qu'on est une petite paysanne amoureuse, on n'y prête pas plus attention que ça. On en rigolait carrément entre nous. On n'envisageait même pas que derrière, le maire puisse faire un rapport à la police d'État. On se connaissait tous, dans le village. C'était comme ça, on ne cherchait même pas à comprendre.

Des images apparaissent. Des clichés aux couleurs jaunies, des vêtements démodés, des relents d'une époque que j'ai failli connaître. Je ferme les yeux un instant, me plonge dans ces souvenirs qui ne sont pas les miens.

— Bon, poursuit Inge, je ne dis pas que dans les grandes villes, le changement n'a pas été plus violent. On a appris, plus tard, les arrestations, les morts. Mais comment aurions-nous pu le savoir, depuis notre trou perdu, sans autre source d'information que les journaux dictés par le gouvernement ?... Je me souviens qu'on diffusait souvent des films français avec cet acteur comique, un petit nerveux qui faisait tout le temps plein de grimaces. Il jouait le rôle d'un gendarme dans une série de films humoristiques... Pour nous, la culture française, c'était ça : un gendarme grimaçant dans une voiture conduite par une bonne sœur hystérique. Pas de risques qu'on prenne les armes après ça...

Elle se lève et va fouiller dans le tiroir de son vaisselier. Elle en rapporte un vieux livret de la taille d'un passeport. La peinture dorée des lettres s'est écaillée, mais incrusté dans le cuir rouge, on peut encore lire « *Sparkasse* ». J'ouvre le carnet et découvre, sur des feuilles grises et cassantes, des chiffres tracés à l'encre délavée. Sur la page de garde, écrit en belles boucles, son nom, une année, et l'adresse d'un établissement. Elle m'a exhumé son vieux livret d'épargne.

— Je ne prétends pas non plus que rien n'avait changé, reprend-elle. Si vous voulez mon avis, économiquement, c'était une catastrophe ! Je suis loin d'être une fervente capitaliste, mais le système alors en vigueur à l'Est était aberrant. Les voisins de mes parents n'avaient pas encore le téléphone au moment de l'édification du Mur. Savez-vous combien de temps il leur a fallu pour obtenir une ligne ? Treize ans ! Treize ans pour avoir le téléphone !

Une information me revient, que j'ai lue dernièrement. Au moment de la fin de la RDA, moins de dix pour cent des Allemands de l'Est avaient une ligne téléphonique fixe. Ça semble invraisemblable, mais Inge vient de me le confirmer. Lancée, elle poursuit, presque intarissable :

— Mes parents ont attendu onze ans pour avoir une Trabant ! Et quand le Mur est tombé, ma mère a voulu la revendre. Devinez combien elle en a obtenu. Trois cents marks… C'était aussi ça, l'Est. Les « pays frères », par exemple, ceux qui faisaient partie du bloc soviétique, ceux supposés être nos alliés et nos partenaires. Eh bien quand on voulait s'y rendre, c'était tout aussi contraignant. Un jour que nous avons voulu aller en Hongrie, on nous a autorisés à voyager avec trente Ostmarks, maximum !

— Mais malgré toutes ces restrictions parfois tyranniques, vous n'envisagiez pas de partir ?

— Non. Comme beaucoup d'Allemands de l'Est, j'étais attachée à mon pays. Pas à son régime, bien sûr, mais à ma région, à ces terres qui m'avaient accueillie, qui m'avaient vue grandir. Là où sont nés et enterrés mes parents. Et pourtant, oui, il a fallu que je parte un jour…

Elle devient plus hésitante, je devine une émotion qu'elle a de plus en plus de mal à contenir.

J'essaie de ne pas la brusquer.

— Je suppose qu'il y a eu un élément déclencheur, Inge ? Un événement qui vous a décidée à vouloir passer à l'Ouest, est-ce que je me trompe ?

Elle est sur le point de se confier. Fidèle à son habitude, elle trie les mots qu'elle va employer.

Et mon téléphone se met à sonner.

Ce n'est pas un oubli de ma part. Je le bascule systématiquement en silencieux quand je suis en reportage. Il n'y a que ce numéro-là que j'ai autorisé, quelles que soient les circonstances. Un appel que je redoute et que j'attends depuis longtemps.

Le regard d'Inge exprime la surprise, puis la colère. Je marmonne une excuse et réponds.

Ma conversation est brève. À peine quelques mots et je raccroche. Les joues d'Inge se sont empourprées, tandis que je rassemble mes affaires à la hâte.

— Je suis désolée, Inge, mais il faut que je vous laisse, j'ai une urgence.

Elle me regarde, la bouche pincée, les traits durcis. Je viens de lui infliger un magnifique affront. Après ça, je suis sûre qu'elle ne voudra plus me revoir. Alors, dans un effort qui me paraît surhumain, je lui explique ma situation, en termes crus et directs, mon pied rythmant le stress qui me ronge.

Au fur et à mesure, son visage se radoucit, la colère laisse la place à la tristesse et à la compassion. Elle hésite, puis pose sa main sur la mienne. Elle m'assure qu'elle comprend et me presse maintenant de partir. Nous reprendrons cette conversation plus tard.

Je contemple cette main ridée. Son contact me brûle, je réprime un frisson. Je suis hypnotisée par les taches de vieillesse qui la constellent. Je les fixe, et leur couleur grise se transforme, virant au violet puis au rouge.

Je sursaute et me dégage. Je quitte la maison en trombe, sur une promesse de nouveau rendez-vous.

Ce sera peut-être après l'enterrement de maman.

CHAPITRE 14

Banlieue de Berlin, 2006

Ils ont cru que cette fois, c'était fini, que tu étais parvenue au bout, que le moment de la libération était arrivé. Et puis non, tu t'es accrochée, et ton cœur épuisé a cru bon de repartir pour un énième tour de circuit.

Papa est mort depuis vingt-neuf ans, ton esprit avec. Je suis la seule famille qui te reste, à te rendre visite aussi souvent que possible, et à attendre que tu t'éteignes.

Ce qui me bouleverse le plus, c'est le bruit. Celui de ton souffle encombré. Tu tousses, t'étrangles, les poumons obstrués. Rien qu'à t'écouter respirer, je me sens oppressée. Par réflexe, j'inspire profondément comme pour t'aider à prendre cet oxygène auquel tu refuses de renoncer.

Un crachat meurt sur le bavoir dont ils t'ont affublée. Ton dentier s'échappe en même temps. Tu le rattrapes et l'enfournes, mue par un réflexe étrange. Tu reprends ton souffle et ton râle retrouve son cours normal, jusqu'à la prochaine crise.

Je suis assise dans le fauteuil en cuir orange, je feuillette distraitement une revue. Tu ne te rends plus compte de mes visites, et je me demande si tu sais encore qui je suis.

De mon côté, toujours le même rituel. J'entre, je pose un baiser furtif sur ton front déjà froid, quelques questions banales sans réponses et je me cale dans ce fauteuil. Je sors un journal, mes notes ou mon ordinateur portable, en attendant la quinte de toux et les gémissements.

Parfois tu t'endors.

Alors, je t'observe comme une bête curieuse. Tu es toujours acagnardée du même côté, le corps de guingois, enfoncé dans les oreillers posés contre la barrière métallique de ton sarcophage.

Au fil de mes visites, j'ai l'impression que tu es de plus en plus petite, que ce lit t'absorbe chaque jour davantage, qu'un jour, il n'y aura plus que ta tête menue et ridée qui en dépassera encore, et que le lendemain, tu auras disparu, en même temps que les rares affaires qui traînent dans la chambre, la photo de papa et moi sur la desserte métallique, le crucifix en bois noir accroché à la potence, les paquets de couches qui débordent du casier, et cette odeur d'urine rance.

Ou c'est ce lit qui t'avalera tout entière, ou c'est moi qui te tuerai. Oui, je devrais te tuer pour qu'enfin mon chagrin s'exprime, pour qu'enfin je te pleure, pour qu'enfin tu me manques. En me libérant de toi, je pourrais enfin t'aimer.

Ce serait l'histoire de quelques secondes. Tu ne résisterais pas. Peut-être que dans un sursaut de lucidité, avant de passer de l'autre côté, tu réaliserais ce qui t'arrive et tu accueillerais ta mort comme une délivrance.

Au début, j'ai eu honte de l'envisager comme une libération, de la désirer, de l'implorer. Et puis le venin a fait son chemin, je me suis abritée derrière des arguments médicaux pour me donner bonne conscience, que la souffrance est inhumaine, que ça vaudrait mieux pour tout le monde. J'en suis arrivée à souhaiter que les médecins soulèvent eux-mêmes la question, qu'ils me la suggèrent à demi-mot, mais ils n'ont jamais eu le cran de le faire.

Il n'est pas une seule de mes visites sans que cette idée morbide et salvatrice me traverse l'esprit, tel un doux poison qui me rongerait le cerveau.

Je me force à me replonger dans mes notes, mais même ces dernières me ramènent à nous.

Inge a évoqué le décès de ses parents adoptifs, Richard et Frieda, mais n'en a mentionné que les années. Comment sont-ils morts ? Les a-t-elle accompagnés pendant la fin ? Que ressent-on quand on perd deux fois sa mère ?

Tu te réveilles, m'aperçois et grommelles. Je pose mes feuilles et m'approche du lit.

— Maman ? C'est moi, Patricia, qu'est-ce que tu veux ?

Ta bouche trop sèche s'ouvre sur des borborygmes.

Tu tends ta main valide vers la desserte.

— Tu as soif, c'est ça ? Tu veux boire ?

J'attrape la gelée verte avec laquelle ils te réhydratent, mais tu secoues la tête, l'air contrarié.

— Tu veux quoi, alors ? Je ne comprends pas.

Ton regard est ténébreux, ton visage méchant. De cette méchanceté hargneuse des vieux qui ont tout perdu, de cette haine qui est tout ce qui leur reste, et qui leur permet de s'accrocher encore. Tu fermes les yeux puis, dans un effort intense, tu arrives à articuler :

— Die-ter !

Dieter. Tu réclames Dieter. Ton mari. Mon père.

Je détourne le regard et te réponds d'une voix mal assurée :

— Il est parti faire des courses, acheter des strudels à l'épicerie, il va bientôt revenir.

Dans un instant, tu auras oublié ce que je viens de te dire, à quoi bon te perturber davantage ? Ton regard s'éteint déjà, tu ne perçois même plus ma présence.

D'après les médecins, ton état n'a rien à voir avec la mort de papa. Les premiers signes de ton Alzheimer ne sont apparus qu'il y a huit ans. Je sais bien, moi, qu'il n'en est rien. Je n'avais même pas six ans quand papa est mort, mais je me souviens parfaitement de ta chambre plongée dans une obscurité permanente les mois qui ont suivi. Je me souviens de tante Elizabeth qui venait me chercher à l'école, m'aidait à faire mes devoirs, m'emmenait à la piscine pendant que tu te reposais « parce que maman est encore très fatiguée ». Je me souviens du jour où tu es enfin sortie de ta grotte et où tu t'es avancée pour me prendre dans tes bras. Des larmes qui ont jailli quand je t'ai à peine reconnue. De tes cheveux si beaux avant et qui avaient blanchi. De tes dents qui avaient jauni. De ta peau qui s'était creusée. De l'odeur écœurante et sucrée de ton haleine chargée de médicaments. Tu étais devenue une sorcière. Puis tu as repris le travail, des formes, tes habitudes. Tu te forçais à faire comme si tout allait bien, à nouveau. Mais il y avait aussi ces longues heures de prostration où tu restais seule, sur le banc du jardin, à fumer cigarette sur cigarette, le regard dans le vide.

Je ne peux plus rester là, je m'en vais.

Ton hospice se situe au cœur d'une forêt, loin des nuisances urbaines. Le soleil me fait cligner les yeux quand je déboule sur le parking. Je marque un temps d'arrêt, sonnée par la luminosité et les senteurs sylvestres. L'endroit est calme, apaisant. Pas un bruit, à part le pépiement d'oiseaux cachés dans les sapins.

Je comprends mieux les tarifs prohibitifs, ce centre a vraiment tout pour séduire les familles des patients qu'on leur confie : tranquillité, grand air, silence et nature.

Ça me donne la nausée.

Je regagne ma voiture à pas rapides et quitte le parking.

La prochaine fois, j'espère que ce sera derrière un corbillard.

Je suis repassée chez moi, j'ai pris une douche, choisi ma tenue, posé une touche de maquillage léger. Puis j'ai repris ma

BMW et l'ai laissée me conduire jusqu'au club, situé dans l'ancien district de Prenzlauer Berg.

C'est un de ces nombreux cafés dont regorge le côté est de la ville, dans ce quartier branché, aux immeubles que des promoteurs avisés ont rachetés pour en faire les endroits alternatifs prisés de la capitale. Pas une ruelle sans sa galerie, son restau, son café dans lequel il est de bon ton de venir écouter un concert, assister à un vernissage ou écouter la lecture publique d'un obscur poète underground.

Je ne me lasserai jamais de Berlin. Ce qui me fascine, c'est la faculté de cette cité à se réinventer, à se régénérer au fil de ses perpétuelles migrations. La vie s'y déplace. Chaque quartier attend de connaître son moment de notoriété avant de passer le flambeau à une nouvelle zone bouillonnante, que s'arrogeront les étudiants, les artistes et les jeunes cadres friqués. Hier, la majesté de la Pariser ou Potsdamer Platz, aujourd'hui les anciens entrepôts des Hackesche Höfe, le quartier turc de Kreuzberg, les ateliers et les lofts bohèmes de Friedrichshain. Demain, on écumera les bars de la Oranienburger Strasse, et l'on rouvrira les squats de la Tacheles.

Le club devant lequel je suis garée possède une immense baie vitrée en guise de façade. Je peux y observer la faune qui s'y presse, enregistrer les allées et venues, repérer les hommes qui entrent seuls.

J'ai déjà grillé quatre cigarettes, le cendrier de ma BMW déborde de mégots et de cendres qui s'accrochent à ma jupe noire. Je les frotte en pensant à Paul, mon collègue. Les rares fois où il est obligé de monter dans ma voiture, je devine à son air pincé l'effort que c'est de grimper dans cette poubelle roulante.

Je m'apprête à en rallumer une quand je vois un gars s'arrêter devant le café. La quarantaine agréable, barbe de trois jours poivre et sel, costard sombre près du corps. Il échange quelques mots avec le vigile et s'engouffre dans l'établissement. Il est entré seul, et d'après ce que je peux observer à travers la baie vitrée, aucune femme ne l'y attend.

Je range le paquet de cigarettes dans mon sac et effectue une dernière vérification dans le rétroviseur. La lueur du plafonnier ne met pas en valeur mon visage marqué par les abus et les nuits blanches. Je me force à sourire à mon reflet, mais le résultat pathétique me donne envie de renoncer à mes plans.

J'ouvre la boîte à gants, y attrape une flasque en métal émaillé. Une longue rasade, puis j'éteins le plafonnier, m'extrais de la voiture et me dirige vers le club d'un pas décidé.

CHAPITRE 15

Tchécoslovaquie, 1945

Brünn, 30 mai

Les femmes, enfants et vieillards allemands doivent se présenter dans les commissariats de la ville, munis de bagages et de nourriture pour trois jours. Les hommes valides sont envoyés dans des camps.

À minuit, des colonnes de réfugiés se mettent en route. Les soldats tchécoslovaques ratissent les villages voisins et les rangs des expulsés grossissent au fil de leur marche forcée.

L'armée russe contemple, impassible, cet exode.

Après des heures de marche harassante, les vingt-huit mille expulsés arrivent à la frontière autrichienne, mais les forces d'occupation alliées, non prévenues de cet afflux massif, refusent de les laisser passer.

Dans l'urgence, on improvise des camps de fortune dans le village de Pohořelice. On y parque ces misérables, ces mères et ces enfants épuisés. Sans nourriture, sans eau, sans hygiène, les maladies se répandent. Les morts se comptent par centaines.

Postelberg, 5 et 6 juin

Un millier de Sudètes sont amenés dans un élevage de faisans, dans la forêt bordant le village. Pendant deux jours, les soldats tchécoslovaques les abattent méthodiquement et les enterrent dans un charnier improvisé.

Prerow, 18 juin

Un train d'expulsés sudètes, censé les conduire à la frontière, s'arrête à proximité d'une gare champêtre. Entassés dans des wagons à bestiaux, deux cent soixante-dix Allemands s'interrogent sur les raisons de cet arrêt brutal. Parmi eux, cent vingt femmes et soixante-quatorze enfants. On les fait sortir, creuser eux-mêmes la fosse commune qui leur servira de tombe, puis ils sont exécutés d'une balle dans la tête.

Priesten, 21 juin

Une milice improvisée – vingt villageois armés – a donné l'ordre à tous les habitants de se réunir sur la place du village.

Ils sont agglutinés à la lueur des torches, inquiets, parlant à voix basse. Puis le silence se fait et la foule se fend, laissant passer Georg le colosse, qui traîne une jeune femme par les cheveux, indifférent à ses pleurs et à ses supplications.

C'est Olga. La voisine d'Anna, l'Allemande arrivée avec sa famille à Priesten avant la guerre, pour germaniser un peu plus la région.

Son tortionnaire la jette au sol et la foule s'approche. Tétanisée, Anna n'entend rien de la harangue de Georg. Elle ne retient que quelques mots, claquant comme des balles : « Chienne d'Allemande... Traîtresse... Voleuse... Mort... »

Les insultes fusent. Les crachats et les premières pierres aussi. Anna, à l'écart, se revoit au même endroit, quelques mois plus tôt, sauvée *in extremis* du lynchage par Miroslav.

Mais qui pourra aider Olga ce soir ?

Une petite vieille s'approche et lui décoche un coup de pied dans le ventre. D'autres suivent. Olga se recroqueville, tente de se protéger.

Les poings sur les hanches, Georg les laisse faire. Il jubile. Puis il tourne la tête et plante son unique œil dans le regard d'Anna. Un sourire malsain dévoile ses dents gâtées.

Anna manque s'évanouir. Elle aimerait tourner les talons et partir, mais elle sait que sa fuite attirerait l'attention et qu'elle serait la suivante. Alors, elle assiste, impuissante, au déferlement haineux de la populace sur sa voisine.

Quand il juge qu'Olga est suffisamment amochée, Georg s'interpose. Il adresse un signe de la tête à l'un de ses miliciens qui accourt, une corde à la main.

Un murmure parcourt la foule. Content de son petit effet, Georg exécute un nœud coulant avec une lenteur exaspérante. Puis il s'approche du chêne qui trône au centre de la place et lance la corde par-dessus sa branche la plus épaisse.

La foule s'est tue. Georg s'approche de la suppliciée. Dans son dos, la corde se balance mollement. Un homme sort alors du rang et tente de s'interposer.

Miroslav.

— Arrêtez ! Laissez-la partir, maintenant !

Mais l'instituteur est aussitôt ceinturé par deux miliciens. Le géant défiguré se plante face à lui et ricane :

— Désolé, professeur, mais cette fois, vous êtes seul face à nous tous. Cette putain de Sudète n'aura que ce qu'elle mérite. Elle paiera pour tous les crimes commis par ceux de sa race !

Miroslav se débat en vain, pleurant des larmes d'impuissance.

— Georg, je t'en supplie ! Elle n'y est pour rien, elle n'a pas demandé à venir, on l'y a obligée ! Son mari est mort, vous l'avez battue et humiliée. Ça ne suffit pas ? Laisse-la partir, par pitié, ne la pends pas !

Un rictus déforme le visage ravagé de la brute.

— Qui vous a dit que nous allions la pendre, professeur ?

Il saisit Olga par le bras et la tire sous l'arbre.

Arrivée sous le chêne, la jeune femme reprend connaissance. Elle se débat, pousse des gémissements pathétiques. En pure perte.

Georg élargit le nœud, le fait passer autour des jambes d'Olga et le remonte jusque sous ses bras. Puis il saisit l'autre extrémité de la corde, se campe solidement et la hisse d'un coup sec.

Olga se retrouve suspendue, la respiration coupée. Elle remue à peine, marionnette grotesque et suppliciée.

Georg noue la corde au tronc du chêne et se tourne vers Miroslav :

— Vous voyez, professeur, je tiens mes promesses. Je ne vais pas la pendre.

Il prend la torche d'un de ses acolytes et l'approche de la robe d'Olga.

Les vêtements de la jeune Sudète s'embrasent aussitôt.

Stupéfaite, la foule n'a pas eu le temps de réagir. À peine un cri de surprise.

Olga gigote, mais le feu la dévore, ses cheveux s'enflamment, la peau de son visage gonfle, noircit, éclate.

Elle pousse une ultime plainte inhumaine, puis cesse de bouger.

La corde cède rapidement, et le corps embrasé d'Olga tombe, provoquant les hourras d'une poignée de villageois.

Anna est hypnotisée, elle ne peut détacher le regard du corps de sa voisine mangé par les flammes.

Une main l'agrippe, Miroslav l'a rejointe.

— Anna, il faut arriver à la ferme avant eux, réveiller les garçons et fuir.

Elle regarde le jeune homme sans comprendre. Que dit-il ? Oui, les garçons. Helmut, Horst. Partir loin. Vite.

Ils se fraient un chemin à travers la foule, trop fascinée par le spectacle pour s'intéresser à eux.

Avant de regagner la route qui mène à la ferme, Anna aperçoit un vieillard à l'écart de la foule. Il est adossé au mur de l'école, le visage enfoui dans ses mains osseuses. Une longue barbe s'échappe à travers ses doigts ridés. Il pleure.

Une heure plus tard, depuis sa cuisine, elle distingue le village au loin, les dernières lueurs qui s'envolent dans la nuit.

Elle a envie de déchirer ses vêtements, de s'arracher la peau.

Elle est au bord du précipice, contemple avec envie la folie qui la guette et dans laquelle il serait si facile de se laisser glisser pour tout oublier.

Mais pour Helmut et Horst, ses fils, elle doit encore résister. Une dernière fois. Quand ils seront à l'abri, alors elle se réfugiera dans la démence.

Miroslav la prend par les épaules et la secoue.

— Anna, tu m'entends ? Il faut y aller, maintenant.

Elle fixe le visage sali de son jeune amant. Que lui avait-il promis ? Qu'il serait là pour la protéger ? Pensait-il vraiment, lui le brillant intellectuel, qu'il pourrait les protéger de ces assassins, ces bêtes écumant de rage ? Ce n'est encore qu'un enfant idéaliste. Et Josef, son mari, est mort dans les bombardements de Berlin. Elle n'a plus personne sur qui compter.

Elle tente de sécher ses larmes. Miroslav a raison. Partir. Tout plutôt que de subir le même sort.

Elle adresse un sourire pathétique à ses deux garçons hébétés et s'apprête à rassembler leurs affaires quand un coup violent sur la porte les fait sursauter.

Un deuxième assaut l'ouvre à la volée. Georg se tient dans l'embrasure, un fusil à la main. Derrière lui, cinq villageois, également armés.

Il s'avance et observe la jeune femme, ses vêtements dans les mains.

— C'est bien, Anna. Ne perdons pas de temps. Tu prends de quoi t'habiller, toi et tes gosses. Prévois aussi de quoi manger. Tu as dix minutes. Après, je serai obligé de tirer.

Sa voix est étrangement calme. Son œil ne brille plus de sa lueur assassine.

— Que vas-tu nous faire ? demande Anna en sanglotant.

— Mes hommes vont vous emmener jusqu'au pied du Plöckenstein. Là-bas, tu rejoindras d'autres Sudètes. Vous serez escortés jusqu'à la frontière autrichienne. C'est fini, Anna. Tu quittes ce village, tu quittes ce pays.

— Quoi ?

Miroslav a bondi. Il panique :

— Mais enfin, c'est impossible ! La frontière est à plus de trois cents kilomètres, ils n'y arriveront jamais ! Et puis qui es-tu pour décider de la chasser du village, Georg ?

Le colosse tourne vers l'instituteur un visage fatigué. La pénombre en estompe ses contours ravagés.

— Je ne fais qu'appliquer les ordres, professeur. Mais vous les connaissez déjà. Notre président Beneš a signé des décrets ordonnant l'expulsion de tous les Sudètes et la confiscation de leurs biens. Est-ce que vous vous opposeriez aux ordres venus d'en haut ?

Miroslav ne sait que répondre, Anna s'interpose :

— Pourquoi tu ne me tues pas comme tu as assassiné cette pauvre Olga, Georg ?

Le géant soupire et secoue la tête.

— En mémoire de ton père, Anna. C'était un homme bon, qui ne s'est jamais comporté en territoire conquis, comme a pu le faire cette chienne d'Olga. Et tes garçons…

Il montre du doigt les deux enfants apeurés terrés sous la table.

— Tes garçons ont peut-être une chance de vivre leur vie… Allez, dépêche-toi de ramasser tes affaires ! Tu n'as plus que cinq minutes.

Miroslav dévisage tour à tour Georg et Anna. Il hésite, puis s'écrie :

— Je pars avec elle ! Je l'aime, je ne la laisserai pas !

Le Tchèque éclate de rire.

— Non, vous couchez ensemble, mais vous ne vous aimez pas.

— Et alors, c'est un crime ?

Georg cesse de rire d'un coup. Il fait un signe de la main et deux villageois entrent dans la masure pour ceinturer l'instituteur.

— Tout citoyen tchèque ayant fait preuve de sympathie avec l'occupant allemand doit être jugé, professeur. Or, vous avez couché avec une Sudète. Le tribunal décidera de votre sort. Emmenez-le !

Le jeune homme hurle et se débat, mais ne peut rien face à la puissance des deux paysans.

Après qu'ils ont quitté les lieux, ses cris résonnent encore aux oreilles d'Anna.

Elle secoue la tête.

— Je t'ai vu tout à l'heure, Georg, avec Olga. Tu jubilais. Tu as pris du plaisir à la tuer. Tu n'es qu'une bête, un animal ! Alors pourquoi tu ne me tues pas, moi aussi ? La mémoire de mon père n'a rien à voir là-dedans, il est mort depuis des années, tout le monde l'a déjà oublié ! Et Josef aussi est mort, alors qu'est-ce qui t'empêche de te venger jusqu'au bout, hein ?

Georg s'approche de la jeune femme et passe une main rugueuse sur son visage.

— Anna… Tu n'as donc jamais compris ?

Elle lui crache à la figure.

Il s'essuie, tourne les talons et quitte la ferme sans un regard en arrière.

Les trois derniers villageois entrent et braquent leurs fusils sur Anna Fierlinger.

Elle n'a plus de larmes, plus de volonté. Elle ramasse son baluchon et prend ses enfants par la main.

CHAPITRE 16

Gardelegen, 1966

Le train entre dans la gare froide qui rappelle à Inge la façade d'un saloon, tout droit sorti d'un vieux numéro de *Mosaik.*

Elle attrape ses affaires dans le filet au-dessus d'elle. Par la vitre encrassée, elle a aperçu Christian sur le quai.

Elle descend et avance à petits pas, le visage baissé. Son cœur s'emballe, comme chaque fois qu'elle retrouve son amant.

Elle pose son sac et lève enfin la tête. Le jeune homme arbore son éternel sourire gêné. Elle se hisse sur la pointe des pieds et lui dépose un baiser furtif au coin des lèvres. Ils ne sont pas friands des effusions en public. Ils se contentent de se prendre les mains et de profiter de ce trop rare contact, quand une voix derrière eux les fait sursauter.

— Inge ?

Elle ferme les yeux. Elle a reconnu le timbre pleurnichard de Jupp.

Jupp Breitner, chef du département d'ingénierie où Inge effectue son apprentissage. Un type ni beau ni laid, fade, les yeux gris et cernés, le front précocement dégarni. Toujours vêtu de son sempiternel imper mastic élimé.

À ses mains qui frémissent, Inge sent la colère de Christian.

— Qu'est-ce que vous foutez là, Breitner ? demande sèchement ce dernier. Vous aviez peur qu'Inge reste à l'Ouest, c'est ça ? Ça fait onze jours qu'elle est partie ! Onze jours qu'on ne s'est pas vus, et il faut que vous gâchiez nos retrouvailles !

— Christian, je t'en prie !

La voix d'Inge se fait implorante. Une telle insubordination pourrait coûter cher au jeune homme. Ça fait plusieurs mois qu'elle le sent nerveux, irritable, de plus en plus enclin à braver l'autorité et les interdits. S'il continue, il va finir par être convoqué à la police.

— Quoi, je t'en prie ? Il n'y a pas moyen d'avoir cinq minutes d'intimité sans qu'un fonctionnaire vienne fourrer son nez dans nos affaires ! Ce n'est plus une vie, ça ! Si ça se trouve, ils ont caché un micro au-dessus de notre lit, ils en sont bien capables !

— Christian !

Contre toute attente, l'homme à l'imperméable marron ne s'offusque pas. Au contraire, il regarde autour d'eux, soucieux de ne pas se faire remarquer. Il s'obstine à ramener sur son front sa mèche filasse.

— Ce… ce n'est pas ce que vous croyez. J'ai… j'ai quelque chose à demander à Inge… Mais éloignons-nous, je préfère.

Il ramasse le sac de la jeune femme et s'engage sur une voie désaffectée, loin des oreilles indiscrètes. Inge le suit sans hésiter et Christian leur emboîte le pas.

Quand il est sûr de ne pouvoir être entendu, l'homme s'arrête et offre à Inge un visage implorant.

— Alors, vous l'avez vue ? Vous avez pu lui parler ?

Inge choisit ses mots, visiblement mal à l'aise.

— Elle, je ne l'ai pas vue. Simplement une de ses amies. Et je n'ai pas pu lui dire grand-chose. Nous n'avons eu que très peu de temps et...

— Oui, mais vous lui avez dit, n'est-ce pas ? Vous lui avez bien tout expliqué ?

— Oui, mais...

— Et alors ? Elle vous a répondu ? Hein, qu'est-ce qu'elle vous a répondu, dites-moi ?

Long soupir d'Inge.

— Écoutez, monsieur Breitner, j'ai à peine eu le temps de lui expliquer la situation. Nous avions les encadrants qui nous surveillaient. Elle m'a juste promis qu'elle lui transmettrait le message. C'est déjà ça, non ?

L'homme à la mèche folle a pris dix ans. Ses épaules maigrelettes s'affaissent un peu plus. Il a le regard vide, perdu dans la contemplation du ballast.

— Oui, murmure-t-il, vous avez certainement raison, je dois attendre... Merci pour tout ce que vous avez fait, Inge... Désolé pour le dérangement... À lundi.

Il tourne les talons et regagne la gare, le dos voûté.

Inge a le cœur qui saigne. Jusqu'alors, Jupp Breitner n'était qu'une caricature de petit chef, très certainement un informateur zélé, un fonctionnaire prêt à livrer la moindre information à la Sécurité d'État. Elle ne voit plus désormais qu'une coquille vide, un être en détresse, privé de sa raison de vivre.

À ses côtés, Christian piaffe d'impatience.

— Tu vas peut-être pouvoir m'expliquer, maintenant ? Qu'est-ce que c'est que cette histoire ?

— Calme-toi, *Schatz*. Il y a un mois, la femme de M. Breitner est partie à l'Ouest, comme moi, pour une formation. Seulement, elle n'est jamais revenue. On a appris qu'elle avait un amant à Berlin depuis des années, et qu'elle a profité de cette autorisation pour le rejoindre.

Le visage de Christian se fend d'un sourire méchant.

— C'est la meilleure, celle-là ! Remarque, quand on voit sa tête, à ton chef, on comprend qu'elle ait eu envie de trouver mieux ! Mais en quoi ça te concerne ?

— Depuis qu'elle l'a quitté, il déprime. Il y a deux semaines, il est venu me trouver. Il savait que je partais en formation à l'Ouest, alors il m'a demandé de transmettre un message à sa femme, si jamais je la voyais.

Le sourire du jeune homme laisse la place à l'inquiétude.

— Quoi ? Et tu as accepté ? Mais tu es complètement folle, ma parole ? Tu as pensé que ce pouvait être un piège ?

— Un piège ?

— Imagine qu'il t'ait demandé ça pour tester ta loyauté envers le régime ? Qu'il t'ait fait croire qu'il avait besoin de toi, juste pour voir si tu étais prête à trahir ?

Inge baisse les yeux et rougit.

— Je n'y ai pas pensé, Christian, pardon… J'étais tellement touchée par son chagrin… Il a pleuré en me demandant ce service, tu te rends compte ?

— Tu as quand même risqué très gros, Inge. Tu aurais dû m'en parler d'abord… Bon, et finalement, il voulait quoi, le cocu ? Que tu demandes à sa femme de revenir à la maison ? Si elle a pris le risque de partir à l'Ouest, je doute qu'elle rentre de sitôt.

— En fait, c'est parce que l'État veut prendre la moitié de ses biens.

— Quoi ?

— Puisque sa femme est considérée comme fugitive, les autorités estiment que cinquante pour cent de leurs biens leur reviennent de droit. Autrement dit, si elle ne revient pas chez eux, l'État récupérera la moitié de leur maison et de ce qu'ils possèdent, et lui devra déménager.

Christian dévisage Inge avec de grands yeux, avant d'éclater de rire.

— Christian, tu n'es vraiment pas gentil…

— Moi, pas gentil ? Et lui, alors ? Ce petit serviteur du régime, toujours prêt à vous coller des blâmes et des avertissements, un type que tout le monde tutoie au ministère de la Sécurité, une crevure qui vomit sa bile à coups de rapports administratifs ! Eh bien lui aussi, le voilà victime de ce système dont il se croyait un fidèle rouage. Excuse-moi, Inge, mais je ne vais certainement pas pleurer sur son sort…

Elle inspecte autour d'eux, la tête rentrée dans les épaules.

— Parle moins fort, Christian, s'il te plaît. On va finir par t'entendre.

— Tu as raison, dit-il en lui agrippant la taille. Allons plutôt chez toi, on a des tas de choses à se dire.

Ils passent le reste de l'après-midi au lit, dans la mansarde d'Inge. Sa logeuse ferme volontiers les yeux lorsqu'elle voit arriver Christian, qu'elle a pris en affection.

Le soir est tombé. Les lumières de la ville caressent les corps nus des deux jeunes gens.

Le regard perdu au plafond, Christian fume une énième Karo.

Inge se blottit davantage contre lui. Ce sentiment qui l'oppresse depuis quelque temps ne la quitte plus, elle a besoin de savoir.

— Christian… Qu'est-ce qui ne va pas ? Depuis plusieurs semaines, je te trouve soucieux, renfermé. Parle-moi, s'il te plaît. Ce n'est pas à cause de moi, dis ?

Il tire sur sa cigarette. Inge retient son souffle. Le grésillement de la Karo remplit toute la pièce.

— Non, Inge, ce n'est pas à cause de toi. Au contraire. Si tu n'étais pas là, je crois que ce serait pire.

Elle éprouve une sensation étrange.

— Qu'est-ce qui serait pire ?

Il écrase sa cigarette, attrape son paquet et se rend compte qu'il l'a déjà vidé. Il se rallonge, les bras croisés derrière la tête.

— Tu te rappelles le concert des Rolling Stones, l'année dernière ?

Comment pourrait-elle oublier ? Les rockers anglais s'étaient produits à la *Waldbühne* du Parc olympique de Berlin.

Christian et Inge, comme d'autres jeunes Allemands de l'Est, s'étaient massés au pied du mur, sous l'œil menaçant des gardes-frontières, dans l'espoir d'entendre quelques notes.

À plus de dix kilomètres de distance, ils n'avaient bien sûr rien perçu du concert. En revanche, ils avaient entendu les sirènes et le ballet des voitures de police venues endiguer les débordements des fans occidentaux, frustrés de la brièveté du concert des Stones. Dès le lendemain, le ministère de la Culture est-allemand avait pris ces échauffourées comme prétexte pour faire passer de nouvelles mesures restrictives.

— Bien sûr que je m'en souviens, murmure Inge. Nous n'avons rien entendu…

— Justement ! Ce concert raté, c'est à l'image de ma vie ! Je veux pouvoir assister à un concert des Stones, lire les livres que j'ai envie de lire, écouter qui j'ai envie d'écouter, voir de vrais films au cinéma, m'exprimer librement ! J'étouffe, Inge, tu comprends ? J'étouffe !

Inge soupire. Christian parle de plus en plus de l'Ouest. Ses envies d'ailleurs transpirent dans ses absences et ses silences. Elle ne les partage pas forcément, mais les comprend. Il était étudiant au moment de la construction du Mur et a dû rentrer au pays, du jour au lendemain, sans explications.

Son apprentissage de la liberté, son épanouissement, ses envies de jeune adulte ont été brisés une nuit d'août 1961. Elle sait qu'il y aura toujours en lui cette frustration qui le rongera, cette flamme qui venait juste de s'allumer et sur laquelle on a aussitôt soufflé. Tout un accomplissement d'homme qui ne sera jamais réalisé.

Elle, c'est différent. Elle est plus jeune, attachée à sa vie simple de petite paysanne de l'Est. Elle pourrait se contenter de sa vie actuelle, s'il n'y avait les tourments qu'elle devine chez son compagnon.

Elle sait qu'il fréquente clandestinement d'autres étudiants contestataires. Ils se réunissent en cachette, s'échangent des publications interdites, écoutent les radios occidentales, se tiennent au courant de ce qui se passe de l'autre côté du mur, risquant la prison à chaque minute. Elle aimerait tant qu'il accepte enfin sa condition et s'en satisfasse.

— Tu sais, hasarde-t-elle, on n'est pas si mal que ça, ici.

Il ne se met même plus en colère. Il hausse les épaules, résigné. Elle ne pourra jamais le comprendre.

Devant son silence, elle s'enhardit :

— Au moins, ici, on aura du travail. D'accord, ce ne sera pas forcément celui dont on rêvait, mais tout de même, le régime nous assure un emploi.

— Ma pauvre Inge…

Aucune méchanceté, aucun mépris dans sa voix. Juste de la fatalité. Alors elle s'échauffe :

— Quoi, « ma pauvre Inge » ? Pourquoi est-ce que tu tiens tellement à passer de l'autre côté ? Choisir tes livres et tes concerts ? La belle affaire ! Tu as vu comment ils se comportent, à l'Ouest ? Tes soi-disant pays de la liberté qui font la guerre au Viêtnam, en Corée ou en Afrique ! C'est ça, pour toi, l'idéal de démocratie ?

Il la regarde, étonné. C'est tellement rare de la voir se mettre en colère. Ça la rend belle et désirable. Malgré l'excitation qui le regagne, il essaie d'argumenter :

— Je n'ai jamais dit que les pays de l'Ouest étaient des modèles. Mais au moins, là-bas, les divergences peuvent s'exprimer. Si j'étais de l'autre côté, je pourrais manifester mon mécontentement sans risquer d'être mis en prison au premier slogan, comme c'est le cas ici ! Bien sûr que le gouvernement américain est un ramassis d'ordures, mais au moins, on peut le crier et alerter l'opinion. Tu veux que je te rappelle les dizaines de morts à Berlin-Est et Leipzig, pendant les manifestations ouvrières ? C'est ça, ton idéal de liberté ? Très peu pour moi ! Tant qu'à choisir un monde imparfait, je préfère encore celui où j'ai le droit d'ouvrir ma gueule.

Christian se tait quand il s'aperçoit qu'Inge pleure en silence. Il se sent bête, soudain, avec ses beaux discours. Son emportement retombe aussitôt et il la prend dans ses bras, désolé de l'avoir brusquée.

— Excuse-moi, Inge. Ce n'est pas contre toi que je m'énerve, tu le sais bien. Je… je te comprends. Tu es attachée à ta famille, à ton village… C'est normal.

— Je ne veux pas que tu partes sans moi !

Elle a hurlé ce cri d'amour déchirant.

— Mais non, enfin, qui t'a dit que je comptais partir ? Tu sais bien que je ne t'abandonnerai jamais !

Un silence puis, d'une voix hésitante, il demande :

— À moins que… que tu ne veuilles qu'on parte tous les deux ? Tu veux qu'on tente le coup ?

Les yeux d'Inge se remplissent de terreur à cette idée.

— Oh, mais non, Christian ! Tu as pensé à nos familles ? On ne pourra plus jamais les revoir, si on fait ça, tu le sais, pourtant.

Christian rumine. Il sait que non seulement ils ne les reverront plus, mais que leurs parents subiront un harcèlement continu de la part des autorités. Celui qu'on réserve aux familles des fugitifs. Alors il s'enferme dans le silence.

Inge, de son côté, essaie de sécher ses larmes. Ce n'est pas une pleurnicheuse.

— Ne m'en veux pas, murmure-t-elle. Je ne pourrais pas refaire ma vie avec la perspective de ne jamais revoir mes parents.

Il hausse les épaules, essaie de ne pas la juger, elle qui a déjà connu deux familles et autant de deuils.

— Ne t'inquiète pas, je ne te forcerai pas à choisir…

Soulagée de voir Christian renoncer à ses projets, elle sourit.

— Merci, Christian. Tu sais à quel point c'est important pour moi… Et puis dis-toi qu'au moins ici, on est à l'abri.

Elle le sent se contracter sous ses caresses.

— À l'abri ? Mais… mais tu le fais exprès, ou quoi ?

Elle se mord les joues, se fustigeant d'avoir ravivé des braises qu'elle croyait endormies. Mais la lassitude l'emporte, et elle s'agace à son tour.

— Je fais exprès de quoi, Christian ? À t'entendre, notre police n'est qu'un ramassis de fous sanguinaires. Tu ne crois pas que tu en fais un peu trop ?

Elle sait qu'elle est de mauvaise foi. Elle, plus qu'une autre, est au courant de rumeurs horribles. Mais elle est épuisée et n'arrive plus à faire preuve de tempérance.

Furieux, Christian bondit hors du lit. Dans le clair-obscur, son corps nu et maigre a quelque chose de spectral. Il fouille dans sa veste à la recherche d'un tract qu'il brandit sous le nez de sa compagne.

— Tiens ! Mais tiens, lis. Et dis-moi si j'en fais trop ! Regarde ce que font tes amis quand on s'approche un peu trop près de la frontière !

Deux photos en médaillon. Deux enfants blonds, coupe au bol, au regard doux et aux joues rebondies. On devine des bretelles sur un sous-pull au col roulé, une étagère en arrière-plan avec des livres et des jouets.

La légende, sèche et implacable, glace le cœur.

Jörg Hartmann et Lothar Schleusener, onze et treize ans, abattus de plus de quarante balles le 14 mars 1966 par des gardes-frontières est-allemands, alors qu'ils jouaient près du passage entre Berlin-Treptow et Berlin-Neukölln.

L'innocence massacrée, fauchée par des soldats prétextant avoir perçu des mouvements suspects et n'avoir fait qu'obéir aux ordres de la hiérarchie.

Inge tient le papier d'une main tremblante. Elle pense à objecter, lui dire que c'est un tract de propagande de l'Ouest, mais elle ne peut pousser l'aveuglement à ce point. À nouveau, Christian est lancé, le flot de sa colère si impétueux qu'il peine à passer ses lèvres.

— Des enfants, Inge ! Des pauvres gosses ! Et notre gouvernement qui refuse de reconnaître les avoir tués par erreur ! Mais si jamais c'est un soldat qui se fait abattre, alors là, on a droit aux informations, aux reportages et aux hommages officiels. Rappelle-toi ce garde-frontière, Reinhold Huhn, tué par un passeur. C'est tout juste s'il n'a pas eu droit à des obsèques nationales ! Mais les autres, les femmes et les enfants sur lesquels on tire, là, c'est défense absolue d'en parler… Tu te souviens de ce que nous a dit ton frère, à Noël…

Comment pourrait-elle oublier ? Helmut est garde-frontière à Potsdam-Babelsberg. Au moment des fêtes, il avait rendu visite à sa sœur et à son futur beau-frère. Ils avaient improvisé un réveillon de fortune, un réveillon de pauvres, avaient-ils répété en riant.

Helmut avait bu plus que d'habitude. La bière et le schnaps lui faisant oublier son devoir de réserve, il s'était laissé aller à des confidences, avait raconté ses patrouilles le long de la frontière, ses tours de garde, la caserne, et surtout, avec un ton de comploteur, avait énuméré les consignes qu'on leur imposait : stopper la progression des fuyards *par tous les moyens*, quels que soient le sexe et l'âge des fugitifs. Et de leur rappeler Peter Fechter, jeune maçon de dix-huit ans, fauché d'une balle dans le bassin alors qu'il escaladait le mur, et agonisant plus d'une heure sous les yeux des Berlinois et des photographes du monde entier. Au rythme des verres, Helmut avait ensuite évoqué les récompenses officieuses – 150 Ostmarks par passeur abattu – ; il avait expliqué comment les chefs composaient les patrouilles : toujours réunir des soldats qui ne se connaissaient pas, aux profils différents, pour être sûr qu'au moins un d'entre eux tirerait sur les candidats à l'exil au cas où les autres flancheraient. Il avait aussi exprimé les rumeurs qui couraient dans les baraquements, que la Stasi infiltrait les garnisons pour neutraliser les soldats qui, eux-mêmes, seraient tentés de passer de l'autre côté. Enfin, la voix pâteuse, noyée de larmes et d'alcool, il avait procédé à un inventaire macabre : batteries de mortiers, artillerie, lance-flammes et chiens féroces.

Au fil de ses confidences, Christian et Inge étaient devenus livides. Le jeune homme ruminait une rage froide, les doigts blanchis autour de sa bouteille de bière. Les larmes coulaient sur les joues d'Inge, qui implorait son frère de se taire. Elle ne voulait plus entendre ses secrets, craignait qu'un voisin n'entende ses braillements d'ivrogne et ne le dénonce. Elle avait fini par lui demander :

— Et toi, Helmut ? Est-ce que tu as déjà… tiré sur quelqu'un ?

Le soldat avait arrêté net ses gesticulations. Les yeux hagards, il avait regardé sa sœur en vacillant, puis avait redoublé de sanglots avant d'attraper la bouteille de schnaps et de s'enfermer dans la pièce voisine.

Le lendemain matin, après une trop courte nuit, ils avaient déjeuné en silence, puis il était reparti à Potsdam. Ils n'avaient plus échangé un seul mot sur le sujet.

Alors ce soir, Inge est submergée par ses sentiments : l'horreur de la situation devant l'innocence assassinée, la honte de regarder ailleurs quand la vérité, hideuse et implacable, lui fait face. Mais par-dessus tout, elle éprouve de la peur. Une peur primale, qui lui coupe la respiration et lui fait perdre la raison. La peur que Christian lui échappe, qu'il finisse par l'abandonner, comme l'ont abandonnée tant de gens avant lui.

Alors elle le rejoint, noue ses bras autour de son cou, pose la tête sur sa poitrine et d'une toute petite voix, lui demande :

— Christian. Est-ce que tu veux m'épouser ? Marions-nous, s'il te plaît.

Le visage collé contre son torse nu, elle retient sa respiration, attendant sa réponse.

Il lui relève doucement la tête.

— Inge, c'est mon vœu le plus cher. Je veux que tu sois ma femme, mais pas ici. Je veux que nos enfants grandissent dans un pays libre, pas dans une dictature. Nous nous marierons, chérie. Pas tout de suite, mais très bientôt. Je te le promets.

CHAPITRE 17

Heidenau, 2006

Je n'ose relancer Inge, de peur de casser le fil ténu de ses confidences. Les yeux dans le vague, elle est plongée dans des souvenirs que je devine agréables et douloureux. Alors j'attends, troublée par la sincérité de ses confessions. Elle a su passer outre sa pudeur, me dévoiler un pan de son intimité. Ce préambule qui dure depuis maintenant plusieurs jours est nécessaire. Elle a besoin de raconter ce qui s'est passé avant, pour que je comprenne qui elle est devenue après.

Enfin, elle revient au présent et cherche mon regard. Ses yeux gris sont plus humides que d'habitude.

— J'espère que ces détails personnels ne vous gênent pas, Patricia ?

— Au contraire ! Ils m'aident à situer le contexte, l'époque. Ils me sont précieux et je vous remercie. J'imagine que ce ne doit pas être facile pour vous.

Elle se lève, trottine jusqu'à son vaisselier et rapporte une boîte à gâteaux en fer blanc. Les motifs représentent un marché de Noël traditionnel. Le genre de boîte dans laquelle on garde les *Plätzchen* et autres confiseries d'hiver.

À l'intérieur, pas de gâteaux, mais des photos et des papiers jaunis. Elle en sort un cliché en noir et blanc, aux bords gaufrés.

Le portrait représente un jeune homme à peine sorti de l'adolescence. Il porte de grosses lunettes à l'épaisse monture. Un début de moustache ombre le dessus de ses lèvres. Le front est plutôt dégarni, et il a une pomme d'Adam proéminente, au-dessus d'une chemise au col fermé.

— C'est Christian.

Pas un physique de jeune premier, même si on devine à son regard et à son attitude une forte volonté, une présence animale séduisante.

— Bel homme, approuvé-je. Puis après un court silence, je pose enfin la question : Qu'est-il devenu ?

Elle rajuste ses lunettes, replonge dans la boîte à gâteaux et en sort cette fois une mince feuille de papier froissé. Je la sens hésitante, murée dans ses dernières réticences. Doucement, je pose la main sur la feuille et attends son approbation. Hochement de tête. Je retourne le papier et prends connaissance du contenu.

Quelques lignes d'une écriture nerveuse et serrée.

Mon Inge, mon ange.

Ne sois pas inquiète, je ne te quitte pas. Au contraire, je vais nous préparer un avenir meilleur, un avenir où nous pourrons enfin nous aimer sans contraintes, en liberté.

Non, je ne te quitte pas. Je pars pour mieux nous retrouver. Quand tu liras ces lignes, je serai passé de l'autre côté. Mais pas pour te fuir. Dès que je serai à l'Ouest, j'irai retrouver des camarades. Ils ont un réseau qui me permettra de te faire venir à ton tour, pour qu'enfin nous soyons réunis et que nous puissions nous marier.

Ça n'est qu'une question de jours ou de semaines. Quand tu auras lu cette lettre, brûle-la ! Brûle-la vite et attends de mes nouvelles. Bientôt, quelqu'un viendra te trouver de ma part. Il faudra suivre cette personne et faire ce qu'elle te dira, et alors, nous serons libres. Libres de faire ce que bon nous semble, à commencer par nous aimer.

Pardonne-moi de ne pas t'avoir prévenue, mais je sais que tu aurais essayé de me retenir, et je n'aurais pas eu la force de te résister.

Il nous faut faire des sacrifices, mais notre bonheur est à ce prix.

Tu peux déjà préparer tes affaires, ma petite Inge. Notre nouvelle vie est sur le point de commencer.

Je t'embrasse, je t'aime et je t'attends.

Ton Christian

PS : Je te connais par cœur, sentimentale comme tu es. Mais fais ce que je te dis : brûle cette lettre !

Je la lis plusieurs fois puis relève la tête. Inge est droite sur sa chaise, les doigts croisés.

— Finalement, vous ne l'avez pas brûlée…

— Non, je n'ai pas pu m'y résoudre. Il me l'a écrite le lendemain de la nuit que je vous ai racontée et a profité de ce que j'étais sortie faire une course pour la glisser dans mon sac. Je suppose que sa décision était prise depuis longtemps. Je devais retourner à Jävenitz, passer quelques jours chez mes parents. C'est là-bas, en sortant mes affaires, que je l'ai trouvée. C'est vous dire tous les états par lesquels je suis passée : angoisse que l'un de nous se fasse attraper, joie de pouvoir enfin l'épouser, tristesse de devoir quitter mes parents que je ne reverrais sans doute jamais…

— Mais vous n'avez pas pu le rejoindre. Que s'est-il passé ?

— D'abord, j'ai attendu. Il m'avait prévenue que ça pourrait durer plusieurs semaines avant qu'on ne vienne me trouver pour organiser ma fuite, alors j'ai pris mon mal en patience. Et puis un jour, des policiers sont arrivés au village.

Elle marque un temps d'arrêt, cherche à maîtriser ses émotions. Elle m'impressionne. Elle se racle à peine la gorge et reprend :

— Ils ont frappé chez les parents de Christian. Les habitants étaient aux fenêtres, et déjà, des gamins du village venaient me chercher.

« Ils leur ont annoncé que son corps avait été repêché à Berlin, dans la Spree. Officiellement, il s'était noyé en voulant rejoindre l'autre rive, emporté par un courant trop fort.

« Je ne me souviens pas avoir versé la moindre larme, comme si je m'y étais préparée. Je n'ai manifesté aucune émotion. Tous nos proches étaient très prévenants, mais moi, j'étais comme détachée de ce qui se passait.

« Le lendemain, un fourgon mortuaire a ramené le corps de Christian à sa famille, pour qu'il soit inhumé à Jävenitz. C'est mon père, Richard, qui s'est occupé de la mise en bière et des funérailles. Il a refusé que je le voie, prétextant que son séjour dans l'eau l'avait abîmé. Je n'ai même pas cherché à lui désobéir. Le jour de l'enterrement, j'ai mené le convoi avec ses parents jusqu'au cimetière, les yeux secs, mais le cœur débordant de colère.

« Le soir même, je me suis levée pour me préparer une tisane, quand j'ai entendu des murmures dans la cuisine. Je me suis approchée et j'ai tendu l'oreille. Mon père expliquait qu'en préparant le corps de Christian, il avait trouvé deux impacts de balle dans son dos.

« Ce soir-là, je me souviens, il faisait froid, et je grelottais dans le couloir. J'ai appris que Christian, mon Christian, avait été abattu par nos soldats. Est-ce qu'il avait été tué puis jeté dans la Spree, ou touché alors qu'il tentait de la traverser à la nage ? Peu importait. Seule comptait l'atroce réalité : mon fiancé venait de rejoindre la cohorte de nos concitoyens abattus par notre propre nation.

« Je suis remontée dans ma chambre, j'ai repris sa lettre, l'ai relue, et enfin, je me suis mise à pleurer. Toute la nuit, sans m'interrompre, jusqu'à tomber d'épuisement au petit matin. Quand je me suis enfin levée, mes yeux étaient secs. Ma décision était prise : ce que Christian n'avait pas réussi à accomplir, j'allais le réaliser, moi. Pour qu'il ne soit pas mort pour rien et que ses rêves se concrétisent à travers moi… »

Son récit me remue à un point qu'elle ne peut imaginer.

— C'est donc ce jour-là que vous avez décidé de passer à l'Ouest ?

— Non seulement de passer de l'autre côté, mais de leur faire payer, à tous, la mort de mon fiancé.

CHAPITRE 18

Heidenau, 2006

— J'ai toujours détesté les dictons populaires. S'il y en a un que j'exècre par-dessus tout, c'est celui qui dit que le temps atténue les douleurs et que même les chagrins les plus forts finissent par s'estomper. Eh bien, vous savez quoi, Patricia ? Ce sont des foutaises. Un ramassis de conneries. La vérité, la vraie vérité, vous la voulez ? C'est que Christian est mort depuis quarante ans, et que plus le temps passe, plus il me manque. Son absence m'est plus insupportable aujourd'hui qu'elle ne l'était il y a dix ans. Les saisons défilent, dans leur déprimante monotonie, et chaque jour qui passe ravive un peu plus ma douleur.

« J'ignore tout de vous, Patricia, et vous êtes encore jeune, alors retenez ceci : les êtres qui vous étaient chers non seulement ne vous quittent jamais, mais sont de plus en plus présents au fur et à mesure que vous vieillissez.

« Alors bien sûr, on se trouve des dérivatifs, on s'injecte des doses d'oubli, parfois même on refait sa vie, mais au fond, c'est peine perdue. Oui, on apprend à *vivre avec*, comme disent les médiocres, mais le manque ne se comble jamais. Au contraire, le trou dans votre cœur se creuse toujours un peu plus, jusqu'au jour où vous n'en pouvez plus de lutter et où vous arrêtez de vous battre pour le rejoindre... Vous avez déjà perdu un proche, Patricia ? Je veux dire, précocement, de façon tragique ? »

Une vive douleur dans les côtes me coupe la respiration.

Je botte en touche.

— Comme tout le monde, je suppose... C'est pour ça que vous ne vous êtes jamais mariée et que vous n'avez pas eu d'enfants ? Par fidélité envers Christian ?

Elle hausse les épaules.

— Même pas. Enfin, je veux dire, pas de façon consciente. Je ne me suis jamais dit que je resterais fidèle à une ombre jusqu'à la fin. J'avais vingt ans quand il est mort, et toute la vie devant moi.

« Plus tard, après mon installation à l'Ouest, j'ai rencontré d'autres hommes. Certains de passage, d'autres sont restés à mes côtés un peu plus longtemps. Mais ça n'a jamais duré. Non pas que je refusais d'envisager la vie à deux, mais je n'ai jamais rencontré celui qui me ferait oublier Christian. Tout simplement. Mes amants n'ont été que des pierres sur mon chemin. Et aujourd'hui me voilà seule et vieille, avec mes souvenirs et une seule et dernière interrogation, le seul doute qui subsiste : y a-t-il quelque chose après, et si oui, Christian m'y attend-il ?... Vous devez me trouver niaise, n'est-ce pas ? »

Je suis incapable de répondre. Comment lui cacher la boule que j'ai dans la gorge ? Comment ne pas lui dire qu'elle exprime ses sentiments avec une justesse et une retenue telles que j'en suis bouleversée ?

Je bois mon verre d'eau d'une traite, puis reprends d'une voix que j'espère neutre :

— Ce passage à l'Ouest, justement. Vous me le racontez ?

Son regard repart dans le vide.

— D'accord, finit-elle par murmurer. Mais vous-même, Patricia, quels souvenirs avez-vous de cette période ? C'était hier…

J'avoue m'être souvent posé la question. J'étais étudiante puis jeune journaliste à Berlin à la fin des années 1980. Le Mur, je l'ai toujours connu. J'ai grandi avec, et aussi incroyable que ça puisse paraître, nous n'avions aucune famille à l'Est. Du coup, nous ne pouvions nous douter de ce que représentaient ces kilomètres de grillages et de fortifications.

J'ai une mimique gênée, comme pour m'excuser, vingt ans plus tard, d'avoir été une privilégiée.

— Pas plus que la plupart de mes concitoyens de ma génération, je le crains.

Elle affiche un franc sourire.

— Ça ne m'étonne pas, Patricia. Avant de vous raconter ma propre évasion, laissez-moi vous rappeler quelques réalités : on se focalise souvent sur le mur de Berlin, mais c'était bien tout notre pays qui était séparé, de la Baltique jusqu'à la Tchécoslovaquie, par une frontière de près de 1 400 kilomètres. Nos dirigeants ont rivalisé d'ingéniosité morbide pour empêcher l'exil des citoyens de l'Est. Je ne sais pas comment, à l'Ouest, on vous décrivait les conditions de passage, mais les miradors, les champs de mines, les pièges sur les grillages, les chiens, les détecteurs électriques, tout cela a bien existé. Mon pauvre Christian en est la preuve…

Elle se tait afin de laisser passer l'émotion, puis reprend :

— Les autorités est-allemandes ont dû pour cela raser un nombre incalculable d'habitations, d'exploitations, voire de forêts afin de pouvoir créer un no man's land piégé et truffé de mines, dans le but de repérer toute personne qui aurait tenté de s'approcher illégalement. Avec ordre de tirer si on estimait qu'il s'agissait d'un fuyard. Je ne sais pas si, un jour, on osera donner le nombre de bavures… Car il faut bien distinguer ceux qui tentaient vraiment de traverser la frontière de ceux qui avaient juste le malheur de passer trop près. La pression exercée sur les gardes-frontières était terrible, et a entraîné bien des drames ! Des paysans, des journalistes, voire des étrangers, ont été abattus à tort, parce qu'ils avaient eu l'inconscience de s'approcher trop près des grillages… Au fait, vous devez savoir combien de gardes-frontières est-allemands ont été tués pendant ces années.

— Oui, près d'une trentaine.

— C'est ça. Et je suppose que vous savez comment ils sont morts ?

Je souris. Après tout, je suis censée écrire un livre sur le sujet.

— Oui, à la suite de l'explosion de leurs propres mines, pour la plupart. Et juste après, ce sont les suicides qui étaient la deuxième cause de mortalité parmi les militaires.

— Vous avez bien potassé votre sujet, Patricia…

Un nouveau silence s'installe. Inge revit ses souvenirs douloureux, et moi, je continue à me demander comment quelques milliers de mètres seulement suffisaient pour basculer dans une autre dimension.

— Pour rejoindre définitivement l'Ouest, reprend Inge, je n'avais qu'une seule solution : l'illégalité.

Je l'interromps et récite, comme une bonne élève :

— Pardonnez-moi, mais vous ne pouviez pas acheter votre droit de passage ?

Elle fronce les sourcils, perplexe. Alors je fouille dans mes notes.

— Le *Freikauf* ?

— Ah ça ?

Elle agite la main, avec une petite moue moqueuse.

— À mon avis, c'est ce qu'on vous faisait croire à l'Ouest, qu'on pouvait racheter notre liberté.

— Vous voulez dire que ça n'a jamais existé ? J'ai pourtant lu que contre 5 000 marks, on pouvait acheter le droit d'aller à l'Ouest.

— Patricia, ne le prenez pas mal mais… Vous y croyez vraiment ? Enfin, si nous avions pu acheter notre liberté aussi facilement, la RDA serait rapidement devenue un désert ! Non, seuls des citoyens est-allemands emprisonnés pour longtemps, et pour des raisons politiques, pouvaient être rachetés. Donc, n'étant pas emprisonnée comme dissidente, et sans famille à l'Ouest suffisamment fortunée pour entamer des démarches de libération, j'ai dû choisir l'illégalité, avec le risque que mon nom, comme celui de Christian, rejoigne ceux des malheureux qui y ont laissé la vie… Attendez, je vais vous montrer quelque chose, c'est dans ma chambre.

Elle revient deux minutes plus tard avec un étrange outillage, qu'elle pose avec précaution sur la toile cirée.

— Je crois que ce souvenir trouverait sa place dans un musée consacré à l'histoire de notre beau pays.

Intriguée, je me penche sur l'attirail. On dirait les patins à roulettes de mon enfance. Deux armatures métalliques souples, dans lesquelles glisser les chaussures. Mais à la place des roulettes, il y a de gros crampons incurvés. D'un coup, je comprends.

— Des chaussures à crampons ! Comme celles des alpinistes ! Pour pouvoir escalader le grillage !

— Bonne déduction, Patricia. C'est avec ce bricolage de fortune, censé m'aider à grimper plus vite au grillage, que je me suis embarquée dans l'aventure. Mais il me restait à trouver le passage le moins risqué pour tenter l'évasion. Sachant que je n'aurais pas droit à une seconde chance, et que si je me faisais attraper, c'était, dans le meilleur des cas, trois ans de prison, mais selon toute vraisemblance, quelques balles dans le dos. Il m'a fallu des mois pour trouver un endroit moins surveillé, là où, malgré les efforts de l'armée, la nature reprenait ses droits sur la *Sperrzone*. Par le biais de connaissances de connaissances, j'avais pris contact avec un passeur ouest-allemand qui connaissait les horaires des patrouilles et à qui j'ai remis presque toutes mes économies. C'est ainsi qu'une nuit de septembre 1969, entre deux rondes de militaires, j'ai rampé sur des talus pour finalement me jeter sur une portion de grillage dénuée de capteurs, me couper les doigts sur ses mailles, l'escalader en apnée, le cœur battant à exploser, persuadée qu'à tout moment, j'allais entendre les aboiements furieux des chiens, les cris des soldats et les détonations qui me seraient fatales.

— Mais il n'en fut rien.

— Il faut croire que mon passeur avait eu la main leste avec mes économies. En basculant de l'autre côté du grillage, un crampon s'est détaché, et je suis tombée lourdement. Rien de grave, mais j'avais la cheville foulée, et j'étais sonnée par le choc et l'adrénaline. Le temps que je reprenne mes esprits, une silhouette s'approchait du côté Est du grillage. Un garde-frontière. J'étais tétanisée, incapable de me relever. Il m'a regardée à travers les mailles. Deux mètres à peine nous séparaient. Il aurait très bien pu m'abattre. Il n'aurait eu qu'à prétendre qu'il m'avait tiré dessus alors que j'étais en haut du grillage, et que mon corps avait basculé de l'autre côté. Au lieu de ça, il a posé l'index sur sa bouche, m'a fait un clin d'œil et a tourné les talons sans dire un mot… Je me suis relevée comme j'ai pu, pour gagner le village voisin. Le temps de me refaire une santé, et j'ai dépensé mes dernières économies pour rejoindre Berlin.

— En arrivant là-bas, je suppose que vous êtes passée par le camp d'accueil de Marienfelde ?

À son tour de hausser les sourcils. Je lui rafraîchis la mémoire :

— Ce camp d'accueil à Berlin-Ouest, dans lequel les fugitifs pouvaient être encadrés et accompagnés dans leurs démarches de régularisation.

Elle secoue la main.

— Non, ça ne m'intéressait pas. Si je passais par cette structure, je laissais forcément une trace de ma présence, ne serait-ce que dans leurs archives. Et ça, je voulais à tout prix l'éviter.

— Pourquoi ?

— Rappelez-vous mon désir de vengeance, Patricia. Je ne savais pas encore ce que j'allais faire une fois passé le Mur, mais j'étais en revanche certaine qu'il me faudrait être discrète. Une sorte de pressentiment quant à l'avenir. Mais je suppose que nous l'évoquerons plus tard… De parler autant, ça m'a donné soif. Ça vous dit, un bol de soupe ?

CHAPITRE 19

Heidenau, 2006

Elle repose son bol vide sur le plateau. J'ai à peine touché au mien. C'était une soupe au potimarron. Je déteste ça.

— Inge, je voulais vous remercier pour toutes ces confidences sur votre enfance et votre famille. Vous aviez raison, ces souvenirs sont indispensables pour comprendre celle que vous êtes devenue par la suite.

Elle se penche, attrape mon paquet de cigarettes et s'en colle une entre les lèvres. Je reste interdite quelques secondes puis, devant son sourire narquois, je fais glisser mon briquet vers elle. Après avoir rejeté une longue volute, elle me demande à travers la fumée :

— Et si nous arrêtions ce petit jeu ridicule, Patricia ? Si vous me disiez vraiment pourquoi vous êtes venue ? Que voulez-vous savoir au juste ?

J'accuse le coup, et une sensation de froid me prend au ventre.

— Je ne comprends pas…

Elle me coupe, un petit sourire moqueur aux lèvres.

— Vous êtes vraiment une piètre comédienne.

On dirait que la situation l'amuse. Depuis le début de nos entretiens, je pensais être le chasseur jouant avec sa proie, mais je réalise seulement que le rapport de force est en train de s'inverser.

Elle contemple le bout incandescent de sa cigarette et reprend :

— Il y a quelques semaines, vous êtes venue me trouver avec un prétendu projet de livre sur les fugitifs qui étaient revenus vivre à l'Est quelques années après l'avoir quitté. Pourtant, je m'aperçois que vos connaissances sur le sujet sont parfois pointues, mais d'autres fois bizarrement lacunaires. Mais admettons… Vous m'avez ensuite expliqué avoir appris mon existence grâce aux archives secrètes de la Stasi. Parfait. Connaissant la méticulosité de nos anciens policiers d'État, je me doute que mon dossier contenait bien plus que la simple mention d'un aller-retour Est-Ouest, et que vous m'interrogez sur des faits que vous connaissez déjà… Donc j'en reviens à ma question : qu'est-ce qui vous intéresse *vraiment* dans mon passé, Patricia ?

Ça se confirme : elle m'a ouvert sa malle aux souvenirs, mais sans dévoiler le double fond dans lequel se trouve la vérité que je suis venue chercher.

Je relève la tête.

— Comme je vous l'ai expliqué, les archives que j'ai retrouvées étaient incomplètes. Il y a beaucoup de zones d'ombre que j'aimerais éclaircir. C'est un authentique travail de journaliste auquel je me livre, vous savez. La double vérification des faits est un minimum quand on se targue d'être scrupuleuse. Alors je préfère que vous me donniez votre version des événements, quitte à comparer ensuite avec mes sources.

J'ai les doigts glacés et les muscles du dos si contractés que j'ai peur de ne pouvoir me lever. Si je ne dévoile pas à mon tour quelques cartes, la partie s'arrêtera avant même d'avoir vraiment commencé. Alors je poursuis :

— Cela dit, je vous l'accorde, il y avait dans votre dossier des mentions d'événements disons... exceptionnels. Je vous prie donc de m'excuser si je vous ai donné l'impression que je cherchais à vous manipuler, Inge. Je vous promets que ce n'était pas le cas. Maintenant que je me suis excusée, et puisque les choses sont désormais plus claires, je propose que nous gagnions du temps et passions directement à l'année 1977.

Elle ferme les yeux et soupire.

— Nous y voilà...

Elle se lève, retourne au buffet. J'entends un bruit de vaisselle et ne peux masquer mon étonnement quand je la vois déposer assiettes et couverts.

— Inge ? Mais... que faites-vous ?

Elle quitte la pièce et gagne la cuisine d'où elle me répond :

— La soupe m'a ouvert l'appétit. Et tant qu'à vider mon sac, je préfère le faire le ventre plein. Je nous ai préparé une spécialité de ma mère, Frieda. Du *Schmorgurken*. De la viande hachée avec du concombre chaud et du vinaigre. Ça ne vous fera pas de mal de vous remplumer. La cigarette, ça ne nourrit pas...

Je me lève en faisant tomber ma chaise, les bras secoués de tremblements. À quoi elle joue ?

Je sens les effluves du repas, je contemple la vaisselle posée sur la table à côté de la photo de Christian et de la lettre qu'il a envoyée avant de mourir. J'ai la vision qui se trouble, le pouls qui s'emballe.

Je fourre à la hâte mes affaires dans mon sac. Je sais que si je pars, Inge ne voudra plus jamais me parler, mais c'est plus fort que moi. Je ne supporte pas la tournure des événements. J'attrape mon manteau et me précipite vers la sortie quand je croise Inge qui revient de la cuisine, avec une cocotte fumante.

Elle découvre mon visage hagard, mon manteau enfilé à la diable et mes yeux fébriles. Moi, je n'ose regarder en face cette vieille femme digne, portant sa cocotte les mains protégées par un torchon immaculé.

— Mais, Patricia, que faites-vous ?

— Je… je dois y aller.

— Encore ? C'est votre mère ?

— Non je… je dois partir… Un imprévu…

— Mais je pensais que vous aviez toute votre journée ?

Elle fronce les sourcils et demande sèchement :

— Vous allez me faire le coup à chaque fois ?

Je sens sa colère. Mais je ne peux rien dire. Rien faire. À part bredouiller :

— Je… je suis désolée, Inge.

Elle pose la cocotte en fonte sur un dessous-de-plat, replie consciencieusement son torchon qu'elle range sur le dossier d'une chaise, puis se retourne face à moi, les bras croisés sur la poitrine.

— Eh bien, qu'est-ce que vous attendez ? Allez-y ! Moi qui pensais que nous arrivions au moment de ma vie qui vous intéressait, de toute évidence, ce ne devait pas être aussi important que ça. Je ne vous raccompagne pas, j'ai un repas qui se mange chaud.

Elle regagne la table, remplit une assiette d'un étrange ragoût et s'assied en me tournant le dos.

Je sors de chez elle en refermant doucement la porte, comme une voleuse.

Je cours à ma voiture, effectue une marche arrière dans une gerbe de gravillons et reprends la route en faisant hurler le moteur.

Je traverse les villages alentour à toute vitesse, inconsciente des dangers. La voiture tangue dans les virages que j'enquille sans rétrograder.

J'accélère encore, brûle un stop dans un concert de klaxons.

La photo de Christian. Un corps frêle et nu sur une table de dissection. Un village allemand hors du temps. Une explosion. Des cris et des larmes. Christian et Inge faisant l'amour dans une chambre de bonne. Un cortège de villageois enterrant un enfant du pays. Une lettre d'au revoir pleine de promesses et de larmes.

Mon pied écrase la pédale de frein et la voiture effectue une embardée. Je ferme les yeux, lâche le volant. Le destin en décidera. La BMW s'immobilise, le moteur cale.

Silence assourdissant. Je rouvre les yeux. La voiture s'est arrêtée sur le bas-côté. Ce n'est pas pour cette fois.

Alors je hurle en cognant sur le volant.

Qu'est-ce qui m'arrive ? Je suis en train de tout foutre en l'air ! De faire preuve de compassion ! Et en même temps de perdre sa confiance. Il faut que je me ressaisisse, que je dresse les barbelés. Regagner ses faveurs, en espérant qu'il ne soit pas trop tard.

Et cultiver ma colère !

Je tourne la clé. Le moteur renâcle un peu, mais finit par redémarrer. Je sèche mes larmes et m'apprête à reprendre la route, quand une image s'impose.

J'allume le GPS, rentre une destination.

Quatre heures de trajet.

Je trouverai un hôtel sur place. J'appellerai Paul pour le prévenir que je ne viendrai pas travailler demain.

Je fais demi-tour et reprends la route.

Avec ses deux tours, sa façade fraîchement repeinte et les larges pavés sur la chaussée, le bâtiment fait penser à un monument historique. Plus loin, à flanc de colline, un château bavarois complète l'impression de carte postale.

Seul l'épais grillage aux fenêtres confère au bâtiment une étrange austérité.

J'ai acheté un sandwich que j'ai à peine entamé. J'essuie encore une fois la buée qui recouvre le pare-brise.

L'obscurité naissante plonge la place dans la pénombre, et la lueur des réverbères peine à éclairer la plaque fixée sur la façade. « Prison d'Aichach ».

La tension de ces dernières heures se relâche. Mes paupières se ferment malgré moi. Cinq petites minutes. Juste cinq minutes d'un sommeil sans rêves.

Une heure que je suis devant l'écran. Ces derniers temps, on me fiche une paix royale, alors j'en profite.

Sur le verre bombé, je tente de diriger mon petit explorateur entre les sarcophages. Un coup à droite, un coup en bas, demi-tour. Je tords le joystick comme une folle, le souffle court, tandis que des momies essaient de m'attraper.

J'entends une voiture s'arrêter dans l'allée. J'appuie sur pause, regarde par la fenêtre du salon et pousse un cri de joie. Grand-père et grand-mère ! C'est génial, ils nous font la surprise ! Personne ne m'avait prévenue, mais je suis ravie. Ils n'habitent pourtant pas très loin, trente kilomètres, mais d'habitude, c'est toujours nous qui allons chez eux.

Je me précipite dans le couloir pour leur ouvrir, mais tante Elizabeth m'a devancée. À croire que toute la famille s'est donné rendez-vous à la maison. D'abord tante Elizabeth qui est arrivée hier, et maintenant, grand-père et grand-mère qui débarquent à l'improviste.

La porte est à peine ouverte que je me précipite vers la vieille Mercedes grise de mes grands-parents. Grand-père est déjà dehors et aide grand-mère à sortir de la voiture. Depuis son accident au cerveau, elle a un côté paralysé qui l'empêche de marcher normalement.

Je saute dans les bras de grand-père en riant aux éclats. Il m'attrape et m'embrasse en me serrant fort. Tellement fort que j'ai du mal à respirer. Il a mis son visage dans mes cheveux et quand il me repose, je trouve qu'il a les yeux qui brillent et la peau toute blanche.

Tante Elizabeth me prend doucement par la main et m'emmène dans la maison.

— Laisse tes grands-parents arriver, Patricia. Viens avec moi, j'ai quelque chose à te demander.

Elle attrape son sac à main, sort son portefeuille et me donne un billet de vingt marks.

— Tiens, sois gentille, tu vas à la supérette et tu achètes un salami, tu veux bien ?

C'est bizarre, cette façon qu'elle a de parler en chuchotant.

J'attrape le billet et file dans ma chambre pour mettre mes baskets. Quand je ressors, je vois la porte de la chambre de papa et maman qui se referme sur mon grand-père.

Intriguée, je m'approche. Je n'entends pas grand-chose, à peine un murmure indistinct. Puis un long sanglot étouffé suivi d'une plainte qui me coupe le souffle. « Il est mort ! »

Sonnée, je sors de la maison en serrant le billet dans ma main. Mes pieds me portent machinalement jusqu'au Center Kohler. *Je fais la queue au rayon boucherie, demande un salami, vais payer à la caisse. J'exécute les gestes machinalement, parce que dans ma tête repasse en boucle le cri lancé par ma mère.*

Il est mort !

Je sors du magasin en marchant doucement et en répétant cette mélopée funeste.

Il est mort.

À mesure que j'approche de la maison, mes pas se font plus rapides, mes baskets s'emballent, mon sang pulse dans mes tempes, je me mets à courir, de plus en plus vite, mon cœur va exploser. À chaque foulée, cette phrase qui revient, la réalité qui m'apparaît, odieuse, je suis en train de réaliser, et je me répète à voix basse, le souffle court, il est mort, il est mort, il est mort.

Je déboule devant la maison, passe par la porte de derrière, je ne veux pas les croiser, leur montrer ma peine, j'ai peur de confronter mon chagrin au leur.

J'ouvre la porte de la cuisine à la volée. Tante Elizabeth m'attend, ses grands yeux prêts à déborder, elle sait que j'ai compris.

Le salami roule par terre, je me précipite dans ses bras, elle me serre doucement et j'éclate en sanglots.

Je m'appelle Patricia Sammer, nous sommes le 5 septembre 1977, j'ai six ans, et aujourd'hui, papa est mort.

CHAPITRE 20

Heidenau, 2006

La porte automatique de la supérette coulisse. Inge se dirige vers le rayon des fruits et légumes. Elle ne se fournit que dans ce petit supermarché bio du village. Elle vit seule, a peu de besoins.

Arrivée devant les étals de choux et de pommes, elle ferme les yeux et respire ces odeurs qui la ramènent cinquante ans en arrière. Puis elle attrape un sachet en papier kraft et commence sa collecte.

Non sans une certaine ironie, elle se dit que finalement, la RDA était un pays avant-gardiste. À l'époque, ses parents l'envoyaient faire des courses au *Konsum*, l'épicerie du village. Elle partait en se répétant la liste des courses qu'elle se faisait un devoir de mémoriser, sans jamais la recopier. Sur place, c'étaient les odeurs des asperges, des navets, des pommes de terre. Une agriculture locale, du producteur au consommateur. Déjà, cinq décennies plus tôt, on mettait ses courses dans des sacs en papier, sur lesquels on pouvait lire « *Meine Mutti kauft hier* », « Ma maman achète ici ».

Lors d'un voyage scolaire à Berlin-Est, Inge était entrée dans un magasin *Intershop*, une chaîne autorisée à vendre des produits fabriqués à l'Ouest. Ce qui l'avait marquée, c'étaient les couleurs et les odeurs : agressives, éclatantes, artificielles. Oui, surtout ça, les odeurs : l'Ouest, ça sentait les arômes chimiques, les parfums de synthèse et, par-dessus tout, le plastique, sous toutes ses formes… Elle avait été à la fois fascinée et écœurée par cette débauche. Longtemps, l'antagonisme Ouest-Est s'était résumé chez elle à une question d'odeurs. À Jävenitz, les senteurs de terre fraîchement retournée, des récoltes, de l'engrais naturel, des choux. De l'autre côté, les arômes de synthèse, l'essence et le plastique.

Cinquante ans plus tard, alors que les derniers vestiges du Mur se vendent sur Internet et que des milliers de touristes se font prendre en photo à côté des mémoriaux jalonnant l'ancien tracé dans Berlin, elle constate que la tendance est désormais de se fournir en produits locaux, dans des sacs en papier consciencieusement réutilisés pour recueillir de quoi alimenter son petit compost privatif.

Elle se dirige vers la caisse en traînant son caddie, prend l'édition du jour du *Heide Kurier*, regagne son lotissement, range ses courses puis s'assied à la même place que la veille. Elle a ressorti sa boîte à biscuits, deux verres et une carafe d'eau. Elle n'a pas oublié le cendrier.

Dans la cuisine, de la soupe mijote. Une pleine casserole, comme tous les jours. Son péché mignon qu'elle sirote à longueur de journée, ses mains fripées se réchauffant à la douce chaleur de la tasse.

Toute la soirée, elle a traîné une nausée. Est-ce la cigarette qu'elle a prise à Patricia ? Vingt ans qu'elle n'avait plus fumé.

Ou le sentiment d'être dupée par cette journaliste qui lui inflige un deuxième affront en autant de rencontres ?

Elle n'a pas eu de nouvelles depuis son départ précipité de la veille. N'a surtout pas voulu en prendre, hors de question qu'elle se manifeste. Sa colère n'était pas feinte. À la hauteur de sa frustration.

Elle se dirige vers la cuisine, attrape une grande tasse et se sert une louche de soupe.

Une averse fouette la vitre au-dessus de l'évier. D'habitude, elle aime quand les éléments expriment leur colère, mais n'arrivent pas à pénétrer le cocon de sa maison. Certains soirs, quand la pluie est particulièrement violente, elle quitte sa chambre et va s'allonger dans le grenier, sur un matelas qu'elle a installé en dessous d'une lucarne, afin de narguer les gouttes rageuses qui s'écrasent sur la vitre. Ce mitraillage l'apaise, la berce et compense le vide dans son lit.

Les soirs de pluie, Inge dort mieux.

Pourtant, aujourd'hui, elle n'y prête pas attention. Elle pense à Patricia, contrariée de reconnaître que les confessions auxquelles elle se livre ne sont pas désagréables.

Pire, maintenant, elle les attend.

Elle retourne dans le salon et se rassied, sa tasse entre les mains.

Elle ferme les yeux, hume l'odeur du potage.

Pourquoi ressent-elle cette drôle d'attirance envers la journaliste ? Cette dernière est arrogante et lunatique. Elle souffle le chaud et le froid, passe de la compassion émue à la distance la plus glaciale en un instant.

Même physiquement, elle est fausse. Cette façon qu'elle a de s'enlaidir, de paraître quelconque, comme si elle ne voulait pas se montrer telle qu'elle est vraiment.

Il est évident qu'elle lui cache des choses. Que ses motivations sont autres. Inge a vécu trop d'années dans la crainte et la méfiance. La suspicion est devenue une seconde nature, qui lui souffle depuis le début que Patricia Sammer ne joue pas franc-jeu avec elle.

Et pourtant, elle l'accepte. S'en amuse presque. Aurait-elle également envie de jouer ? Ou alors, maintenant qu'elle atteint le crépuscule de sa vie, ressent-elle le besoin de se libérer, quitte à le faire avec une quasi-inconnue ?

En tout cas, ce sera à Patricia de rappeler. Inge s'y refuse. C'est Patricia qui a cassé ce moment fragile où les vraies confidences remontaient à la surface. Elle qui est partie comme une furie. Alors ce sera elle qui reviendra et lui présentera ses excuses. Et tant pis si elle ne revient jamais. Au pire, ces quelques heures lui auront permis de replonger dans son histoire et de revivre les instants doux-amers de sa jeunesse.

CHAPITRE 21

Région de Budějovice, Tchécoslovaquie, août 1945

Ce matin, Horst est mort.

Au sortir d'une nuit trop courte, Anna a réveillé ses garçons pour se remettre en route sous l'œil noir des fusils. Horst, son petit garçon, était déjà froid.

Elle n'a pas réagi. Elle a contemplé le visage émacié de son fils, ses narines pincées. Il dort, a-t-elle pensé. Il dort à jamais, plus personne ne viendra le déranger. Il est parti loin, très loin, là où même le silence est froid.

Elle l'envie.

Un garde s'est approché, prêt à la secouer. Mais il a vu le cadavre de l'enfant, s'est arrêté, puis il a regardé la mère, son visage impassible et crayeux.

L'autre garçon, le plus grand, s'est péniblement levé. Il a aperçu sa mère, le garde gêné, juste derrière. Ses yeux se sont posés sur le corps de son petit frère, et il a compris.

Il s'est approché, a pris la main de sa mère, et doucement, l'a tirée vers le chemin, vers la cohorte des réfugiés prêts à se remettre en route.

Anna s'est laissé entraîner par Helmut, ils ont rejoint les autres. Le corps de son fils n'est bientôt plus qu'une tache blanche et noire trouant la végétation du sous-bois. Elle n'a pas pu l'enterrer. Il pourrira là, à la merci des charognards. À moins qu'une bonne âme n'ait pitié de ce petit cadavre et ne lui offre un semblant de sépulture.

Anna n'a pas pleuré. Elle n'en a plus la force. Désormais, c'est elle qui suit Helmut, elle le laisse la guider, aller quémander leur nourriture, négocier avec les soldats.

Depuis plusieurs jours, ils n'ont plus rien à manger. Leurs maigres provisions n'ont pas suffi. Ils n'ont survécu qu'en mendiant un bout de pain à leurs compagnons d'infortune ou aux fermiers des villages qu'ils traversent.

Après une semaine de marche forcée en plein soleil, tous les sacs sont vides, plus une miette. Les barbes ont poussé sur les joues creusées. Les chaussures trouées raclent les chemins caillouteux. Les gestes sont mécaniques. On quémande, on vole, on s'entretue pour une pomme de terre germée. Parfois, on s'arrête près d'un champ. Autorisation est donnée à ces morts-vivants de creuser à mains nues, de glaner pour trouver de quoi subsister. Tous n'en ont pas la force. Ce sont des animaux qui fouissent, se cassent les ongles sur une terre trop sèche, les yeux fiévreux luisant dans des visages noirs de crasse.

Le troisième jour, les marcheurs devant Anna se sont écartés pour ne pas piétiner le corps d'un vieillard au milieu de la route. Personne ne s'est arrêté. Le flot humain des exilés a contourné l'écueil pour se refermer juste après.

Ils n'ont que quelques heures pour dormir la nuit à même les fossés, dans les champs ou dans les bois. La différence de température est meurtrière.

Une nuit, une jeune femme de l'âge d'Anna est venue la trouver. Les yeux rougis, elle lui a confié sa petite fille – une jolie poupée blonde aux joues sales et rebondies – et lui a expliqué en allemand qu'elle la récupérerait au matin. Anna, la fillette muette dans ses bras, l'a regardée partir et rejoindre un groupe de soldats près d'un feu de bois, à quelques mètres seulement. Anna a reconnu des uniformes tchécoslovaques, et d'autres qu'elle n'avait jamais vus. Ceux de l'Armée rouge. Elle a compté une dizaine d'hommes qui ont accueilli la jeune inconnue avec des rires puant la mauvaise vodka.

Ils l'ont violée toute la nuit. L'espace d'un instant, alors qu'un Russe se retirait d'elle et laissait la place à un camarade, elle a tourné la tête et a cherché Anna du regard. Dans ses yeux, une prière muette, et sa bouche a articulé deux mots dans le vide.

Meine Tochter. Ma fille.

Puis un soldat s'est interposé pour la pénétrer encore.

Anna s'est blottie contre Helmut et la petite fille. Tournant le dos au viol qui s'opérait aux yeux de tous, tentant de masquer les rires et les grognements.

Le lendemain matin, l'inconnue est revenue. Elle a récupéré sa fille en évitant le regard d'Anna. Elles ne se sont plus croisées.

Un autre jour, une vieille femme a surgi de la cohorte et s'est précipitée vers un soldat. Elle l'a agrippé par la veste et l'a imploré dans un vieux dialecte bavarois.

Le soldat est devenu rouge, à la fois furieux et gêné. Il l'a repoussée violemment en lui hurlant de regagner les rangs, mais elle revenait toujours à la charge, gémissante, suppliante.

Quand Anna est passée à côté d'eux, elle a compris que la petite vieille demandait qu'il la tue, pour abréger ses souffrances. Mais chaque fois, il la repoussait à coups de crosse.

La vieille a fini par s'arrêter puis, calmement, a commencé à reculer vers le champ derrière elle. Elle s'est éloignée de la horde, fixant le soldat dans les yeux, les bras légèrement écartés du corps, paumes tournées vers le ciel.

Le soldat, paniqué, lui a intimé l'ordre de regagner la file. Mais elle a continué à reculer à petits pas posés. Alors il a épaulé son fusil, a tiré deux fois et la vieillarde s'est enfin écroulée. Il s'est retourné, et ceux qui ont osé lever la tête ont vu qu'il pleurait.

Helmut et Anna regagnent les rangs et reprennent la route. La jeune femme avance machinalement. Elle ne pense plus, n'existe plus. Ne subsiste qu'une enveloppe mue par un instinct animal.

CHAPITRE 22

Heidenau, 2006

— Soit vous les acceptez, soit vous me les jetez à la figure, mais décidez-vous.

Je m'efforce de parler sur un ton badin, mais le résultat sonne faux, ajoutant au pathétique de la situation. Inge sur son perron, raide, le regard dur, et moi grelottant de stress et de fatigue, ma boîte de chocolats premier prix achetés à la hâte dans une supérette.

Elle prend enfin les chocolats et tourne les talons en laissant la porte ouverte.

Je pousse un soupir et lui emboîte le pas, direction la cuisine. En Allemande consciencieuse, elle vide le contenu de la boîte dans une première poubelle et jette le carton dans une autre.

— Le médecin m'interdit les sucreries, une vilaine histoire de diabète. Je n'ai pas pensé à vous en proposer. Mais je suppose que vous allez bientôt partir, non ?

Inge : 1 – Patricia : 0.

Fair-play, je lève les mains.

— D'accord, Inge, je l'ai bien cherché. Je suppose que vous ne vous contenterez pas de simples excuses ?

Elle me dévisage des pieds à la tête.

— Oh, mais je ne suis pas votre mère, Patricia ! Vous n'avez pas d'explications à me donner. Simplement, que les choses soient claires : je ne suis pas à votre disposition. Vous n'arrivez pas chez moi quand bon vous semble. Vous ne vous asseyez pas à ma table, toute mielleuse, pour partir comme une voleuse quelques minutes après. Je ne supporte pas les lunatiques dans votre genre. Un coup je suis gentille, un coup je suis agressive, très peu pour moi. Il n'y aura pas de troisième chance. La prochaine fois, vous pouvez supprimer mon nom de votre répertoire, vous trouverez toujours porte close !

Que lui répondre ? À sa place, j'aurais déjà perdu patience depuis longtemps. En vérité, je la trouve même trop gentille. Je ne mérite pas une telle mansuétude.

J'hésite à me confier, lui lâcher une bribe d'explication, mais je me ravise. Lui dire quoi ? Que trois matins de suite, je me suis réveillée avec un inconnu dans mon lit, incapable de me souvenir de ce que j'avais fait la veille ? Qu'hier, je suis arrivée au journal dans un état tel que Paul a juste eu le temps de m'emmener dans les toilettes pour me soustraire au regard désapprobateur des collègues ? Que sans rien dire, il m'a raccompagnée chez moi, douchée et couchée de force après avoir changé mes draps et ramassé les vestiges de ma débauche ? Qu'il est resté pendant que je m'abîmais dans des cauchemars interminables ? Qu'il m'a apporté des bols de bouillon dans lesquels j'ai à peine eu le temps de tremper mes lèvres avant de vomir ?

Non, je doute qu'elle ait envie d'entendre ce genre de choses.

Je porte les mains à hauteur de ma poitrine en guise de reconnaissance. Mes yeux accrochent les siens en une promesse muette.

Elle hésite quelques secondes, puis soupire et me fait signe de la suivre dans le salon.

Même rituel que d'habitude : mes notes, mes crayons, la carafe, le cendrier. Mais elle reste sur la défensive.

Je renonce à sortir une cigarette. Ce matin, je suis passée au labo. Énième prise de sang, pour des résultats que je connais d'avance. L'infirmière, toujours la même, m'a adressé un petit sourire qu'elle voulait plein d'espoir. J'ai dû me retenir pour ne pas lui répondre par une grimace.

Dans la foulée, je me suis arrêtée pour acheter les chocolats, puis j'ai pris la voiture pour rejoindre Inge chez elle, sans même prendre la peine d'avaler un café ou de manger un morceau.

Entre la route, les clopes et mon estomac vide, je me prépare une belle migraine.

Je rassemble mes feuilles, me racle la gorge et tente de reprendre :

— Nous en étions arrivées au moment où vous aviez passé la frontière.

— Je me souviens très bien. Je me souviens même de la dernière phrase que j'ai prononcée avant que vous ne preniez la tangente.

Encore un petit coup de griffe au passage. Bon, j'ai beau savoir que je suis en tort, si elle espère m'humilier sans que je réagisse, ça va finir par péter.

J'arbore un sourire crispé.

— Oui, moi aussi… Je proposais que nous fassions un léger saut dans le temps pour arriver en 1977.

— Effectivement, en ce qui me concerne, c'est une année charnière. Mais auparavant, il faudrait peut-être se remettre dans le contexte et revenir en 1967. Le 2 juin, pour être précis. Savez-vous ce qui s'est passé ce jour-là, Patricia ?

Comment ne le saurais-je pas ?

CHAPITRE 23

Berlin-Ouest, 2 juin 1967

Benno a encore sur ses lèvres le goût de la salive de Christa. La veille au soir, au moment de quitter le local enfumé de la Niedstrasse, elle lui a glissé sa langue dans la bouche, sous les regards envieux et goguenards des camarades.

Étrange relation que la leur. Ils sont mariés, mais vivent séparément. Chacun sa vie, son jardin secret. Propre et ordonné chez lui, luxuriant et sauvage chez elle. Ils ne planifient rien. Quand l'un a envie de l'autre, il le lui fait savoir. Hier, elle a embrassé Benno. Ce baiser aux relents de haschich a scellé sa promesse.

Demain soir.

C'est ainsi que les choses fonctionnent. Liberté pour tous. Liberté pour toutes.

Christa le rejoindra ce soir, après la manifestation, et Benno est d'une fébrilité inhabituelle. Il ne sait si cette excitation est due aux événements du jour ou aux promesses de la nuit.

Il contemple sa garde-robe, circonspect.

Quelle tenue adopter ? Il ne veut pas passer pour un hippie. Il veut avoir l'air respectable. Ne surtout pas se marginaliser.

Il triture sa fine moustache. Quelle chemise le mettrait en valeur ?

Christa… Il bande mollement tandis qu'une pique désagréable le titille. Qu'a-t-elle fait après leur baiser de la veille ? Il s'interdit d'être jaloux, de lui poser la moindre question. Mais il aimerait savoir à quoi correspond ce regard mystérieux et inédit qu'elle lui a jeté.

Il attrape une tenue – chemise marron, pantalon en toile grise, fine ceinture noire – et s'efforce de chasser Christa de ses pensées. Il enfile des sandales, pieds nus. Il fait chaud à Berlin.

La manifestation de cet après-midi est de la plus grande importance. Ces dernières semaines, les actions se sont radicalisées. La tension est au paroxysme, les policiers sur les dents. Même au sein de la cellule, les avis sont partagés : faut-il durcir le mouvement, franchir un palier dans la violence et muscler les actions, au risque de se mettre à dos une partie de l'opinion ?

Benno n'a pas tranché. Comme des milliers de jeunes Allemands, il suit le mouvement, faisant confiance aux leaders des syndicats étudiants. Ils ont les coudées franches et une furieuse envie d'en découdre. Quant à l'opinion publique, que peut-on en espérer ? Manipulée par les campagnes de presse des journaux conservateurs, encore traumatisée par son passé nazi qu'elle ne veut pas regarder en face.

La jeunesse allemande a emboîté le pas aux mouvements étudiants qui fleurissent à travers le monde. Solidarité avec le Tiers-Monde, refus de l'intervention américaine au Viêtnam, volonté de renvoyer les caciques aux oubliettes, d'ébranler ce vieux monde qui se meurt.

En Allemagne, comme ailleurs, on étouffe, on aspire au grand soir. *Unter den Talaren, der Muff von Tausend Jahren !* [3]

3. « Sous les toges des professeurs, l'air moisi d'un millénaire ». Allusion au IIIe Reich qu'Hitler voyait durer mille ans.

Mais en Allemagne, plus qu'ailleurs, des cadavres pourrissent dans de trop nombreux placards. Papa n'ose pas se regarder dans le miroir, il a peur de s'y apercevoir avec l'uniforme nazi. Maman ne parle plus depuis que son bébé est mort dans les bombardements.

Le dialogue entre les générations paraissait difficile à rétablir. Une belle nuit d'été, six ans plus tôt, l'a rendu impossible, quand l'horreur s'est matérialisée sous la forme de briques, de barbelés et d'un mur de la honte.

Benno n'est pas un violent. Il ne s'est jamais battu et les armes le répugnent. Arrivera ce qui doit arriver.

Il attrape une bouteille d'eau de toilette bon marché, souvenir d'une virée au *Kaufhof* de Francfort, et s'en remet une giclée.

Qui sait ? Christa acceptera peut-être de rester une nuit de plus ?

Il claque la porte de son appartement et quitte la Prinzregenstrasse. Il a oublié de fermer la fenêtre de la chambre. Un léger vent d'été soulève les rideaux. Quelques tracts s'envolent du bureau et atterrissent en douceur au pied du lit. Il a pris soin de changer les draps avant de partir.

Ce soir, Christa vient.

Karl-Heinz prend le livre et le pose sur son bureau rangé avec un soin maniaque. *Herr Puntila und sein Knecht Matti.* Bertolt Brecht.

Son visage ne trahit aucune émotion. Est-il sensible à l'ironie du choix du livre ? Bertolt Brecht, chassé par le régime nazi, puis chassé des États-Unis et accueilli en héros par le régime socialiste qui lui offrit tant de largesses en même temps qu'une surveillance de tous les instants.

De toute façon, Karl-Heinz se fout de Brecht.

Il ouvre le livre à la dernière page. La lame de rasoir découpe avec précaution le collage intérieur de la couverture, laissant apparaître une mince feuille de papier bible.

Le document est recouvert d'une écriture minuscule, au crayon de bois. Karl-Heinz le lit avec attention. Il n'a pas besoin de retrouver les codes de décryptage. Il les connaît par cœur.

Il se rend dans la kitchenette, frotte une allumette et met le feu au papier, au-dessus de l'évier. La feuille légère s'embrase instantanément et Karl-Heinz la lâche avec un petit mouvement de surprise.

Quand le papier n'est plus qu'un petit tas de cendres dans l'évier, il fait couler de l'eau pour emporter les résidus noircis.

Une fois par mois, Karl-Heinz passe le poste-frontière de la Bornholmer Strasse sans inquiétude. Le plus au nord des sept points de passage. Celui exclusivement dédié au passage Ouest-Est. L'officier du ministère qui lui transmet ses instructions et à qui il remet ses rapports lui a accordé un laissez-passer qui le met théoriquement à l'abri du zèle des soldats. Mais nul n'est à l'abri d'une fouille poussée ou d'un contrôle inopiné.

Trois ans plus tôt, quatorze personnes, dont onze enfants, ont réussi à passer le Mur, cachées sous des carcasses de cochons, dans un camion réfrigéré. Depuis, certains postes-frontières sont équipés de garages mortuaires où l'on fouille les corbillards et ouvre les cercueils. Juste pour vérifier.

Karl-Heinz regagne sa chambre, sort son uniforme et finit de s'habiller. Il se regarde dans le miroir en pied. Pas un pli dans son costume gris-vert, quatre boutons brillants, épaulettes amidonnées. Il ajuste sa casquette et tire sur les pans de sa veste.

Il fait glisser la cloison de sa penderie, s'agenouille et en sort une lourde malle métallique. Il ouvre le couvercle et contemple son trésor, sa collection d'armes à feu, son arsenal personnel.

Il hésite puis referme le couvercle, range la malle et flatte l'étui en cuir brillant qu'il porte à la ceinture. Son arme de service suffira.

Karl-Heinz quitte son immeuble de la Oranienstrasse d'un pas autoritaire. Au loin, la rumeur gronde, cris indistincts, sifflets, slogans.

Porté par le vent, un tract se loge sous sa botte. Il marche dessus sans s'en rendre compte. Longtemps après qu'il a quitté le quartier pour rejoindre son escouade, le tract reste collé à la chaussée poisseuse. La semelle de Karl-Heinz y a laissé une cicatrice poussiéreuse, mais on peut encore y lire :

Unsere Niederlagen nämlich
Beweisen nichts, als daß wir zu
Wenige sind
Die gegen die Gemeinheit kämpfen
Und von den Zuschauern erwarten wir
Daß sie wenigstens beschämt sind![4]

Benno est essoufflé. La panique les a submergés et ils se sont égaillés comme des moineaux apeurés. Ils s'attendaient pourtant aux débordements. Les précédentes manifestations à travers le pays avaient déjà été sur le point de virer aux émeutes.

Les répressions policières lors de la marche contre l'intervention américaine au Viêtnam avaient mis le feu aux poudres. Il fallait que ça pète. C'était nécessaire. Mais les beaux discours théoriques qui sonnent toujours juste autour d'une chope de bière sont vite étouffés par le bruit des matraques et les explosions des grenades lacrymogènes.

La manifestation de ce 2 juin doit arriver à l'Opéra. La jeunesse se rebelle contre la venue du shah d'Iran, Mohammad

4. Extrait d'un texte de 1934 de Brecht, *Gegen die Objektiven* : « Nos défaites d'aujourd'hui ne prouvent rien, si ce n'est que nous sommes trop peu dans la lutte contre l'infamie, et de ceux qui nous regardent en spectateurs, nous attendons qu'au moins, ils aient honte. »

Reza Pahlavi, qui a écrasé dans le sang la révolte dans son pays. Ce soir, on joue *La Flûte enchantée*. Le shah et son épouse doivent y assister.

Benno et ses camarades sont au milieu du cortège. Aux slogans anti-shah s'ajoutent d'autres revendications. Springer et ses journaux réactionnaires en prennent pour leur grade sous les regards inquiets des spectateurs.

Les policiers sont aux abois et répriment déjà les prémices des débordements. Déjà à midi, devant l'hôtel de ville de Schöneberg, les manifestants ont été provoqués et insultés par les partisans du shah et des membres de sa sécurité personnelle qui, matraque à la main et visages couverts, veulent casser du gauchiste. Tout le quartier n'est qu'une gigantesque cocotte-minute.

Benno tourne la tête. Trois rangées plus haut, il a aperçu Christa. Il tente de l'appeler, mais les cris des manifestants le couvrent. Ce n'est pas grave. Il la contemple, le rouge aux joues et le cœur battant. Plus que quelques heures.

Il ne perçoit pas tout de suite le mouvement anormal de la foule. Les manifestants qui le précèdent s'arrêtent d'un coup, les chansons s'éteignent. Un brouhaha inhabituel arrive du côté droit, suivi de cris stridents. Puis la foule s'ouvre et se disperse en hurlant, surprise par la brutalité de l'attaque.

Le chef de la police a donné l'ordre d'évacuer la place et ses troupes passent à l'acte.

L'attaque, d'une rare violence, a surpris le service d'ordre étudiant qui peine à reprendre le dessus. Benno et ses camarades tentent d'échapper aux coups en courant dans tous les sens. Devant lui, un camarade s'écroule. Benno s'arrête pour l'aider à se relever. Une matraque lui effleure la tempe. Les poumons en feu, il reprend sa course sans se retourner, mais trois policiers l'attrapent et l'emportent dans une arrière-cour pour le tabasser au pied d'une Coccinelle.

Malgré les coups, Benno arrive à se relever et implore un des policiers :

— Je vous en prie…

Karl-Heinz voit s'approcher l'étudiant en nage, les yeux éperdus. Posément, il détache la protection de son étui, sort son revolver et lui tire une balle dans la tête.

Benno s'écroule devant la Coccinelle.

Des hurlements retentissent dans la ruelle et des camarades se précipitent vers le corps de l'étudiant. Une jeune femme lui saisit la tête puis, incrédule, lève les yeux vers les policiers.

Le 2 juin 1967, Karl-Heinz a abattu Benno. Dans quatre ans, le temps de deux procès, il réintégrera la police de Berlin-Ouest avec une promotion et le grade de Kriminaloberkommissar.

« *Wer mich angreift, wird vernichtet. Aus. Feierabend. So ist das zu sehen*[5]. »

Christa était enceinte.

---

5. « Celui qui m'attaque sera détruit. C'est comme ça. C'est mon travail et c'est ainsi qu'il faut le voir. » C'est par ces mots que Karl-Heinz Kurras expliquera son geste assassin aux médias.

CHAPITRE 24

Heidenau, 2006

Je repousse mon crayon et m'appuie contre le dossier de ma chaise. Mon dictaphone enregistre notre silence.

Je ressens une tension dans la nuque. Le genre à remonter sournoisement jusque dans le cerveau et à vous enserrer l'œil par-derrière.

Quelques mouvements du cou pour tenter d'enrayer la déferlante de douleur et finalement, j'allume une cigarette.

Quelle est cette nouvelle lueur dans le regard d'Inge ? Et ce léger sourire en coin, que vient appuyer un haussement de sourcil ?

Elle se paie ma tête ?

— Je ne comprends pas.

— Qu'est-ce que vous ne comprenez pas, Patricia ?

— Ça, je réponds en désignant le dictaphone. La mort de Benno Ohnesorg. Quel rapport avec vous ?

Son sourire s'accentue. Un sourire sans joie.

— Vraiment ? Vous ne voyez pas où je veux en venir ?

Je soutiens son regard narquois sans ciller. Des volutes de fumée ondulent entre nous.

J'avance mon pion la première.

— Cet événement a eu lieu en juin 1967. Or, de votre côté, vous êtes passée à l'Ouest en 1969. Vous étiez donc encore chez vos parents quand cet étudiant s'est fait abattre. D'ailleurs, en aviez-vous entendu parler, à l'époque ?

— Bien sûr, oui. Dans le seul but de nous montrer de quelle manière les forces de l'État occidental massacraient leur belle jeunesse. Mais là n'est pas la question.

— Alors où est-elle ? Pourquoi me raconter un fait divers antérieur à votre fuite à l'Ouest ?

Bref retour de son petit rictus moqueur, puis elle se penche vers mon matériel, détache une feuille de mon bloc-notes et attrape trois crayons de couleurs différentes.

— Revenons-en à ce pauvre Benno Ohnesorg et à son assassinat par ce policier… La *Rote Armee Fraktion*, la bande Baader-Meinhof, les années de plomb, tout ça… Vous êtes journaliste, Patricia, je ne vous apprends rien.

La migraine commence à me ronger le cerveau. Mon estomac fait entendre des gargouillis déchirants. Je me contente de répondre par un sourire crispé.

— Résumons grossièrement, continue Inge, impassible. La Fraction Armée Rouge est un mouvement terroriste d'extrême gauche qui a sévi sur le sol allemand pendant une trentaine d'années à partir de 1968 : attentats, enlèvements, meurtres… Elle plonge ses racines dans les mouvements contestataires étudiants qui ont secoué le monde dans les années 1960 : guerre au Viêtnam, lutte contre l'impérialisme américain et ses alliés, etc. Les historiens s'accordent à dire que l'assassinat de Benno Ohnesorg par un policier a marqué un tournant dans l'évolution de la contestation de la jeunesse allemande qui, en plus de se rallier aux causes internationales, a également réclamé des comptes à la génération de ses parents quant à son rôle durant la période nazie... Bref, les années 1960 ont été des années extrêmement tendues et violentes.

Elle prend un crayon noir et, en haut de sa feuille, écrit « Benno Ohnesorg », suivi d'une petite croix et d'une date, « 1967 ». Puis elle trace une flèche et, en dessous, les contours d'un cadre qui prend toute la largeur de la feuille.

— De la contestation étudiante à la lutte armée, il n'y avait qu'un pas, qu'ont franchi plusieurs jeunes, en Europe et dans le monde. Chez nous, ce fut la Fraction Armée Rouge, qui s'incarna très rapidement en la personne d'Andreas Baader et de ses lieutenants les plus connus. Ceux qu'on appelle la première génération.

Dans son cadre, en rouge, elle écrit « RAF première génération », puis quelques noms, passés tristement à la postérité : Andreas Baader, Ulrike Meinhof, Gudrun Ensslin...

— Ce qui est « amusant », c'est que cette première génération, la plus connue auprès du grand public, est celle qui, finalement, a sévi le moins longtemps. Sans doute le charisme de Baader y est-il pour beaucoup.

Elle ajoute trois dates, 1970, 1972 et 1977. De son crayon, elle martèle chacune d'entre elles.

— 1970, début des actions de la bande à Baader, premiers attentats, premiers morts ; 1972, arrestation de Baader et de la plupart de ses complices. Autrement dit, deux ans d'actions seulement. Ils resteront emprisonnés jusqu'à leur mort en prison, en 1976 pour Meinhof et en 1977 pour les autres.

Sous la douleur, ma vue se brouille. Mes ongles s'enfoncent dans la toile cirée.

Toute à son exposé, Inge poursuit. Elle trace un second cadre, mais n'y inscrit rien. Son stylo reste suspendu au-dessus de la feuille, semblant attendre le bon moment.

— Les attentats et les exécutions les plus sanglants eurent lieu *après* l'arrestation de la bande Baader-Meinhof, par ceux qu'on appelle la deuxième, voire la troisième génération de la RAF. Des idéalistes fanatisés qui exigeaient la libération de Baader et de tous les autres membres par le biais d'opérations médiatiques comme le détournement d'un avion de la Lufthansa en 1977. Ces deuxième et troisième générations sévirent jusqu'au début des années 90. À la tête de cette seconde génération, une femme, longtemps considérée comme l'ennemie publique numéro un en Allemagne.

Au centre de son deuxième cadre, en caractères majuscules, elle trace dix-sept lettres. Dix-sept lettres que j'attendais de voir apparaître depuis le début de son exposé : BRIGITTE MOHNHAUPT.

Un point de douleur apparaît dans mon dos, si fort qu'il éclipse ma migraine. Je ne peux plus respirer, ma poitrine se comprime.

— Brigitte Mohnhaupt a rencontré Baader lors d'un premier séjour en prison. C'est à sa sortie, en 1974, qu'elle devient la cheffe de la RAF. Et ce, jusqu'à son arrestation en 1982. Et vous allez maintenant comprendre où je voulais en venir, Patricia.

Entre les deux cadres, elle trace une croix, suivie d'une date : 1969. Puis à côté, elle écrit : « Inge passe à l'Ouest ».

Je voudrais me lever, mais c'est comme si mes forces m'avaient quittée. C'est à peine si j'entends Inge achever ses explications. Elle a pris mon marqueur rouge, a entouré son nom, celui de Brigitte Mohnhaupt, puis a tracé une flèche entre les deux cercles.

— C'est en 1977 que j'ai rencontré Brigitte Mohnhaupt pour la première fois, et que j'ai intégré les rangs de la Fraction Armée Rouge.

Elle lève enfin la tête. Ses yeux s'écarquillent quand elle aperçoit mon visage défait, couvert de sueur, que le sang a déserté.

Ses lèvres articulent des mots que je n'entends pas. Je glisse de la chaise, ma tête heurte le coin de la table et je sombre en emportant avec moi cette révélation que je connaissais déjà : Inge Oelze Lamprecht est une ancienne terroriste.

CHAPITRE 25

Heidenau, 2006

Mon évanouissement n'a pas duré longtemps, j'ai seulement eu le temps de récolter une contusion à la tempe.

Inge m'a allongée puis, s'étant assurée que ce n'était qu'un malaise sans gravité, m'a soulevé la nuque et fait boire un verre d'eau sucrée.

Honteuse, je veux me relever, mais la pièce tourne autour de moi et mes jambes sont en coton.

Inge m'oblige à m'asseoir dans le canapé, la tête en arrière. Elle se hâte dans la cuisine et revient avec des glaçons enveloppés dans un torchon qu'elle me force à m'appliquer sur le front.

Je sens les bienfaits du froid et je ferme les yeux, tandis qu'elle repart chercher un comprimé d'ibuprofène.

Après quelques minutes à rester immobile, je m'extrais du canapé, aidée par une Inge attentionnée.

— Vous êtes sûre que ça va aller ?

À pas prudents, je regagne la table, rassemble mes feuilles et mes crayons, vérifie que mon dictaphone fonctionne toujours.

— Oui, oui, rassurez-vous. Un simple étourdissement. J'ai effectué un prélèvement sanguin ce matin et je vous ai rejointe sans prendre la peine de m'arrêter pour déjeuner. Et voilà le résultat. Rien de grave. Peut-on reprendre la discussion ?

Elle retourne dans la cuisine. J'entends des bruits de vaisselle et la sonnerie d'un micro-ondes. Puis elle revient avec un bol qu'elle pose d'autorité sur mes feuilles.

— Potage aux champignons. Fait maison, cela va sans dire. Vous le buvez, et après, nous reprenons le travail. Mais d'abord…

D'un doigt péremptoire, elle désigne le bol en grès rempli d'une mixture beige et mousseuse.

Je réprime une grimace. Je déteste les champignons. Pourtant, je sais qu'elle n'en démordra pas et qu'elle attendra que j'aie fini sa fichue soupe avant de se rasseoir.

Je saisis le bol à pleines mains, y plonge le nez, et j'avale avec circonspection la première gorgée de potage. Mince, c'est bon ! Je vide le reste d'une traite et repose le bol sur la table comme un enfant repu le ferait avec son chocolat chaud.

— Donc, vous avez fait partie de la Fraction Armée Rouge ?

Inge arbore un sourire dont j'ignore s'il est sincère ou franchement moqueur.

— Vous avez eu accès à mon dossier dans les archives de la Stasi, s'amuse-t-elle. Il est évident que ma courte période d'activisme y est mentionnée.

Je joue avec un stylo que je fais tourner sur mes doigts.

— Oui, mais je voulais vous l'entendre raconter. Que ça vienne de vous.

— Pourquoi ? Vous aviez peur que je refuse de l'évoquer ? Vous savez, aussi bizarre que ça puisse paraître, je n'ai rien à cacher.

— Même pas que vous avez été une terroriste ?

Elle hausse les épaules.

— C'était il y a plus de trente ans, et pendant une très courte période. Il y a prescription. Si la justice avait dû me demander des comptes, elle l'aurait fait depuis longtemps, non ?

Un bruit sec. Je viens de briser mon crayon.

Je fouille dans mon sac. Évidemment, mon paquet de cigarettes est vide. La journée va être longue.

J'avais beau être au courant, sa réaction me laisse circonspecte. Comment peut-elle en parler aussi librement, presque avec désinvolture ? Cette mamie si prévenante, avec ses bols de soupe, a quand même du sang sur les mains ! N'a-t-elle aucun remords, ne fait-elle aucun cauchemar, ne passe-t-elle aucune nuit blanche ?

J'expire un grand coup, puis demande :

— Qu'entendez-vous par « très courte » ?

Son regard se perd dans ses souvenirs. Un silence s'installe, seulement troublé par le bruit d'une tondeuse dans le quartier.

— Vous aviez quel âge, au moment où la RAF faisait la une des journaux ? me demande-t-elle. Cinq ans ? Six, peut-être ?

J'acquiesce.

Elle se passe une main dans les cheveux, s'assure que son chignon est bien en place.

— Je suis passée à l'Ouest en 1969. J'avais vingt-trois ans, et la haine qui me consumait depuis la mort de Christian ne s'était pas éteinte. Je détestais mon pays d'origine, et en rejoignant la partie occidentale, j'étais persuadée d'accéder à la liberté, d'échapper à un régime totalitaire, et que l'Ouest me verrait renaître.

— Et ?

— Et ma foi, il ne m'a pas fallu longtemps pour déchanter… La liberté, oui, je l'ai eue. Celle de devoir trouver des petits boulots merdiques pour pouvoir survivre, de dormir dans la rue, de crever dans l'indifférence la plus totale, oui, j'ai très vite expérimenté cette liberté… Ce fut ma première leçon :

en quittant l'Est, je savais que j'abandonnerais certaines valeurs, mais je n'imaginais pas que ça commencerait avec la solidarité. Au bout de quatre mois, j'étais admise avec une pleurésie dans un hôpital pour indigents.

Instinctivement, elle porte la main sur sa poitrine.

— Une fois guérie, j'ai trouvé un emploi chez une fleuriste, qui m'a également hébergée. Avec un toit et un maigre salaire, j'ai pu reprendre des études à temps partiel. C'est à ce moment que j'ai commencé à fréquenter le milieu étudiant, et que j'ai perdu mes dernières illusions sur le modèle occidental. J'ai bien sûr redécouvert chez les étudiants cette solidarité que je pensais avoir perdue, mais ce n'était pas le même genre d'entraide que celle que j'avais connue à l'Est. À Jävenitz, on prenait soin de son voisin, on demandait des nouvelles de ses cousins ou du commerçant en bas de chez soi. À l'Ouest, c'était une solidarité plus… « théorique », fonctionnant en cellules.

— Comment ça ?

— Eh bien… Disons que vous pouviez crever de faim et de froid dans la rue, les étudiants passaient devant vous sans vous jeter un regard ou un pfennig. Mais c'étaient les premiers à manifester contre la guerre au Viêtnam ou pour les droits civiques à travers le monde.

Je me frotte les paupières, bien décidée à la placer en face de ses contradictions.

— Votre situation n'était-elle pas paradoxale ? Vous quittiez un système communiste, bien décidée à ne plus en entendre parler…

— Et quelques mois plus tard, me coupe-t-elle, je gagnais les rangs de groupuscules étudiants qui affichaient leur soutien aux pays communistes contre l'autoritarisme yankee, oui. J'en suis bien consciente. Et encore, contrairement à la plupart de mes camarades, je n'ai pas eu à faire mon examen de conscience familial.

— Pardon ?

— Nos parents ou grands-parents avaient fait la guerre. Aux yeux du reste du monde, mais aussi aux nôtres, nous étions forcément des enfants ou petits-enfants de nazis, vous comprenez ? Il fallait assumer cet héritage, faire sauter cette chape de plomb qui nous étouffait, interroger nos parents sur leurs activités pendant le Reich. Moi, au moins, avec un père mort pendant les bombardements, et une mère réfugiée sudète, je n'avais pas à me poser de questions, je savais d'où je venais...

Son cynisme m'agace. À l'entendre, tout était écrit pour qu'elle bascule dans l'extrémisme. Comme si son histoire, leur histoire, les absolvait de leurs crimes. Mes ongles jouent la cavalcade sur la toile cirée.

— Nous étions alors en pleine guerre froide, avec la psychose d'un affrontement avec le bloc soviétique. Berlin était une véritable poudrière, qui cristallisait toutes les tensions et étouffait toutes les contestations. Il était donc logique que les plus radicaux d'entre nous glissent dans l'illégalité et la lutte armée pour faire entendre nos revendications.

Ma main s'abat sur la table.

— Et vos morts ? Vous en faites quoi, des gens que vous avez tués ? Non, parce que c'est bien gentil, les discours révolutionnaires et les grands principes d'égalité entre les peuples, mais tous ces innocents assassinés, c'était quoi, pour vous ? Pertes et profits ?

Mon agressivité la surprend. Je me masse les tempes en m'exhortant au calme.

Inge se lève, fouille dans un tiroir du vaisselier et en sort un paquet de cigarettes.

— Un de mes invités l'a oublié un soir. Ne vous gênez surtout pas pour moi, je pense que la fumée sera moins nocive que votre mauvaise humeur.

J'attrape le paquet, en arrache une cigarette et manque démonter la molette de mon briquet en l'allumant. Un vieux tabac brun, au goût âcre de terre.

— Vous dites « nos » morts, reprend Inge, mais moi je vous parle de la première génération de la RAF. Celle à laquelle je n'appartenais pas encore. Leurs actions ne visaient que des banques, des bâtiments de l'armée ou des grands magasins alertés au préalable. C'étaient des opérations ciblées, sans volonté de faire de victimes. D'ailleurs, si vous voulez tenir des comptes, je vous rappelle que la première victime le fut dans nos rangs, pas dans les leurs. Petra Schelm, une camarade abattue par les policiers en 1971. Ça n'est qu'après ce drame que la résistance armée s'est intensifiée. Jusqu'alors la consigne était d'épargner les travailleurs et les civils et de ne viser que les représentants de la police, de la justice ou de l'armée.

Je manque m'étrangler.

— Attendez, vous êtes en train de me dire que si la RAF s'est mise à tuer, c'était parce que les policiers avaient commencé ? Enfin, c'était évident que vous alliez faire couler le sang à un moment donné ! Comment aurait-il pu en être autrement ? Vous prôniez la guérilla urbaine, Inge. La guérilla ! Alors arrêtez de vous faire passer pour les gentils ! Et puis, qu'est-ce que ça veut dire, cette distinction entre les civils et les représentants de l'État ? Parce que les victimes sont des policiers ou des soldats, ça en fait des morts moins graves que les autres, c'est ça ?

Sa voix est devenue glaciale.

— Pour commencer, vous allez arrêter avec ce « vos ». « Vos » morts, « vos » assassinats… Pour la dernière fois, je n'étais pas encore dans la RAF à cette période. Et puis c'est bien une remarque de nantie qui n'a connu la révolution que dans les manuels d'histoire ! Bien sûr que ces morts étaient regrettables, mais elles étaient nécessaires et…

Je me vois lui planter les débris de mon crayon dans les yeux. Comment ose-t-elle tenir de tels propos ?

— Oh, vous pouvez me lancer ce regard furieux, ma petite. Pour les gens de votre génération, engoncés dans leur confort bourgeois, toutes ces paroles paraissent vides de sens. Et pourtant, c'était bien la réalité. Le mot d'ordre était de ne pas attaquer les travailleurs et les civils innocents.

Je fouille dans mes notes et sors une coupure de presse.

— Ah bon ? Pas d'innocents ? Et ça, alors : 19 mai 1972, double attentat à la bombe dans les locaux de Springer, à Hambourg. Trente-quatre blessés. Que des employés et des travailleurs qui n'avaient rien à voir avec votre lutte, aucun policier ou magistrat. Qu'est-ce que vous en dites ?

Elle lève les mains, conciliante.

— J'ai su plus tard que le choix de cette opération avait divisé en interne. D'ailleurs, si vous voulez mon avis, c'était clairement une erreur. Mais le mal avait été fait.

Subitement, Inge se lève, retourne en cuisine et revient avec un plateau chargé de pain et de fromage.

— Mangeons.

Nous nous dévisageons en silence, puis chacune d'entre nous pioche une tartine, un bout de fromage, et nous picorons, mutiques.

Elle a beau m'avoir mis les nerfs à fleur de peau, je reconnais sa gestion parfaite de la situation. Elle a l'art de désamorcer les tensions au moment opportun.

Elle débarrasse la table et nous rapporte deux tasses de café. J'ai rallumé une de ses cigarettes infectes et j'attends.

— C'est en novembre 1974 que j'ai basculé, finit-elle par reprendre. Au début du mois, Holger Meins, l'un des nombreux prisonniers de la RAF, a succombé en prison après une grève de la faim très médiatique. Bien des journalistes ont évoqué une véritable torture institutionnalisée dans les prisons.

« J'avais décidé de me rendre à ses obsèques, persuadée qu'elles seraient célébrées en petit comité. En vérité, il y a eu près de 5 000 personnes. Une foule digne et silencieuse, qui était la preuve de la fracture au sein de la population, entre les nombreux sympathisants de la RAF d'un côté, et les tenants de la vieille génération de l'autre.

« Alors que nous nous recueillions dans les allées bondées du cimetière, un homme s'est approché de la fosse. Un murmure est parti des premiers rangs pour gagner le reste de la foule. C'était Rudi Dutschke.

— Le leader de la jeunesse étudiante allemande ?

Inge hoche la tête.

— Oui, lui-même victime d'un attentat en 1968, touché à la tête par les balles d'un militant d'extrême droite. Après sa convalescence, il avait quitté l'Allemagne. Aussi, quelle ne fut pas ma surprise de le revoir au pays à l'occasion des funérailles de Meins, devant la foule et les journalistes.

— Vous voulez dire que le fait qu'un militant aussi charismatique se montre à cet enterrement légitimait, d'une certaine façon, l'action de la RAF ?

— C'est exactement ça. Il a levé le poing, s'est adressé au cercueil avec ces simples mots : « Holger, le combat continue ! » Puis des centaines de poings se sont levés dans la foule. Je m'en souviendrai jusqu'à ma mort.

Elle s'interrompt, la voix noyée par l'émotion. Je ne sais comment réagir face à cette muraille qui se lézarde au moment où je ne m'y attendais pas.

Du coup, je lui tends le paquet de cigarettes. Elle en prend une que je lui allume.

Elle inhale, s'étrangle et finit par l'écraser en agitant la main pour dissiper la fumée.

— C'est ce jour-là que j'ai décidé de rejoindre les rangs de la RAF.

— Et comment avez-vous fait ?

Elle hausse les épaules.

— Quand je repense à cette période, c'est assez… étrange. Vous savez, on estime qu'il y a eu près de quarante membres de la RAF. Ce n'est pas énorme, mais à l'époque, dans le milieu étudiant berlinois, on connaissait tous quelqu'un, qui connaissait quelqu'un, qui… Du coup, c'était assez facile de savoir qui en était. Tous les groupuscules étudiants étaient en lien, échangeaient entre eux. C'était un peu comme un gigantesque organigramme, avec des correspondances et des passerelles. Moi, j'ai commencé par intégrer le collectif « Secours Rouge », une organisation de soutien aux prisonniers. C'était mon premier acte militant. À partir de là, c'est allé très vite. On vous prend à part à la sortie d'une réunion, on vous pose des questions, on tâte le terrain, on évalue vos motivations…

— Ouais, une vraie campagne de recrutement, avec des chasseurs de têtes et tout le toutim… Mais je suppose qu'on ne vous a pas directement mis un fusil-mitrailleur dans les mains en vous demandant d'aller arroser une base américaine, n'est-ce pas ? Il y a eu des étapes ?

— Oui… Comme tout bon militant, j'ai commencé par les marchés. Laissez-moi vous montrer quelque chose.

Elle retourne fouiller dans son vaisselier dont je finis par me demander s'il contient vraiment un service de table, tant elle semble y avoir remisé de souvenirs.

D'une vieille pochette à rabat en carton jauni, elle sort un tract qu'elle me tend avec précaution.

— Nous, les jeunes recrues, devions déposer ce genre de document dans les endroits publics. Vous voyez, laisser des tracts dans un bureau de poste ou dans une université, ce n'était pas encore l'opération commando.

Je saisis le papier.

En haut, l'étoile rouge barrée par la mitraillette et les trois lettres de ce sigle macabre.

En dessous, tapé sur une machine à écrire fatiguée, un texte revendicatif, énième prose pseudo-révolutionnaire, bouillie de revendications marxistes, références confuses aux peuples opprimés et à d'obscurs mouvements sud-américains.

Je repose la feuille.

— Vous en avez beaucoup, des documents comme celui-ci ?

— Non, c'est le seul qui me reste.

J'attrape ma tasse et la repose sur le tract.

Après quelques secondes à nous défier du regard, je la retire. Une magnifique auréole macule le papier et dessine une cible aux contours baveux, juste en face de la mitraillette.

Elle secoue la tête, reprend le tract et finit par le froisser.

Puis elle va chercher mon manteau et me le tend.

— L'une des premières choses que j'ai remarquées chez vous, Patricia, c'est cette colère qui vous anime. Il faudra m'en expliquer les raisons, car je doute que nous puissions poursuivre encore longtemps nos échanges avec des rapports aussi… tendus.

Elle ramasse mes crayons, sans oublier celui que j'ai cassé.

— Quand vous serez décidée à vous dévoiler davantage, n'hésitez pas à me recontacter. Cependant, ne tardez pas, ma fille, je suis loin d'être éternelle.

Je quitte la maison et regagne ma voiture, anesthésiée. J'ai agi comme une débutante, laissant encore une fois mes sentiments prendre le dessus. Mais à ce moment précis, ça ne me fait ni chaud ni froid. Je suis d'une totale indifférence.

Machinalement, je rebranche mon téléphone avant de mettre le contact. Un seul message en absence. C'est le cabinet du Dr Schelling, mon obstétricien. La secrétaire me propose un rendez-vous téléphonique, afin de parler de mon analyse sanguine effectuée ce matin. J'efface le message avant la fin.

À quoi bon, je connais déjà les résultats.

CHAPITRE 26

Linzervorstadt, Tchécoslovaquie, 1945

Les lettres en fer forgé ne leur laissent aucun espoir. « *Oko za oko, zub za zub* ». « Œil pour œil, dent pour dent ». Les réfugiés entrent dans le camp, passant sous le sinistre fronton, baissant la tête pour éviter les coups de matraque que les gardes distribuent au hasard.

Les soldats hurlent, les chiens aboient. Helmut se serre contre sa mère. Ils sont emportés dans le flot des prisonniers que des soldats orientent vers des tables dressées en plein air.

Ils progressent à petits pas, n'osant lever les yeux. Enfin, ils arrivent devant une planche dressée sur deux tréteaux. Un petit homme les attend avec un sourire malsain qui dévoile des incisives proéminentes. Il flotte dans un uniforme de l'armée tchèque trop grand pour lui.

— Papiers !

Anna tend des documents usés d'une main tremblante.

Le soldat à tête de rat se plonge dans leur lecture. Son long nez pointu frémit par-dessus une moustache clairsemée.

— Où est le deuxième garçon ? demande-t-il dans un mauvais allemand.

Anna ne comprend pas. Elle se contente de regarder ses chaussures trouées. Le soldat répète sa question en haussant la voix, puis une nouvelle fois, en tchèque, cette fois-ci.

— Il est mort il y a trois jours, répond Anna.

Ses yeux secs se remplissent de larmes pour la première fois depuis leur départ.

Le soldat est indifférent à sa douleur. Il trempe une plume métallique dans un encrier et annote les papiers.

— Et le père ? Josef Fierlinger ? Il est où ?

— Mort aussi.

— Quand ?

Anna sait que sa réponse la condamne, mais elle n'a pas la force de mentir.

— À Berlin…

Le mauvais sourire réapparaît.

— Soldat allemand ?

— Non ! Tchèque… Enfin, si, peut-être…

— Sudète ?

— Oui…

Le soldat saisit un tampon et l'abat sur les papiers. Le choc fait sursauter Anna. Puis il regarde Helmut, toujours caché dans la robe de sa mère. Il observe sa chevelure blonde et le jauge comme un paysan le ferait d'un cheval à la foire.

— Bloc B12, annonce-t-il à un garde derrière lui.

Ce dernier fait signe à Anna de se mettre dans une longue file qui attend à l'extérieur d'un baraquement.

En rejoignant les rangs, Anna constate qu'il n'y a plus aucun homme. Que des femmes et des enfants. Les insultes fusent et les coups s'abattent quand les femmes n'avancent pas assez vite.

Quand ils entrent à leur tour, on les assied sur des fauteuils, on leur agrippe les cheveux qu'on coupe à grands coups de ciseaux. En deux minutes, ils se retrouvent la tête rasée, couverte d'estafilades. Puis on les emmène vers un comptoir derrière lequel des prisonnières attendent de leur donner un uniforme. Là, on les oblige à se déshabiller. Les seins d'Anna pendent sur ses côtes saillantes. Son ventre durci lui fait mal, et elle n'a même plus la force de cacher sa nudité à son fils.

On leur jette un uniforme. Sur le poitrail, un carré blanc avec un N majuscule. N comme « *Němec* ». « Allemand » en tchèque.

On les escorte vers un cabanon. Anna et Helmut y entrent, craintifs.

Des couchettes superposées y sont alignées. Quelques fenêtres crasseuses qui ne laissent entrer qu'une faible lumière, une seule table branlante et un vieux poêle en zinc poussiéreux.

Et partout, des femmes et des enfants. Des dizaines d'yeux qui se tournent vers eux, indifférents, presque animaux. Aucun homme, à l'exception d'un prêtre qui s'avance vers Anna, les mains ouvertes et le visage bienveillant.

— Bonjour. Je suis le père Neubaueur, en charge de ce baraquement. Choisissez vite un lit. Il y en a un qui s'est libéré la nuit dernière, mais d'ici la fin de la journée, je crains que nous ne devions le partager avec de nouveaux arrivants.

Anna se dirige vers une couchette abandonnée. Pas de couverture, juste de la paille moisie. Helmut s'y laisse tomber et sombre dans le sommeil en quelques instants.

Anna ne peut s'y asseoir, le lit du dessus est trop bas. Elle regarde autour d'elle, sans comprendre. Le père Neubaueur continue à la fixer avec un petit sourire.

Anna s'approche de l'homme en soutane.

— Vous êtes tchèque, vous aussi ?

Le prêtre secoue la tête.

— Non, je suis un prisonnier, comme toi.

— Un curé prisonnier ?

Anna est choquée.

— Eh oui, ma fille. Les hommes d'Église aussi peuvent être enfermés. J'étais curé dans un petit village de Bohême. Lorsque les policiers sont arrivés et ont demandé aux Allemands de préparer leurs bagages, j'ai refusé de leur livrer une famille sudète que j'hébergeais depuis des mois. J'ai donc été emmené avec elle. Mais il faut croire que j'ai de la chance, car ils m'ont nommé garde de ce baraquement… Comme un kapo, ajoute-t-il amèrement.

— Un quoi ?

— Un kapo. Tu ne sais pas ce que c'est ?

— Non.

Il la regarde, incrédule.

— Comment t'appelles-tu ?

— Anna.

— Et ton fils ?

— Helmut.

— Tu as un mari ?

— Il est mort à la guerre. Il ne reste plus que moi. Et Helmut.

— Alors, écoute-moi bien, Anna…

Le prêtre accompagne la jeune femme à la table qui lui sert de bureau, l'oblige à s'asseoir, puis, d'une voix basse, lui explique :

— La vie dans ce camp est très dure. À l'origine, il s'agissait d'un baraquement pour les travailleurs allemands itinérants. Mais comme tu peux le voir, les conditions y sont déplorables. Dès demain, je t'emmènerai à la blanchisserie. C'est là que tu travailleras en attendant qu'on nous libère.

— On va nous libérer ?

— Mais oui, bien sûr ! La guerre est finie, non ? Tout ceci n'est que provisoire, comment pourrait-il en être autrement ?

— Et Helmut, que va-t-il faire ?

— Il a quel âge ?

— Six ans.

— Ne t'inquiète pas pour lui. Jusqu'à sept ans, les enfants ne doivent pas travailler. Je prendrai soin de lui. Mais il y a des choses que tu dois savoir. Les soldats tchèques sont à la recherche du moindre motif pour nous punir. Dès que tu en croises un, tu enlèves ton fichu et tu baisses les yeux. Ne leur réponds pas et ne les regarde jamais dans les yeux. Obéis-leur, quoi qu'ils te demandent. Plusieurs fois par jour, et parfois la nuit, ils organisent des parades ou des appels. Ils vous feront défiler nus dans la cour ou rester au garde-à-vous toute la nuit. Si tu résistes, tu survis. Si tu faiblis, tu meurs.

Anna se tord les mains. Ce n'est pas la perspective de subir ces humiliations qui l'effraie, mais la peur de voir Helmut succomber sous les coups de ces bourreaux.

— Ce n'est pas tout, continue le prêtre. Ils aiment faire des exemples devant tout le camp. S'ils trouvent un motif de punition, ou s'ils ont simplement envie de s'amuser, tu peux très bien te retrouver attachée à une potence au milieu de la cour. Fais-toi discrète et évite de sortir de ce bâtiment ou de la laverie. Si tu entends des coups de feu, ne réagis pas. Et enfin…

Il hésite, cherche ses mots.

— Enfin, certaines nuits, il arrive que des soldats entrent dans les bâtiments avec des civils. Ils viennent choisir des prisonniers pour… pour différentes raisons. Si tu es réveillée, ne te retourne surtout pas. Et si par malheur tu venais à être choisie, eh bien… Pense à ton fils et fais ce qu'on te demande sans protester si tu ne veux pas l'abandonner.

Des images s'imposent à Anna. Elle repense à cette fille dans la forêt, qui lui avait confié son enfant. À ces porcs en uniforme la pénétrant à tour de rôle. Elle revoit le regard éteint de leur victime, ses yeux grands ouverts, sans larmes, sans lueur.

Elle se penche et vomit aux pieds du prêtre.

Toute la journée, Anna officie dans une buanderie étouffante. La tête vide, elle plonge ses mains boursouflées dans des cuves bouillantes, lave et rince des uniformes de prisonniers. Elle ne prête plus attention aux taches qui maculent les vêtements, à la vermine qui s'échappe des coutures. Elle nettoie la gale, le sang, la merde. Le typhus fait rage dans le camp, mais Anna ne s'en soucie plus, pas plus qu'elle ne se soucie du liquide brûlant qui lui pèle les bras.

Ce matin, en dépliant un uniforme avant de le jeter dans la bassine, elle a eu un spasme. La tunique était celle d'un enfant. Et à l'endroit du cœur, un trou aux bords roussis.

Une douleur lui brûle les entrailles. Son ventre la fait de plus en plus souffrir. Avec les épidémies qui se propagent dans le camp, elle s'attend chaque jour à tomber malade à son tour, à se vider comme tous ces malheureux. Elle en arrive à l'espérer.

Elle travaille dix heures d'affilée, dans la moiteur de la buanderie. Le soir, elle rentre au dortoir où l'attendent Helmut et un ersatz de repas : une eau colorée à peine tiède, une louche de bouillie grumeleuse, un morceau de pain plus dur qu'une brique.

Helmut ne parle plus. Quand elle rentre, il la rejoint, se couche en chien de fusil et ils s'endorment, épuisés, affamés. Ils prient pour passer une nuit sans être réveillés par un appel dans la cour, ou pire, par une visite de gardes. La veille, trois d'entre eux sont encore entrés. Anna, les yeux obstinément fermés, a entendu le bruit des bottes entre les travées. Elles se sont arrêtées à côté de son lit. Ils sont venus chercher Christine, la femme de la couchette du dessus. Puis ils sont partis en claquant la porte.

Au petit matin, Christine est revenue, le visage tuméfié, du sang maculant son uniforme à hauteur des cuisses. Les regards se sont détournés et le père Neubaueur a murmuré une prière.

C'est devenu son quotidien : la faim, les brimades, les coups. Et puis la nuit, l'attente, la crainte d'être prise à son tour, l'espoir que le jour arrive plus vite et qu'elle retrouve ses chaudrons d'eau bouillante.

Elle prend un sac de vêtements, le retourne au-dessus de la cuve, attrape la baratte et tourne. Une pellicule brunâtre se forme à la surface de l'eau grise, vite dissoute par les détergents.

Son regard est attiré par un mouvement dans la cour. À travers la fenêtre crasseuse, elle aperçoit des hommes en civil, accompagnés de quelques gardes. Le père Neubaueur lui a expliqué. Ce sont des Tchèques, des villageois d'à côté. Contre quelques couronnes, ils viennent se servir dans le camp. Main-d'œuvre bon marché, esclaves sexuelles ou, parfois, règlements de comptes. Avant la guerre, le gouvernement allemand a placé des Sudètes aux postes-clés, à la tête d'exploitations ou de métairies, au détriment des autochtones. Mais maintenant que la guerre est perdue et que les Sudètes sont internés, les villageois les traquent dans les camps et, moyennant rétribution, ils se vengent lors de face-à-face sanglants.

Anna pense à Georg. Au visage cassé du colosse. Heureusement, il ne se trouve pas dans les environs, Dieu sait quels tourments il lui aurait réservés.

Le lendemain, les soldats reviennent chercher Christine. Ils n'attendent même pas que la nuit tombe. Ils entrent dans le réfectoire et l'agrippent. Le père Neubaueur tente de s'interposer, mais un coup de crosse en plein visage le jette au sol.

Traînant la pauvre femme par les bras, ils l'emmènent dans le baraquement des gardes et lui ordonnent de se déshabiller. La volonté brisée par les viols à répétition, elle obéit, puis cherche machinalement où s'allonger. Mais aucun lit ni matelas dans la pièce.

Dans les yeux de ses bourreaux, elle voit alors plus que l'habituelle lubricité. Elle y devine une folie meurtrière.

L'un des gardes s'approche, un tabouret à la main. Il le pose à côté de Christine, les pieds retournés, puis ordonne :

— Assieds-toi !

Elle contemple le tabouret retourné, les pieds dressés vers le ciel, et ne bouge pas.

Un garde la fouette alors à l'aide d'une lanière en cuir.

— J'ai dit : assieds-toi !

Vaincue, elle s'accroupit au-dessus d'un des pieds, mais ne peut résister longtemps. Ses cuisses tremblent, elle veut se relever sous les rires de ses bourreaux, mais un nouveau coup de lanière la fait sursauter, puis retomber malgré elle. Le bout de bois la déchire et elle roule sur le ventre, évanouie.

La septicémie est foudroyante. Christine meurt deux jours plus tard.

Le père Neubaueur a bravé les interdictions et s'est rendu à l'infirmerie du camp où il a pu administrer l'extrême-onction à la mourante.

Quand les soldats apprennent que le curé a passé outre les ordres, ils viennent le chercher dans son baraquement et l'amènent au centre du camp. Devant tous les prisonniers, ils le déshabillent, le jettent au sol puis ordonnent aux filles dont il a la garde de le frapper.

La première de la file, une grande rousse charpentée, refuse. Elle est abattue d'une balle dans la nuque.

Le père Neubaueur hurle, demande à ses filles d'obéir et de venir le frapper. Alors, toutes défilent et décochent de violents coups de pied dans le ventre du curé.

Toutes les humiliations subies depuis des jours remontent. Incapables de se maîtriser, elles labourent le corps du prêtre. Des larmes de rage coulent sur leurs joues crasseuses. Elles ont honte, tellement honte de martyriser ainsi ce pauvre homme. Mais il faut que leur colère ressorte, que s'échappe le pus infect dont elles sont pleines, et elles se déchaînent sous les hourras des soldats.

Quand elles ont fini, les gardes attachent le prêtre par les poignets à une potence. Puis avec leurs gourdins, ils le molestent à leur tour, et finissent par le fouetter avec du fil de fer épais, l'obligeant à compter lui-même les coups.

Les poignets distendus, la tête pendante, le père Neubaueur endure la punition. Après le dernier coup, il marmonne des paroles indistinctes.

Le soldat le plus proche s'approche et lui relève la tête.

— Quoi ? Qu'est-ce que tu dis ? Répète !

Le curé tousse un caillot et murmure :

— Je vous pardonne… Dieu vous pardonne…

Le soldat interloqué lâche le curé et recule. Puis il ordonne qu'on le libère et qu'on le renvoie dans son bâtiment.

Toutes les filles du baraquement se précipitent vers le prêtre pour le porter au dortoir. Sauf Anna, restée à l'écart. Elle contemple ces filles décharnées s'affairer autour du prêtre pour le traîner à l'abri. À quelques mètres, dans l'indifférence générale, gît le cadavre de la fille rousse, le crâne fracassé pour avoir refusé d'obéir. Anna ignore son nom. Mais elle sent une force nouvelle l'envahir, un instinct de survie bestial la réveiller. Elle qui était entrée fantôme dans le camp, décidée à se laisser mener à la mort, a désormais l'intention de survivre.

Anna crache au ciel. Elle, elle s'en sortira seule.

CHAPITRE 27

Berlin, 2006

C'est un café dans lequel j'ai mes habitudes. À deux pâtés de maisons du journal, il est fréquenté dans la journée par les employés des bureaux voisins et quelques étudiants, en soirée par une faune plus mélangée. Le patron, Damian, trône derrière son comptoir et une magnifique paire de bacchantes. Commandeur du zinc, il écoute imperturbable les confessions des habitués, relance les discussions avec parcimonie, arbitre les échanges trop virulents. Aucune musique d'ambiance abrutissante ni télé allumée sur des clips vulgaires. La rumeur des conversations, des éclats de rire, l'entrechoquement des tasses et le ronronnement de son percolateur forment un mur de sons derrière lequel je me réfugie pour peaufiner mes articles.

On se salue d'un discret hochement de tête. Je m'installe sur une banquette en skaï usé et commande un café qui pourra me durer trois heures sans que Damian vienne me relancer pour une nouvelle consommation.

Hier, j'ai rappelé Inge. Je lui ai suggéré qu'on se revoie aujourd'hui pour lui montrer l'avancée du projet et lui faire lire quelques paragraphes. Qu'elle se fasse une idée plus précise de la forme que prendront nos entretiens.

Elle m'a simplement demandé si j'étais prête à laisser ma colère derrière moi pour me confier à elle. Comme je ne savais quoi répondre, elle a raccroché.

J'ai décidé de poursuivre malgré tout, en me disant que peut-être sa curiosité serait la plus forte et que, devant les feuillets, elle se laisserait infléchir.

J'ai choisi de retranscrire la nuit où elle retrouve Christian et où ce dernier essaie de la convaincre de passer le Mur.

Je trouve le résultat plutôt correct, mais je ne veux pas de tiédeur. Je ne veux pas qu'Inge se contente de l'approuver. Je veux la remuer. Provoquer en elle un bouleversement qui lui donne l'envie d'aller plus loin encore dans ses retranchements et ses confessions.

Fidèle à mes manies, j'étale mes documents sur la table en Formica : mes notes, mes retranscriptions et mes fidèles feutres de couleur.

Mais rapidement, d'autres documents recouvrent mes brouillons. Notre dernière conversation a fait naître un besoin de relire des archives que je connais par cœur. Photos anthropométriques, rapports de police, dates, noms… Près de trente ans d'activisme terroriste résumés sur des feuilles surchargées de ratures et de signes cabalistiques que je suis la seule à comprendre.

Elle m'a avoué avoir fait partie de la Fraction Armée Rouge avec un tel naturel, sur un ton tellement… léger ! Je n'en reviens toujours pas. Je m'attendais à ce qu'elle nie en bloc, que je sois obligée de la faire avouer avec des preuves accablantes. Mais non, Inge m'a avoué son passé de terroriste comme elle m'aurait confié avoir fait partie de la chorale de son village.

Je suis plongée dans mes documents quand la banquette en face de la mienne gémit sous le poids d'un client. Un verre de bière se pose à quelques centimètres de mes notes, projetant des gouttelettes de condensation.

Je lève un œil sévère vers l'importun. Un type me contemple sans rien dire, un sourire égrillard retroussant des joues mal rasées sous un regard trop jaune.

Je replonge ostensiblement le nez dans mon travail. Mais le gars ne semble pas décidé à bouger. Son silence me met mal à l'aise, j'ignore ce qu'il veut. Je finis par lâcher :

— Il me semble qu'il y a d'autres tables libres, monsieur. Si ça ne vous embête pas, j'essaie de travailler.

J'espère que mon casse-pieds va s'installer ailleurs. Mais un bruit de déglutition, un relent aigre et le claquement du verre vide sur la table me font comprendre qu'il n'en est rien.

Je relève la tête, bien décidée à l'envoyer balader plus vertement. Mon regard accroche celui de Damian, derrière son bar. Il a levé un de ses sourcils broussailleux en une question muette. D'un signe discret, je lui fais signe que je maîtrise la situation.

Le sourire de mon vis-à-vis s'est accentué. À son œil luisant et au dodelinement de sa tête, je comprends que la bière qu'il vient de roter n'est pas la première de la journée.

— J'aimerais être tranquille, et je vous demande de bien vouloir partir. S'il vous plaît. Monsieur.

Cette fois-ci, je ne baisse plus la tête et plonge mon regard dans le sien.

Il réprime un nouveau hoquet et prend enfin la parole. Il a la voix rauque du fumeur.

— Oh, oh, Patricia, tu t'es levée du mauvais pied, ce matin ? Tu dis plus bonjour aux copains ?

J'accuse un mouvement de recul. Je connais ce type ? Mais d'où ? J'ai beau le dévisager, il ne me rappelle rien.

Avec une altération dans la voix, je demande :

— Visiblement, on se connaît, mais, euh… pardonnez-moi, je n'arrive pas à…

L'espace de quelques secondes, son sourire disparaît de sa face d'ivrogne. Puis il éclate d'un rire gras.

— Ben toi, alors, on peut dire que tu joues bien le faux ! Pour un peu j'ai failli me laisser avoir ! Mais je comprends, discrétion, discrétion, hein !

Il fait semblant de se zipper les lèvres, puis il se penche vers moi avec des airs de conspirateur d'opérette.

— Dans un quart d'heure chez moi ? Je pars le premier et tu me rejoins ?

Je me raidis, horrifiée. Cet ivrogne vient de me proposer la botte. Il doit se tromper de fille. Et pourtant, il connaît mon prénom… Je réprime à grand-peine l'envie de le gifler, et d'une voix glaciale, assène :

— Monsieur, vous devez me confondre avec quelqu'un d'autre, alors je vais faire comme si je n'avais rien entendu. Partez, maintenant !

Son visage a perdu toute trace d'hilarité. Il s'est redressé, et une lueur mauvaise filtre à travers ses paupières.

— Dis donc, ça te va bien de jouer les mijaurées ! Tu étais bien contente, l'autre soir, d'avoir trouvé quelqu'un pour te payer à boire et te tenir chaud. C'est quoi, ces attitudes de baronne ? Faut que je te rappelle ce que tu me criais pendant que je te…

— Ça suffit !

Les conversations dans le café se sont tues. Mon éclat de voix a surpris tout le monde, moi la première. Je me frotte le visage en essayant de retrouver la maîtrise de mes nerfs.

Autour de nous, les discussions reprennent.

Dans ma tête, c'est le chaos. La honte me submerge et me remonte du ventre sous la forme d'une nausée. L'abject de la situation m'apparaît soudain. J'ai couché avec ce type, comme avec un tas d'autres, mais ce n'est pas ça qui me donne envie de vomir. Que j'aie baisé avec cet ivrogne m'importe peu. Ce qui me pétrifie, c'est que je n'en ai aucun souvenir !

À quel état en suis-je parvenue si, du fond de ma soûlographie, je ne me rappelle même plus mes amants de passage ? Quand était-ce ? Quel soir ?

J'ai tellement honte que je n'ose plus lever la tête. Je vais voir dans les regards qui me scrutent le reflet de ce que je suis : une vieille pute prête à tout pour oublier sa solitude et ne pas dormir seule.

Il faut que je quitte ce café. Qui sait combien de types j'y ai ramassés, aux bras de combien d'inconnus je suis sortie en titubant ? Qui peut me…

Le premier coup me cueille à la tempe. Ma tête heurte l'encadrement de la banquette.

Sonnée, je n'ai pas le temps de comprendre ce qui m'arrive. Un deuxième coup porté à la pommette me fait tomber, emportant dans ma chute la table et son contenu.

Mon nez s'écrase sur le carrelage. J'entends des cris, des raclements de chaises. Un liquide âcre m'envahit les narines et la bouche. Un coup de pied à l'estomac me coupe le souffle. La bouche ouverte, je tente en vain de respirer. Je m'étrangle avec mon propre sang. Je vais mourir. Un voile obscurcit ma vision tandis que des hurlements me parviennent à travers le brouillard. « Salope », « sale pute ».

Puis l'air afflue à nouveau dans mes poumons et je distingue des pieds d'hommes. Des clients ont ceinturé mon agresseur qui éructe sa haine. Je veux leur demander de le laisser faire, qu'il m'écrase à coups de talon, je ne mérite pas mieux. J'aimerais qu'il m'achève là, maintenant, sur ce carrelage poisseux, et que tout soit enfin terminé.

Quelqu'un m'aide à me relever, tandis que mon amant et tortionnaire est immobilisé en attendant l'arrivée de la police.

On m'emmène dans l'arrière-salle, où la femme de Damian arrive par une porte sur le côté. Munie d'une trousse à pharmacie, elle nettoie le plus gros de mes plaies. J'ai un œil fermé, le nez obstrué, les côtes qui me font souffrir et un mal de crâne qui me vrille les tempes.

Je n'entends même pas ce que me dit mon infirmière de fortune. Je suis anesthésiée par la violence de l'agression. La douleur est reléguée au second plan. Je flotte, détachée de mon enveloppe charnelle amochée que des petites mains compatissantes tentent de soigner.

Je n'ai pas versé une seule larme.

À force de l'entendre répéter la même question, je finis par comprendre ce que l'épouse de Damian me demande. Ce dernier nous a rejointes, et s'est adossé à la porte de communication, le regard sévère.

Il est question d'hôpital, de police, de plainte.

Je me relève. La tête me tourne, mais j'arrive à tenir debout. Je regarde autour de moi, soudain affolée, cette pièce inconnue. Mes affaires, mes notes ! Il me faut mes notes ! Et pas de police !

Comme s'il avait anticipé mes pensées, Damian me tend ma sacoche, dans laquelle il a pris soin de rassembler mes affaires.

J'entends sa femme qui l'invective, qui lui dit qu'il devrait m'obliger à attendre l'arrivée des secours, qu'il est inconscient de me laisser partir ainsi.

Il ne prononce pas un mot, mais dans la noirceur de son regard, je lis sa désapprobation, son mépris et sa volonté de ne plus jamais me voir dans son établissement.

J'agrippe mon sac, tandis qu'il ouvre une porte qui donne sur la cour, et me précipite dehors, les yeux rivés au sol.

J'ignore comment je réussis à retrouver ma voiture. J'enclenche les gestes avec l'automatisme d'une machine.

Mon subconscient a pris le relais. Plus de deux heures se sont écoulées depuis que mon amant inconnu m'a passée à tabac. Le moteur de ma voiture s'arrête. Dans le silence de l'habitacle, je réalise enfin où je suis. La façade à la vieille peinture blanche, l'anonymat d'un lotissement sans âme. Je suis arrivée chez Inge.

Je sors de la voiture. Mes muscles se sont refroidis pendant le trajet, et mes côtes me font souffrir. Mais la douleur ne me gêne pas. Mieux, elle me soulage. Je gravis les marches du perron, sonne.

Inge ne peut réprimer un cri d'effroi. Les yeux écarquillés, elle porte la main à sa bouche.

— Patricia ! Mais qu'est-ce qui vous est arrivé ?

Elle regarde par-dessus mon épaule, s'imagine trouver ma voiture accidentée, ne peut imaginer que j'aie pris la route dans cet état. Constatant que ma BMW est intacte, son regard revient sur mon visage tuméfié. J'y devine l'incompréhension et, tout au fond, une lueur qui ressemble à de la colère.

Reprenant ses esprits, elle me prend doucement par l'épaule et me guide jusqu'au salon où nous attendent les habituels verres, carafe et cendrier. Je me laisse faire, coquille vide dénuée de volonté. Quand elle s'est assurée que je ne vais pas glisser au sol, elle amorce un demi-tour vers le couloir.

— Je vais chercher de quoi vous nettoyer.

— Non !

Plus qu'un cri, c'est une supplique. Je ne veux pas qu'elle parte, même pour se rendre dans une pièce voisine. Je ne veux pas rester toute seule.

— S'il vous plaît, Inge… On m'a déjà soignée, je… Restez avec moi. S'il vous plaît…

Elle me dévisage sans laisser transparaître la moindre émotion puis saisit une chaise et s'assoit en face de moi. Nos genoux s'effleurent.

— Que s'est-il passé, Patricia ?

Alors, je lui raconte tout. Mon agression du matin, mes errances, mes rencontres d'une nuit ou d'une heure, l'alcool, mes réveils blêmes au goût de cendre, mes draps imprégnés de sueurs inconnues, des numéros de téléphone griffonnés à la hâte et jamais rappelés, les bouteilles vides que je ne me souviens pas avoir achetées, ce gouffre insondable qu'est mon corps, que je ne comblerai jamais.

Quand j'ai fini ma confession, mes yeux fixent le parquet usé, dont les lattes commencent à se disjoindre. Je ne sais même pas si j'attends un verdict de sa part. Je n'espère plus rien.

J'ai un mouvement de recul lorsque sa main ridée se pose sur ma joue. Elle esquisse un sourire rassurant et me caresse à nouveau le visage. Je ferme les yeux. Je sens la peau sèche de ses doigts descendre le long de ma joue en un mouvement protecteur, me replacer une mèche derrière l'oreille. Sa main sent le café, et derrière, une légère odeur de camphre. Nous restons silencieuses, elle me caressant le visage, moi les yeux fermés, me laissant aller pour la première fois à l'abandon d'une tendresse protectrice.

Puis soudain, la digue cède. Je pousse un drôle de hoquet, et mes yeux explosent sous la violence des larmes. Je pleure comme jamais je n'ai pleuré, avec une intensité telle que j'en ai le souffle coupé. Je m'étouffe. J'aimerais hurler ma douleur, mais je n'arrive qu'à pousser des gémissements de chien mourant.

Je glisse de ma chaise et me retrouve à genoux. J'agrippe Inge par la taille, enfouis mon visage dans son vieux chandail, et je pleure, pleure et pleure encore. J'aimerais me dissoudre dans mes larmes, disparaître avec elles. Inge a refermé les bras autour de ma tête. Elle ne dit rien, ne tente aucune parole apaisante. Elle sait qu'il faut que j'aille jusqu'au bout de ma crise, que je me vide, que je me vomisse.

Quand les sanglots se sont calmés, elle me force à me relever et m'emmène sur le canapé du salon. Épuisée, noyée dans le brouillard, je me laisse faire. Elle m'allonge, retire mes bottines, puis quitte la pièce. Je veux la retenir, mais n'en ai plus la force. Elle revient les bras encombrés d'un plaid et d'un oreiller, me relève la tête, glisse l'oreiller, étale la couverture sur mes jambes, puis me tend un verre d'eau et un cachet.

— Prenez ceci, Patricia. C'est un calmant. Il faut que vous dormiez. Rassurez-vous, je reste ici et ne bouge pas. Je ne vous abandonne pas.

Elle me glisse le cachet sous la langue, m'oblige à boire une grande rasade. Puis elle retourne s'asseoir à la table de travail. En face d'elle, à ma place habituelle, j'ai jeté ma sacoche d'où dépassent mes cahiers. Elle s'est servi de la soupe chaude. Ses doigts, comme des serres de vieux rapace, se referment autour la tasse. Elle hume la fumée qui s'en échappe, puis tourne la tête. Son sourire est apaisant. Je sais qu'elle sera là à mon réveil.

Ses contours s'estompent, deviennent flous. Je sens que je glisse vers un sommeil sans rêves. Juste avant que je sombre dans l'inconscience, une silhouette se superpose à celle d'Inge. Je souris.

C'est celle de papa.

CHAPITRE 28

Karlsruhe, 7 avril 1977

La Mercedes traverse les rues de Karlsruhe, direction les bureaux du procureur fédéral Siegfried Buback.

Ce dernier est assis à l'avant, côté passager. Son front dégarni collé au carreau de la voiture, les yeux perdus dans le lointain, il regarde défiler les habitations et les arbres dénudés.

Le printemps tarde à se manifester et le ciel gris donne à la ville endormie des airs de cité fantôme.

À ses côtés, Wolfgang Göbel, son chauffeur. Il conduit en douceur, respectant les instructions du procureur, qui déteste la vitesse au volant.

À l'arrière, Georg Wurster, un collaborateur du procureur Buback. Le jeune homme est tendu, sa nervosité tranche avec le calme de son supérieur.

— Qu'y a-t-il encore ? demande Buback sans relever le front de la vitre. Toujours cette histoire de gauchistes qui font des leurs ?

— C'est que les événements se précipitent, monsieur le procureur.

Il fouille dans sa sacoche et en sort un épais dossier. Il en défait les liens et des feuilles s'étalent sur la banquette.

— Cela fait maintenant huit jours qu'une quarantaine de prisonniers, impliqués dans les attentats de la Fraction Armée Rouge, ont commencé une grève de la faim.

— Et alors ? Grand bien leur fasse, ça fera des économies.

L'assistant Wurster lève un regard étonné. Il ne sait jamais sur quel pied danser avec Buback, qui a l'art de lancer de telles phrases sans se départir de sa morgue.

— Puis-je vous rappeler, monsieur, que ce genre d'opération est largement relayé par les médias, et que nous passons auprès d'une partie de la population pour des tortionnaires ?

Buback serre le poing. Bien sûr qu'il le sait ! Depuis les premières arrestations, cinq ans plus tôt, le cirque médiatique n'a cessé de s'emballer. Mobilisation des intellectuels de toute l'Europe, ingérence d'Amnesty International, comités de soutien à travers tout le pays. Et pour couronner le tout, le ministère de la Justice a dû reconnaître que les conversations entre les prisonniers et leurs avocats avaient été illégalement enregistrées...

Baader et ses sbires bénéficient d'une cote de popularité qui ne s'est jamais démentie. Même l'attentat chez Springer, qui a blessé des dizaines de travailleurs innocents, n'a pas suffi à entamer leur capital sympathie.

— Dites-moi, Wurster, depuis combien de temps ces terroristes n'ont-ils plus fait parler d'eux autrement que par des communiqués de presse ?

— Ça va faire deux ans, monsieur. Depuis les événements de Stockholm.

Buback se renfonce dans son siège, rassuré. Avril 1975, un commando de la RAF a investi l'ambassade d'Allemagne à Stockholm, tuant deux attachés Du côté des terroristes, trois morts et des arrestations. Depuis, plus rien à signaler. Le procureur en est persuadé, la Fraction Armée Rouge est désormais inoffensive. En plus, le suicide en prison d'un de ses cerveaux, Ulrike Meinhof, a porté un coup fatal à ce groupuscule de gauchistes.

Mais Wurster, à l'arrière du véhicule, reprend :

— Monsieur, pardonnez-moi, mais deux ans d'inactivité, ça ne veut pas dire que la RAF est morte. D'après les experts, c'est à peu près le temps nécessaire pour remonter un groupe capable d'organiser un attentat, se réapprovisionner en armes et en logistique, et…

— Mais bon Dieu ! le coupe le procureur, furieux, pourquoi voulez-vous à tout prix être aussi alarmiste ? Baader et sa clique sont soit en prison, soit morts, soit dans la nature sans un pfennig en poche !

En guise de réponse, Wurster lui tend une feuille. Buback chausse ses lunettes et lit à voix haute :

— « Nous savons qu'Ulrike Meinhof n'est pas morte des suites de son isolement. Elle a été assassinée, nous ne savons pas comment, mais nous savons par qui. Il y a un responsable : Buback. »

Sans marquer la moindre émotion, il chiffonne la feuille et demande d'une voix glaciale :

— Je connais déjà ce torchon, Wurster. C'est ce qu'a déclaré le bras droit de Baader, Jan-Carl Raspe lors de leur procès si médiatisé. Pourquoi vous me montrez ça ?

Le jeune homme penche la tête.

— Monsieur le procureur, les prisonniers vous ont personnellement tenu responsable de la mort de plusieurs de leurs camarades devant toute la presse.

— De « plusieurs » ?

La voix du procureur est partie dans les aigus. Wurster hésite à poursuivre son propos.

— Oui, monsieur… Nous savons qu'ils rendent également l'État responsable des décès de Holger Meins et de Siegfried Hausner. Et donc, vos services, comme ceux de la police, sont arrivés à la conclusion que de nouveaux attentats sont en préparation. Et comme vous êtes explicitement désigné…

Buback se renfonce dans son siège et reprend la contemplation des maisons de la grande avenue dans laquelle ils viennent de tourner.

Les paroles de son collaborateur lui trottent dans la tête. Il n'est pas homme à s'inquiéter. Son calme et son sang-froid sont connus dans la magistrature allemande. Huit ans plus tôt, alors que la RAF n'existait pas encore, il s'était fait remarquer lors de l'attaque d'un dépôt de munitions d'un bataillon de parachutistes dans la Sarre. Quatre soldats avaient été tués et un important stock d'armes et de munitions dérobé. Alors qu'on soupçonnait les milieux d'extrême gauche d'être à l'origine de cette attaque, Buback avait déclenché l'une des plus grandes opérations de recherche que le pays ait connue. Indifférent à la pression, il avait gardé son calme, identifié les vrais auteurs de l'attentat, et gagné par là même ses galons de procureur à la cuirasse épaisse.

Alors pourquoi l'inquiétude de son jeune collaborateur est-elle en train de le contaminer ?

Il passe en revue les trois noms évoqués : Ulrike Meinhof ? Le cas est réglé. La journaliste fascinée par Baader et passée à la clandestinité avait perdu la raison en prison. Même ses trois compagnons la rejetaient les derniers temps. Son suicide est opportunément intervenu…

Siegfried Hausner ? L'un des terroristes ayant participé à la prise d'otages de l'ambassade allemande de Stockholm. Grièvement blessé durant l'attaque, il a succombé à ses blessures peu après son incarcération à Stammheim. Mais ce n'est pas son nom qui distille dans l'esprit du procureur cette pernicieuse inquiétude…

Holger Meins ? L'un des premiers activistes de la RAF… Arrêté en 1972 en même temps que Baader et Raspe… A commencé une grève de la faim dont il est mort quelques mois plus tard… Grande émotion parmi la population à la suite de son décès… Cinq mille personnes lors de ses funérailles… Et un an presque jour pour jour après…

Bon Dieu !

Holger Meins est mort le 9 novembre 1973. Le 10 novembre 1974, Günter von Drenckmann, président de la Cour suprême de Berlin, était assassiné chez lui lors d'une tentative d'enlèvement.

Et voici que trois ans plus tard, c'est lui, le procureur Buback, qu'on accuse publiquement d'être responsable de la mort d'activistes. Doit-il à son tour craindre pour sa vie ?

Un silence s'est installé dans le véhicule. Göbel, en chauffeur modèle, se concentre sur sa route. Wurster s'est tu, conscient qu'il vient de semer le doute dans l'esprit du procureur.

La Mercedes arrive à un croisement. Arrivant de la droite, une moto chevauchée par deux personnes s'arrête à côté du véhicule. Le passager arrière sort un fusil d'assaut et arrose la voiture de Buback, tuant le procureur en premier, puis touchant Wurster et Göbel. Dans un dernier spasme, le pied de ce dernier appuie sur la pédale de l'accélérateur et la Mercedes se remet mollement en route, achevant sa route quelques mètres plus loin, contre un poteau.

Les meurtriers démarrent en trombe, sans être inquiétés.

Le soir même, dans le squat qui abrite les membres de la deuxième génération de la Fraction Armée Rouge, Brigitte Mohnhaupt, leur nouvelle cheffe, achève de taper sur une vieille machine le communiqué officiel revendiquant, sous le nom de « Commando Ulrike Meinhof », l'assassinat du procureur fédéral Siegfried Buback, quand on frappe à la porte.

C'est Knut, suivi d'une femme plutôt menue, les cheveux blonds coupés court. Elle affiche une trentaine d'années, et doit être à peine plus âgée qu'elle.

— Brigitte, explique Knut, je t'amène une nouvelle recrue. Ça fait plusieurs mois qu'elle est à l'essai sur des petites missions et elle nous semble digne de confiance. Je te laisse prendre la décision finale.

Le jeune homme quitte la pièce. Brigitte Mohnhaupt, la femme la plus dangereuse et la plus recherchée de la République fédérale, se lève et s'approche de la petite blonde.

Son regard perçant plonge dans celui de la nouvelle venue qui ne cille pas et soutient l'interrogatoire muet. Finalement, Mohnhaupt lui tend une main décidée.

— Bienvenue dans la Fraction Armée Rouge. Je suis Brigitte Mohnhaupt, cheffe de la cellule. Et toi, camarade ?

— Je m'appelle Inge. Inge Oelze.

CHAPITRE 29

Berlin, 2006

Paul lève un sourcil et tout le personnage est résumé dans ce simple geste. J'y lis tout ce qu'il pense et qu'il n'a pas besoin de formuler : mes quatre jours d'absence inexpliqués, mes cheveux sales, mon maquillage mal appliqué qui peine à cacher les ecchymoses, mon haleine qui sent le café froid et la nicotine.

Je m'avachis dans mon fauteuil, pose les pieds sur mon bureau et allume une cigarette.

Son sourcil revient à la normale, puis il se reconcentre sur l'écran de son ordinateur, avec le cliquetis de son clavier comme seul bonjour.

De mon côté, je me livre à mon rituel journalier, vérifier mes alertes Internet.

Je pousse un soupir de découragement devant la liste de liens qui s'affichent. Méthodiquement, je clique sur chaque suggestion, les élimine au fur et à mesure, jusqu'à ce qu'une annonce retienne mon attention. Une soirée à thème, pour le soir même, à Berlin.

J'effectue une recherche rapide sur Google Maps, griffonne des indications au dos d'un ticket de parking, puis consulte l'horloge murale et mon agenda.

J'ai encore le temps de rédiger un papier à envoyer à la compo. J'hésite à passer chez l'esthéticienne, mais si je ne fais pas un effort pour essayer de gommer les dernières traces de la trempe que je me suis prise chez Damian, aucune chance que j'accroche qui que ce soit à mon tableau de chasse ce soir.

Finalement, je décroche mon téléphone pour obtenir un rendez-vous.

Le sourcil de Paul vaut tous les miroirs du monde.

Une dizaine de Trabant et autant de Simson sont garées à proximité du Trabipower, un entrepôt transformé en night-club, en plein Scheunenviertel. Je ne m'y connais pas en bagnoles, mais je crois distinguer une Wolga, ces anciennes voitures russes réservées aux dignitaires de l'État et de la Stasi.

Ça augure d'une soirée haut de gamme.

Scheunenviertel. Encore un ex-quartier de l'Est réhabilité où pullulent boîtes de nuit, agences de mode, bureaux de design et cafés branchés.

Je m'approche de l'entrepôt et remarque le look des clients sortis fumer. Pantalons en Tergal, petits gilets serrés ou chandails près du corps, jupes plissées aux couleurs ternes, coiffures d'une autre époque…

J'entends des éclats de rire, le brouhaha de conversations animées, je vois des yeux briller d'excitation dans des visages trop jeunes pour ces tenues.

La musique me parvient. Des guitares électriques mélangées à des accordéons et à des synthétiseurs. Une mélodie qui sent bon les années 1970, des airs composés alors que ces gamins n'étaient même pas des projets dans les couilles de leurs géniteurs.

Je pousse la porte du club, impatiente d'assister à ma première Ostalgie-Party.

Dans l'entrée, je suis accueillie par quatre soldats de la RDA. Casquette vissée sur le crâne, baudrier lustré, insignes brillants, bottes luisantes. Les types n'ont pas trente ans, mais donnent l'impression d'avoir porté l'uniforme toute leur vie.

Ils m'accueillent avec un impeccable salut militaire. Devant mon air étonné, ils m'expliquent qu'ils sont les guichetiers du club. C'est auprès d'eux que je dois m'acquitter du prix d'entrée. Je fouille dans mon portefeuille et leur tends un billet de dix euros. Ils me tamponnent la main – une torche stylisée évoquant vaguement la flamme olympique – et me donnent en retour un ticket valable pour une boisson gratuite.

Je bredouille un remerciement et m'avance gauchement, mon ticket à la main.

Un bref coup d'œil sur ce dernier. J'aurais dû m'en douter : « *Bezugsberechtigung für Kartoffeln*[6] ». Une reproduction de ticket de rationnement.

Ça promet.

Arrivée au bout du couloir, je pousse une nouvelle porte.

J'ai besoin de quelques secondes pour réaliser où je viens d'entrer. La piste de danse occupe tout l'espace central, entourée de tables installées à la va-vite. Une estrade, dans le fond, que surplombe un gigantesque drapeau de la RDA, avec son marteau et son compas entourés de la gerbe de blé.

À gauche de l'estrade, un bar éclairé de néons rouges agressifs. Accrochés ici et là, des téléviseurs diffusent des témoignages silencieux de temps révolus. De bons vieux postes aux écrans bombés et aux couleurs criardes diffusent des images de défilés militaires sur la Karl-Marx-Allee, de membres du parti raides comme des piquets dans la tribune officielle, de familles

6. « Carte de rationnement pour pommes de terre ».

exsudant leur bonheur épanoui au bord d'un lac, d'exploits sportifs accomplis par des athlètes androgynes…

Un peu partout sur les murs, collées façon affichage sauvage, des dizaines de posters de l'époque : réclames publicitaires, messages de propagande… l'esthétique communiste dans toute sa splendeur surannée.

Le son et lumière, lui aussi, est particulièrement *vintage* : une machine projette une épaisse fumée au ras de la piste, que peinent à transpercer des rampes de spots rouges, jaunes et verts.

La foule qui s'y dandine est disparate : paradoxalement, ce sont les plus jeunes qui se sont costumés. Ceux qui n'ont pas connu le régime communiste, mais qui en arborent fièrement les vestiges. Une autre partie de la clientèle, plus âgée, est venue retrouver des accents et des odeurs qu'elle croyait perdus. Pour eux, le temps passe moins vite que pour les autres depuis 1989. À leurs vêtements, à leurs coupes de cheveux, je devine des quinquagénaires perdus, abandonnés, à qui ce genre de soirée offre, l'espace de quelques heures, une plongée douce-amère dans un passé au goût des cornichons sucrés de la Spreewald.

Je contourne la piste de danse, direction le bar, et me juche sur un tabouret à l'extrémité du comptoir. À côté de moi, une femme sans âge propose à la vente des produits de l'ex-RDA que je suppose mythiques. Les prix sont indiqués sur du papier cartonné. En Ostmarks, bien sûr. Cigarettes Karo, Club Cola, savon Florena, lessive Spee, café Rondo, chocolat Schlager, pâte à tartiner Nudossi et moutarde Bautz'ner Senf se disputent les faveurs des ostalgiques.

Tout en m'interrogeant sur la date de péremption de ces produits, je hèle le barman et lui demande une flûte de Sekt.

Il me dévisage un bref instant puis, avec un sourire entendu, me verse ma commande dans un vilain verre à pied.

J'avale une gorgée et réprime un haut-le-cœur. Qu'est-ce que c'est que cette merde ?

— Pas fameux, hein ? Vous aviez oublié le goût du Rotkäppchen ?

Deux types se sont assis à côté de moi. Pas encore quarante ans. Le premier, un grand maigre au visage en lame de couteau, est habillé de façon quelconque. Son compagnon, un petit rouquin râblé aux épaules de catcheur, porte une chemise blanche avec armoiries sur l'épaule, foulard bleu noué autour du cou, calot de la même couleur vissé sur le crâne, et une paire de bretelles jaunes retenant un pantalon à rayures.

— Je pensais avoir commandé du Sekt, maugréé-je en montrant ma coupe. Mais ce truc-là, c'est...

Le petit roux éclate de rire.

— Du Sekt ? Dites, c'est la première fois que vous mettez les pieds dans une Ostalgie-Party, non ?

— C'est vrai...

— Ça ne m'étonne pas ! Sinon, vous auriez su qu'en guise de Sekt, nos ex-voisins ne connaissaient que le Rotkäppchen, ce mousseux infâme qui ne devrait servir qu'à récurer les jantes des Trabant.

Je ne sais pas pourquoi, mais je sens que ces deux énergumènes vont rendre ma soirée instructive. J'affiche mon plus beau sourire et leur tends la main.

— Patricia Sammer, journaliste. Je rédige un livre sur le retour à l'ex-RDA. Il me semblait important de venir dans ce genre d'endroit pour tenter de comprendre ce qui motivait les gens à se replonger ainsi dans le passé.

Ils me serrent la main avec empressement et me balancent leurs noms, que j'oublie aussitôt. Je décide de les appeler Bretelles-Jaunes et Nez-de-Toucan.

— Je vous offre quelque chose à boire ?

Sans leur laisser le temps de répondre, je refais signe au barman et commande cette fois-ci une bouteille de vodka.

Munie de ma bouteille et de trois verres, je me mets à la recherche d'une table libre, suivie par mes deux hurluberlus, estomaqués par mon assurance.

Une fois assis, je décapsule la bouteille de vodka et la renifle d'un air suspicieux. Stolichnaya, cette marque ne m'est pas inconnue.

— C'est une vodka russe, m'explique Nez-de-Toucan. Vous pouvez y aller, c'est plus sûr que le Rotkäppchen de tout à l'heure.

— Heureusement que l'alcool se conserve, grogné-je, parce que c'est bien beau de faire dans le *revival*, mais depuis plus de vingt ans que le Mur est tombé, vos cornichons et votre chocolat doivent avancer tout seuls dans leur emballage, non ?

Bretelles-Jaunes pousse un petit rire étouffé.

— La plupart des acheteurs ne se procurent ces produits que comme souvenirs, pas pour les consommer. Et puis certains sont toujours commercialisés, vous savez… Regardez un peu les informations légales.

Intriguée, je cherche sur l'étiquette la date limite de consommation.

— Mis en bouteille en 2005 ?

— Ossiversand, ça vous dit quelque chose ?

Je fronce les sourcils. Ce nom m'est familier.

— Ce n'est pas cette société qui commercialise…

— Des anciens produits de l'Est recréés de toutes pièces, absolument ! Le « champagne » que vous avez goûté, cette vodka, et bien des produits proposés au bar n'ont d'est-allemands que l'apparence. Ossiversand a bien compris le marché que représente la nostalgie du Mur, et propose des cornichons, du café ou des biscuits comme tous les autres, mais avec le conditionnement d'origine.

— Ah ouais. Donc même la foi en votre ancien système est soluble dans le capitalisme...

Bretelles-Jaunes et Nez-de-Toucan se regardent, puis haussent les épaules, blasés.

— Vous savez, si vous êtes venue chercher des politologues ou des spécialistes du soviétisme dans ce bar, vous allez être déçue. Ici, les gens viennent juste tenter de revivre des instants perdus, rien de plus.

Devant mon air étonné, Bretelles-Jaunes poursuit :

— Aucun d'entre nous n'a de bouquin de Marx dans la poche. Comment vous dire... C'est juste une plongée dans un monde que l'on sait révolu, mais personne ne montera sur une table pour appeler à la révolution et exiger le retour du communisme. Même si certains aimeraient sans doute repartir dans le passé, on vient juste se changer les idées, rien d'autre...

Je crois comprendre... Je remplis les trois verres et lève le mien.

— *Na zdrowie!*

Ils trinquent et nous avalons nos verres cul sec. Je nous ressers, mise en confiance par cette chaleur familière qui me descend le long de la trachée. Puis je m'enfonce dans mon fauteuil et les scrute sans ciller.

— Dites, vous me paraissez quand même un peu jeunes pour des ex-Ossies, non ?

Nez-de-Toucan plonge le bec dans son verre. C'est encore Bretelles-Jaunes qui éclaire ma lanterne.

— J'ai grandi à l'Est, et j'avais quatorze ans le jour où le Mur est tombé. J'ai conscience de n'avoir pas vécu les années les plus dures du régime, mais nous vivions tous ensemble, avec mes parents et mes grands-parents, dont les histoires ont jalonné mon enfance.

— Et cette tenue, c'est... ? demandé-je en pointant du doigt son foulard bleu et sa chemise à insignes.

— Ça, explique-t-il fièrement, c'est une tenue de *Pionier*. Vous savez, ces groupements pour la jeunesse, auxquels appartenaient tous les jeunes Allemands de l'Est. On y apprenait la solidarité, l'entraide, la fraternité...

— Ouais, ricané-je en m'envoyant mon troisième verre de vodka. Le salut au drapeau en chantant votre hymne. C'était comment déjà ? « Toujours prêts pour la liberté et le socialisme » ? Un truc comme ça. Genre les jeunesses hitlériennes, quoi !

Il ne s'offusque pas et pousse encore son petit rire ridicule.

— Je dirais plutôt comme les scouts, Patricia. Baden-Powell ou les *Pioniere*, vous voyez une différence ?

J'esquive sa question en nous resservant une nouvelle tournée.

Mes deux comparses arrivent à suivre mon rythme, c'est un plaisir.

— Et toi, demandé-je à Nez-de-Toucan, tu viens d'où, et tu es déguisé en quoi ?

Le regard fuyant, il relève enfin la tête.

— Je ne suis jamais allé à l'Est. Je viens de Köln. Et je ne suis pas déguisé...

— Ben alors, qu'est-ce que tu viens faire ici, coco ?

Il implore Bretelles-Jaunes du regard.

— Patricia, me demande ce dernier, pensez-vous qu'il soit nécessaire d'avoir d'abord connu un autre système pour être terrifié par celui dans lequel vous vivez ?

Ouh là ! Je pressens l'explication philosophique de haute volée ! Bretelles-Jaunes va m'asséner un cours de sociologie qui nécessite du carburant.

— Attends une minute, *tovaritch*, je vais refaire le plein.

Je retourne au bar commander une bouteille de vodka et reviens m'asseoir auprès de mes deux compagnons, dont les pommettes rouges et les yeux luisants indiquent que leur capacité de résistance commence à être sérieusement entamée.

Au fil des shots de vodka, Bretelles-Jaunes m'explique les regrets d'un pays où vivre ensemble voulait dire quelque chose, où les termes de solidarité et d'entraide n'étaient pas que des coquilles vides de sens, où chacun avait un emploi à vie, où les crèches et les hôpitaux étaient gratuits. Il me raconte cette époque prétendument bénie, et le changement brutal. Beaucoup trop brutal. Cette plongée soudaine dans un nouveau monde tellement agressif, si plein de doutes et d'angoisses que même un pan désespéré de la jeunesse capitaliste en arrive à regretter un système qu'il n'a pourtant jamais connu.

Il n'élude ni la Stasi, ni l'absence de richesses, ni les contrôles et le manque de libertés. Mais chaque fois, il leur trouve une justification qui pourrait se résumer en un mot : ce régime apportait des *repères* !

Tout le discours de Bretelles-Jaunes sur les bienfaits supposés du communisme, je l'ai entendu des dizaines de fois. Il ne m'apprend rien. Une seule personne ne m'a jamais vanté les bienfaits de son ex-pays, Inge Oelze. Et pourtant, elle est retournée y vivre. Après. Après ce qu'elle ne m'a pas encore raconté.

Nez-de-Toucan somnole depuis un bail, et Bretelles-Jaunes continue à vider le sac de souvenirs qui ne sont plus les siens, quand un fracas de cuivres l'interrompt, suivi de chœurs sentant bon la toundra et les montagnes de l'Oural : « Ressuscitée des ruines, et tournée vers l'avenir, laisse-nous te servir pour atteindre le bien, Allemagne patrie unie… »

L'hymne est-allemand.

La salle est brusquement plongée dans le noir. Une poursuite éclaire l'estrade, où un présentateur vêtu d'un smoking de pingouin et d'un nœud papillon aussi large que sa tête s'égosille sous les vivats de la foule.

— C'est quoi, ça ? demandé-je à un Bretelles-Jaunes tout excité par l'animation.

— Le concours de sosies !

— Des sosies de qui ?

Il n'a pas le temps de répondre, le premier candidat s'avance, costume beige, chemise blanche, cravate aux tons bordeaux, front dégarni, cheveux blancs, lunettes aux épaisses montures noires…

Merde, ces tarés sont en train de faire un concours de sosies d'Erich Honecker[7] !

J'ai ma dose pour ce soir. Je me lève et interpelle Bretelles-Jaunes, qui semble hypnotisé par le spectacle.

— Oh, camarade, réveille ton pote, on y va.

Il me regarde sans comprendre.

— On va où ?

Je soupire.

— À deux rues d'ici, il y a un bar sympa, avec un hôtel à côté. Soit on y va tous les trois, et on se joue la réunification pendant le reste de la nuit, soit vous décidez de rester ici et de vous toucher devant des photos jaunies d'un passé moisi.

Je tourne les talons devant ses yeux exorbités et traverse la salle, indifférente à la mascarade pathétique qui accapare les fêtards.

Parvenue sur le trottoir, je relève le col de mon manteau et regarde les étoiles.

Au fond de moi, je souhaite qu'ils ne me suivent pas. J'aimerais qu'un soir, un de ces gars qui traversent ma vie comme des comètes refuse mes avances, me repousse et m'exprime le dégoût que je lui inspirerais. Mais cela n'arrive jamais. J'approche la quarantaine, j'ai un physique quelconque, rien qui me fasse sortir du lot, mais je ne me couche jamais seule quand je n'en ai pas envie.

---

7. Président du Conseil d'État de la RDA de 1976 à 1989.

J'entends la porte du club qui claque derrière moi. Je ne me retourne même pas, je sais que ce sont eux.

Je m'essuie les yeux d'un revers de manche et me mets en route, mes proies sur les talons.

CHAPITRE 30

Linzervorstadt, Tchécoslovaquie, 1945

Le père Neubaueur est assis à sa table de travail. La lampe à huile diffuse une mauvaise clarté, troublée par de fréquentes volutes noires.

Il tourne le dos au dortoir, dans un souci d'intimité illusoire. Derrière lui, le souffle des filles et des enfants. Mauvais repos, gémissements, cauchemars éveillés.

Il serre les dents et tente de se concentrer sur sa Bible. Ses côtes le font souffrir. Le gros médecin-chef tchèque qui l'a à peine palpé, une cigarette fichée entre les lèvres, a diagnostiqué des côtes fêlées. Dont une risquait de perforer le poumon en cas de geste brusque.

Puis il est passé à un autre lit, le laissant aux mains d'une infirmière maladroite qui lui a bandé le torse, les mains tremblantes.

Les Saintes Écritures dansent devant ses yeux injectés de sang. Sa foi ne vacille pas, mais il est en proie à un sentiment nouveau qui lui fait peur : la colère. Il a toujours enseigné que ce péché devait être combattu. Que le travail et le pardon détournaient de la rancœur et de ses pièges. Mais ce soir, pour la première fois de son sacerdoce, il n'a plus la force de la combattre.

Pire, il ne sait pas contre qui la tourner. Si encore il avait un expédient, un défouloir sur lequel déverser ce sentiment qui lui empoisonne l'âme. Mais à qui en vouloir ? À ces pauvres filles qui l'ont roué de coups ? Elles pleuraient en exécutant les ordres. Elles sont aussi victimes que lui. Contre les gardes qui se livrent à toutes les exactions ? Il n'a cessé de répéter aux femmes qu'il s'agissait d'âmes égarées à qui il fallait pardonner leurs erreurs.

Il glisse une main sous sa soutane, à la recherche des côtes douloureuses. La souffrance lui transperce le flanc. Il réprime un cri, étouffe un gémissement. *Pardonne-moi, Seigneur. Pardonne mes doutes et mes offenses. Que Ta volonté soit faite.*

Un bruit d'étoffe derrière lui l'arrache à ses contritions. Sans se retourner, il demande à voix basse :

— Anna. Que veux-tu, mon enfant ?

Il pivote et fait face à la jeune femme. Son visage arbore la même volonté farouche qu'il lui voit depuis quelques jours.

— Comment saviez-vous que c'était moi ?

Il esquisse un sourire.

— J'ai appris à reconnaître votre façon de marcher à toutes. Et puis qui d'autre que toi pourrait venir me voir en pleine nuit ? Toutes les autres tentent de grappiller un peu de repos. Mais pas toi. Toi, tu cherches encore et toujours à comprendre… Que puis-je pour toi, Anna ?

— C'est à cause d'Helmut.

— Qu'y a-t-il ? Il est malade ?

— Père Neubaueur, que se passe-t-il avec les enfants dans ce camp ?

Le prêtre dévisage la jeune femme. Puis d'une voix douce, il explique :

— Tu le sais, Anna, à partir d'un certain âge, les enfants doivent eux aussi travailler. Helmut a six ans, il va devoir bientôt être assigné à diverses tâches domestiques.

— Ça, je le sais ! J'en vois suffisamment qui se cassent les reins à nous apporter des barriques de linge à la buanderie. Non, je parle de ces enfants qui partent et qu'on ne revoit pas. Vous savez très bien de quoi je veux parler. Il y a deux jours, le petit Dirk, le fils de Julia, est parti avec des gardes, et il n'est pas revenu. Alors ?

Nouveau silence du père. Il a la tête rentrée dans ses maigres épaules, les mains jointes.

— Je ne vous en ai pas parlé pour ne pas vous effrayer inutilement. Mais il arrive en effet que certains enfants soient... réquisitionnés en dehors du camp.

— Ça veut dire quoi, ça, *réquisitionnés* ?

Derrière eux, on se retourne sous les couvertures en grognant. Le père Neubaueur lève une main conciliante et demande à Anna de se taire.

— Tu as déjà vu des civils et des paysans venir dans le camp, n'est-ce pas ?

Elle acquiesce.

— La plupart du temps, ils viennent demander de la main-d'œuvre pour les travaux des champs ou dans les fermes. Ils estiment que les Allemands leur ont suffisamment causé de tort pendant le conflit. Alors en échange de quelques billets glissés aux gardes, ils se servent en prisonniers. Pour compenser, comme ils disent.

D'une voix blanche, Anna demande :

— Mais pourquoi des enfants si jeunes ? Ce sont des travaux difficiles !

Le prêtre soupire longuement. Il se penche et prend les mains d'Anna. Elles sont glacées.

— Pour les enfants, c'est… un peu différent. C'est davantage… comment puis-je dire ? C'est davantage un investissement, tu comprends ?

— Non !

— Anna, bon nombre de familles tchèques ont perdu des maris, des frères ou des fils. Alors, maintenant, certains habitants se disent qu'ils peuvent venir chercher un enfant allemand pour compenser ces pertes.

— Ils ne les renverront pas au camp après les travaux, c'est ça ?

— Non, Anna. Ils les prennent pour les garder. Pour avoir une paire de bras supplémentaire, maintenant et à l'avenir. Tu comprends ?

Elle ne répond pas, le regard fixé sur le sol.

Enfin, elle relève la tête. Dans la semi-obscurité, ses yeux brillent d'une lueur inquiétante.

— Père Neubaueur ?

— Oui…

— Je veux que vous placiez Helmut dans une famille, lui aussi.

— Pardon ?

— Vous m'avez très bien comprise. Je veux que vous trouviez une famille pour mon fils, mais une allemande, surtout pas une tchèque ! Loin d'ici.

— Enfin, Anna, tu n'as pas compris ce que je t'ai expliqué ? Ce n'est pas momentané. Les villageois qui viennent se servir ne le font pas que pour la saison des récoltes, ils veulent les garder !

— Nous sommes bien d'accord. Et c'est pour ça que c'est vous, père Neubaueur, qui allez me la trouver, cette famille. Écoutez-moi bien : ici, Helmut dépérit. Il ne me parle plus, ne se nourrit plus, mais il grandit, malgré tout, et sera bientôt réquisitionné pour aller servir je ne sais où dans je ne sais quelles conditions. Alors tant qu'à le voir partir, je veux que ce soit dans une famille allemande, en qui j'aurai confiance. Tout plutôt que de me le voir arraché un matin par ces chiens pour être livré à des inconnus. Alors vous allez vous renseigner et chercher une famille aimante à qui je pourrai confier Helmut.

La bouche ouverte sur ses dents cassées, le prêtre bredouille :

— Mais enfin, c'est impossible ! Même si je voulais t'aider, je ne peux pas trouver une famille comme ça, depuis le camp ! Sans compter les frais ! Tu as de l'argent, toi, pour que les gardes laissent partir Helmut ? Non, bien sûr ! Alors comment comptes-tu faire ?

Anna s'approche de la lampe à pétrole et fixe le prêtre dans les yeux.

— Arrêtez de vous cacher dans votre Bible, mon père. Pour une fois, affrontez l'adversité autrement qu'en vous réfugiant dans ces vieilles pages. Personne ne vous demande d'être un martyr. Juste un homme.

Elle tourne la molette de la lampe et plonge le baraquement dans le noir.

Au même moment, dans l'infirmerie, le médecin ferme les paupières d'une fillette de onze ans, morte de malnutrition. Le matin même, elle pesait quatorze kilos.

Dix jours plus tard, deux gardes viennent chercher Helmut et l'escortent jusqu'au portail. Anna s'affaire dans la vapeur bouillante d'une cuve de lessive quand elle voit son fils traverser la cour entre les deux hommes.

Elle s'arrête de tordre le linge et le regarde partir. Elle ne cherche ni à l'appeler ni à lui dire au revoir. Elle reste les bras plongés dans l'eau bouillante, insensible à la douleur. Helmut ne tourne pas la tête vers la buanderie. Serré dans des habits trop petits, il marche le front levé, le regard fier, deux pas devant les gardes.

Quand il a quitté le camp, Anna reprend son travail. Le soir, elle dispose de toute la place sur la couchette et s'endort profondément. Mais son sommeil est de courte durée. Le bruit de la porte qui grince, celui des bottes qui circulent entre les rangées. Cruelle habitude de faire la morte, d'attendre que se termine ce ballet obscène.

Mais ce soir, les bottes n'hésitent pas. Elles s'arrêtent à côté de son lit. Anna sait déjà. Une main rugueuse la secoue. Elle se tourne et reconnaît les visages des deux gardes qui ont emmené Helmut ce matin.

Résignée, elle se lève et rajuste un châle élimé sur ses épaules. Ce soir, c'est son tour. Ça devait arriver.

Elle suit ceux qui vont la souiller une partie de la nuit, et passe devant le père Neubaueur, debout devant sa table. Ce dernier s'avance dans la faible lueur dispensée par sa lampe à pétrole. Il a le visage fermé.

Les deux gardes s'arrêtent un instant.

— Mon père, murmure Anna. Je suppose que c'est le prix à payer pour la liberté d'Helmut.

— J'ai fait en sorte qu'il soit dans une bonne famille.

Sa voix est glaciale.

— Mais tu ne pouvais espérer obtenir une telle faveur sans contrepartie. Et comme tu n'as pas d'argent pour acheter le silence de ces hommes…

Elle baisse la tête. Elle accepte le prix à payer.

CHAPITRE 31

Banlieue de Berlin, 2006

Je me réveille dans un lit inconnu, le cerveau anesthésié. Je vois flou : une vague lueur, des teintes pastel, une forme indistincte assise dans un fauteuil à côté de mon lit aux draps trempés de sueur. Une odeur de soupe aux poireaux froide, qui me soulève le cœur.

Je ferme les yeux pour endiguer la nausée. J'essaie de reprendre mes esprits, mais ma conscience est engluée, impossible d'aligner deux pensées cohérentes.

Un pincement dans le creux du bras me ramène à un semblant de réalité. Je rouvre les paupières, tout doucement. Ma vue se stabilise. Une perfusion me distille un liquide transparent. OK : perfusion, plus lit inconfortable, plus odeur de bouffe écœurante, je suis dans une chambre d'hôpital. Mais lequel ? Et surtout pourquoi ? La torpeur dans laquelle flotte mon cerveau m'empêche de rassembler mes souvenirs.

La forme assise à côté du lit se lève et pose une main sur mon drap.

Je veux demander à Paul, dont les contours de la grande carcasse se sont enfin stabilisés, ce qui s'est passé, mais ce qui sort de ma bouche n'est qu'un souffle inaudible.

— Tout va bien, Patricia. Je suis là, ne t'en fais pas.

Je tente un sourire.

Et je me rendors.

Le second réveil est plus encourageant. J'arrive à garder les paupières ouvertes plus de cinq minutes, à aligner trois mots cohérents. Mais mon cerveau est toujours aussi épuisé.

Paul est encore là. Il m'a aidée à me relever, m'a calé un oreiller dans le dos et m'a porté un gobelet d'eau à la bouche, allant jusqu'à m'essuyer le menton. Je pourrais me pisser dessus qu'il me nettoierait les fesses et que je n'en éprouverais aucune honte.

Je sens que je vais à nouveau glisser dans l'inconscience. Alors j'arrive à lui demander :

— C'qui m'est arrivé ?

Il hésite. Ce n'est pas bon signe. Paul est le champion de la concision. Un as de la synthèse qui vous expose une situation, ses tenants et ses aboutissants en moins de trois phrases.

Pourtant, là, il hésite, et se dandine comme un écolier ne sachant par où commencer son exposé.

— S'il te plaît…

Il se lance avec une prévenance que je ne lui connais pas : il y a deux jours, les flics sont venus me chercher dans un bar que j'étais en train de mettre à sac. D'après les témoins, j'y étais entrée avec deux gars, visiblement déjà bien éméchée. Après avoir continué à picoler, je suis montée sur une table pour commencer à me déshabiller en roulant du cul.

Le patron et ses employés ont essayé de me faire descendre, et c'est à ce moment-là que les choses ont empiré.

D'un coup de pied, j'ai cassé le nez d'un serveur, puis j'ai ramassé tous les verres à ma portée et les ai lancés à la tête des personnes présentes, en proférant des obscénités et en hurlant des propos incompréhensibles.

C'est la police qui a fini par me maîtriser. Ils m'ont d'abord amenée au poste, espérant me faire dessoûler en cellule de dégrisement. Mais sur place, j'ai fait une nouvelle crise. De delirium tremens, cette fois-ci. Ils ont été obligés d'appeler les secours.

Ces derniers, ne sachant qui prévenir, ont fini par appeler Paul. Et je me suis retrouvée ici.

— C'est quel hôpital ?

Il détourne les yeux et m'avoue que nous ne sommes pas dans un hôpital, mais dans un centre de désintoxication situé à l'écart de la ville.

— Les médecins ont procédé à des analyses sanguines : toxicologie, alcoologie, Gamma GT, transaminases et toutes ces saloperies… Tes résultats sont plus qu'inquiétants, Patricia. Tu ne peux plus continuer ainsi. Tu es à deux doigts de développer une pancréatite, ou je ne sais quelle autre complication mortelle. Sans compter que je ne vais pas pouvoir te couvrir encore longtemps au journal. J'ai préféré demander ton admission en urgence dans cette clinique, tant qu'il est encore temps de réagir. Tu n'es pas encore… enfin, je veux dire, tant que tu n'es pas totalement…

Je devrais éprouver de la honte. Ou de la colère. La crainte d'affronter le regard de mes collègues. D'affronter mon propre reflet. Je devrais avoir envie de disparaître.

Mais je n'éprouve rien. Pas la moindre culpabilité. La moindre once de remords ou de révolte.

Les saloperies qu'ils m'ont injectées ont eu raison de ma fierté, de mon humanité. Je ne suis plus qu'une enveloppe vide.

Je me rendors.

Le lendemain, le directeur de la clinique vient me voir avec l'infirmière en chef. Ils prennent le temps de commenter mes résultats d'analyses, m'expliquent ma nouvelle situation et m'alertent sur la nécessité d'une surveillance accrue. Puis ils me détaillent le règlement de l'établissement et mon programme personnalisé, auxquels je ne prête aucune attention.

La clinique est plutôt sympa. La nourriture dégueulasse, mais me nourrir est le cadet de mes soucis. Au bout d'une semaine, j'ai déjà perdu deux kilos. À part ça, c'est comme une colonie de vacances. Une garderie pour toxicos et accros en tous genres.

Chaque jour, je dois participer à une séance de sport, à un groupe de parole, et j'ai un entretien individuel avec un psychologue. Très cool, lui aussi. D'ailleurs, c'est lui qui parle tout le temps. Il me montre des tableaux, des beaux schémas censés m'expliquer comment j'en suis arrivée à ce degré d'autodestruction. Il me parle de culpabilité, de transfert, de mutilation symbolique. J'écoute tout ce qu'il me dit avec une attention non feinte, presque avec une admiration béate. Dans l'état qui est le mien, ils me montreraient un numéro de cirque avec une otarie et un ballon, j'applaudirais de la même façon.

Je n'ai pas de crise de manque. En fait, je n'ai envie de rien. Je me rends où mon planning décide que je sois et hoche la tête avec gratitude pendant les monologues de mon psy.

Parfois, je m'endors durant les groupes de discussion. Ils sont gentils, ils ne me réveillent pas.

Les visites sont autorisées. Paul vient me voir tous les deux jours. Il m'apporte des chocolats, des biscuits, des petites douceurs pour compenser les plateaux-repas infects. Je les range dans mon meuble de chevet, et dès qu'il est parti, je les donne à Marco, le jeune type de la chambre voisine.

Dans cette clinique, toutes les dépendances sont mélangées. On est tous frères et sœurs communiant dans la grand-messe du repentir et de la flagellation. Marco n'a aucun problème avec l'alcool. Lui, ce sont les amphétamines. Ou autre chose.

Il passe son temps à se badigeonner les narines avec un coton-tige humide. Il est mal rasé, empeste le tabac froid, porte en permanence une casquette crasseuse, et il lui manque une incisive en haut.

On passe du temps dans la salle commune, à jouer aux dés et à boire des cafés. Avec sa voix de racaille et ses grands gestes nerveux, il m'explique qu'il est ici par obligation judiciaire, mais qu'il a compris ses conneries, et que dès qu'il sortira, il trouvera un job dans le garage d'un de ses cousins.

Il me pose des questions sur ma vie, si j'ai un mari, des enfants. Il me demande qui est Paul, si c'est mon amant.

Le psychologue est toujours aussi charmant, toujours aussi bavard. Au bout d'une semaine, il finit par me demander quels sont mes rapports avec mon père.

Le soir même, Marco me demande de le rejoindre dans sa chambre. Il a une surprise pour moi.

Les yeux brillants, il referme la porte et place une chaise contre la poignée. Puis il monte sur son lit, déplace une plaque du faux plafond, tâtonne et en sort une bouteille de vodka qu'il brandit comme un trophée.

Il me demande si ça me tente. Je n'hésite pas une seconde et acquiesce. Un grand sourire dévoile le trou dans sa dentition.

— C'est donnant-donnant.

La facilité avec laquelle je cède me fait presque sourire. Je ne cherche même pas à me convaincre, à me dire que ce n'est que l'histoire d'une fois, un léger écart dans mon entreprise de reconstruction. Je sais déjà qu'il n'y aura pas de reconstruction possible. Je me déshabille et m'allonge sur son lit.

Je ne me réveille que le lendemain après-midi. Paul est à mes côtés, le regard suspicieux, mais il ne dit rien. Je prétexte un changement dans la posologie de mes médicaments.

Ce qui ne devait être qu'un écart d'un soir devient un rituel. Sexe et alcool.

Afin d'étouffer mes velléités de remords, je simule des crises d'angoisse auprès des infirmières. En accord avec le psy, elles m'ont augmenté les doses de sédatifs. Magie chimique grâce à laquelle je peux me faire baiser et me soûler en anesthésie permanente.

Un soir, Marco est particulièrement défoncé. Un iPod diffuse de la techno dans la chambre. Il est assis sur le lit, et je m'agenouille entre ses jambes.

Il sniffe un rail et pousse un hurlement avant de monter le son de sa radio.

Je n'entends pas les aides-soignants pénétrer dans la chambre en forçant la porte. L'un d'entre eux m'agrippe par la taille. Je me débats, lance des coups de pied dans le vide et hurle qu'il faut que je finisse ce gars, que je veux ma bouteille.

Je me souviens d'une gifle, et de la sensation d'une aiguille enfoncée dans le gras de l'épaule.

Puis le néant.

Paul a passé quelques coups de fil et obtenu mon admission dans une autre clinique de la banlieue berlinoise. Ou plutôt une prison. Chambres fermant à clé de l'extérieur, grilles au-dessus des éviers et des toilettes, barreaux aux fenêtres, téléphones prohibés, visites interdites, sevrage forcé et brutal, médication de choc.

Une approche digne des années cinquante, un goulag psychiatrique où l'on ne manie que le bâton, où l'on vous fait comprendre que vous n'êtes qu'une merde, que tout ce qui vous arrive n'est que votre faute, que vous ne vous en sortirez qu'à coups de baffes dans la gueule et que de toute façon, on ne peut totalement reconstruire que ce qui a été totalement brisé.

Visiblement, je ne l'étais pas encore assez pour eux.

Dans la précédente clinique, je pensais avoir renoncé à l'estime de moi, à toute fierté. J'avais tort. Mes nouveaux bourreaux me font réaliser qu'on peut aller encore plus loin dans la déshumanisation d'une âme en souffrance.

J'en arrive à me demander si j'arriverai à briser la vitre derrière les barreaux pour en récupérer un morceau afin de me trancher les veines. Si mes draps rêches feront une corde assez longue pour pouvoir me pendre à ces foutus barreaux.

Mais au bout de trois semaines, même mes velléités d'en finir m'ont abandonnée. Je ne suis plus qu'une flammèche qu'on déplace entre les différents services, l'esprit dévasté par les médicaments.

Un mois plus tard, une infirmière m'annonce que je peux faire mes bagages, qu'on est venu me chercher, que je suis guérie.

On m'assied dans un fauteuil roulant, fourre mes quelques vêtements dans un sac, et me conduit dans le bureau du directeur.

Quand je passe la porte capitonnée, ce n'est pas Paul qui m'attend.

C'est Inge.

Comment a-t-elle retrouvé ma trace ? Grâce à Paul ? Et que vient-elle faire là ? Je ne sais pas et je m'en fiche. Je ne ressens aucune surprise, aucune émotion. Elle est juste là et je la dévisage depuis mon fauteuil, apathique.

Avec un sourire apaisant, elle prend mon sac, saisit les poignées du fauteuil, et me pousse jusqu'à sa voiture, une Škoda vert d'eau piquetée de rouille.

Elle m'aide à y entrer, accroche ma ceinture, puis s'installe au volant.

Elle vérifie le rétroviseur intérieur, puis tourne la clé avant de répondre à ma question silencieuse :

— Nous partons nous mettre au vert pour quelque temps, Patricia. Mais avant, vous devez rendre visite à quelqu'un.

CHAPITRE 32

Berlin, 2006

Les lettres dorées ressortent sur le marbre noir.

« *Nicole Sammer 1944 – 2006* »

Maman gît sous cette dalle depuis plus de deux semaines.

Elle est morte, et personne ne m'a prévenue. Comme j'étais interdite de contact avec le monde extérieur, ils n'ont pas jugé bon de m'avertir, de faire une exception pour un cas majeur comme celui-ci. Ils m'ont laissée dans l'ignorance, privée du droit à lui dire un dernier adieu.

Personne n'a assisté à son enterrement. On l'a inhumée là, à côté de papa, sans sa fille pour l'accompagner et la rassurer.

Maman est morte et je m'en fous.

Mon cœur est vide.

Je suis debout, seule devant cette tombe, et je ne ressens rien.

De l'autre côté du mur d'enceinte, le bruit des voitures et des camions qui se lancent sur le périphérique me fatigue. Au bout de l'allée, discrète, mais attentive, Inge se tient prête à intervenir.

Elle a sans doute peur que je m'effondre. Mais si je m'écroule, ce sera de froid.

Ou d'ennui.

Un dernier regard aux deux noms gravés dans le marbre. Elle l'a enfin rejoint. Vingt-neuf ans qu'elle attendait ce moment.

À petits pas fatigués, je rejoins Inge.

Je sais que je ne reviendrai pas.

Inge nous conduit d'abord jusqu'à mon appartement. Je ne pense pas à lui demander comment elle connaît mon adresse.

Sur la table du salon, elle déplie une carte routière et me demande de préparer un sac avec plusieurs affaires, le temps pour elle de vérifier un trajet.

Je me rends dans ma chambre et m'arrête devant la penderie. Qui est cet être squelettique, au visage émacié, aux orbites creusées et noircies, aux cheveux longs et gras ?

Je suis fascinée par mon reflet d'outre-tombe. Je m'abîme dans la contemplation de cette morte en sursis.

— Patricia, vous êtes prête ? Nous avons…

Inge s'arrête sur le seuil, me regarde et comprend.

Avec douceur, elle m'oblige à m'asseoir sur mon lit, en me détournant du miroir.

Puis elle fouille à la recherche d'une valise, y glisse des vêtements et des affaires de toilette qu'elle déniche au petit bonheur.

Quand elle est sûre d'avoir tout pris, elle me relève et me demande :

— Il y en a pour plus de sept heures de route, vous voulez boire ou manger quelque chose ? Prendre vos précautions ?

Je tourne la tête vers elle. Mon regard vide est la plus éloquente des réponses.

— D'accord, dit-elle en souriant tristement. On s'arrêtera en chemin, de toute façon. Allons-y.

Comme au cimetière un peu plus tôt, j'ai la certitude que je ne reverrai plus mon appartement.

Je n'ai pas attendu que nous soyons sorties de Berlin pour m'endormir. Un sommeil lourd, sans rêves ni sensations. Je ne me réveille que lorsque Inge fait une pause dans une station-service. Un panneau m'apprend que nous sommes à une centaine de kilomètres de Nuremberg.

Je descends en même temps qu'elle et me rends aux toilettes. En m'asseyant sur la cuvette, je m'aperçois que j'ai commencé à m'uriner dessus. Certainement pendant que je dormais.

Je me rhabille, remettant mes dessous froids et poisseux.

Dans la cafétéria, Inge me propose de manger quelque chose.

Pour qu'elle me fiche la paix, j'opte pour une barre de chocolat aux noisettes. J'en avale péniblement un carré et jette le reste à la poubelle.

Nous reprenons la route en silence.

Le front collé à la vitre, je regarde le ciel gris tandis que l'asphalte déroule ses kilomètres. Je pense à maman. À la maman d'avant. Avant la mort de papa.

Ce sont des lambeaux d'un passé qui a dû être chouette. J'exhume des instantanés de mon innocence, des photos que je croyais perdues, qui me reviennent en rafales : nous cuisinons un gâteau roulé à la confiture de framboises avant de regarder *L'Incroyable Hulk* à la télé ; elle m'aide à faire mes devoirs, mais je ne l'écoute plus, fascinée par les veines qui ressortent de ses mains déjà vieilles ; j'ai écrit un gros mot sur le mur tout blanc de l'entrée, alors elle prend mon crayon et dessine un énorme escargot à côté, avec une grande bouche qui rigole ; elle m'a laissée seule à la maison le temps de faire une course, quelqu'un sonne, j'ai peur, je pleure et m'enferme dans ma chambre, et quand maman rentre, je me précipite dans ses bras en sanglots, alors on va à l'épicerie acheter des pommes de terre pour faire des frites, et elle m'achète un énorme bonbon Goldorak.

Une larme unique coule sur ma joue.

Nous approchons de la frontière française, quand Inge sort de l'autoroute. Nous traversons plusieurs villages, la route se fait sinueuse, et la température baisse à mesure que nous pénétrons dans la Forêt-Noire.

Enfin, au détour d'un ultime virage, nous débouchons dans une minuscule vallée. C'est la fin de la route, qui se termine entre deux habitations. Un ancien corps de ferme rénové d'un côté, et une grande habitation à colombages de l'autre.

Inge descend de la voiture et se dirige vers la maison où l'attend une dame accorte à l'embonpoint généreux. Elle lui remet une clé et lui montre le bâtiment avec des rires tonitruants.

Inge me fait signe de la rejoindre. Je l'accompagne dans le gîte. L'intérieur est entièrement rénové, propre et aéré. Je me dirige vers une terrasse qui surplombe le petit chemin par lequel nous sommes arrivées. À flanc de coteau, des rangées de pieds de myrtilles sur lesquels s'activent des saisonniers. Sur l'autre versant, des vignes et un tracteur. Au loin, le soleil disparaît derrière la forêt. Je n'entends que les corbeaux, quelques poules qui se baladent sur le chemin, et le moteur lointain du tracteur.

Inge a déchargé le coffre sans que je lui propose mon aide. Elle me rejoint sur la terrasse en soufflant, s'accoude à la rambarde et regarde les silhouettes minuscules des ouvriers agricoles qui se dépêchent de cueillir les dernières myrtilles avant la tombée de la nuit.

— C'est calme, non ? finit-elle par murmurer. Ça faisait longtemps que je n'étais pas venue dans la région. Je crois que cette mise au vert nous fera le plus grand bien. J'ai vu avec la propriétaire, elle n'a pas de réservation avant le mois prochain. Du coup, nous pourrons rester ici le temps qu'il faudra. Demain, je reprendrai la voiture pour aller au village, chercher des produits frais. Pour ce soir, de quoi avez-vous envie,

Patricia ? J'ai de la soupe en boîte, si vous voulez, ou des pâtes, de la charcuterie et…

Je rentre dans l'habitation à la recherche d'une chambre, n'importe laquelle. J'en trouve une, tire les rideaux, referme la porte et m'allonge sous la couette, à la recherche d'un goût de gâteau roulé à la confiture de framboises.

CHAPITRE 33

Campagne tchèque, région de České Budějovice, 1945

Le Dr Weill pique du nez pour quelques secondes de repos illusoire. Le corps qui tente de reprendre ses droits. Un énième spasme, réveil en sursaut. Difficile de dormir debout, comprimé dans un wagon à bestiaux, par une température négative.

Il s'ébroue, murmure de vagues excuses à son voisin qui ne réagit pas. Le train est rempli de fantômes comme lui, de silhouettes qui ne cherchent même plus à savoir ce qu'elles font là, où elles vont ou ce qui les attend, qui ne pensent plus. Qui veulent juste survivre.

On essaie de ne pas s'effondrer. Tomber, c'est la certitude de mourir piétiné ou étouffé. On se pisse et on se chie dessus, parce qu'on ne peut pas se retourner.

L'ironie, c'est que cet entassement bestial leur sauve provisoirement la vie. On se blottit les uns contre les autres, à la recherche d'une chaleur salvatrice. On place les plus jeunes au centre, afin de leur dispenser une protection dérisoire.

Le Dr Weill souffle sur l'extrémité de ses doigts, qui dépassent de mauvaises mitaines. L'esprit engourdi, il contemple la campagne blanche et désertique par un interstice du wagon.

Comme la plupart de ses compagnons d'infortune, il a été débordé par la violence et la rapidité des événements. Les soldats qui débarquent dans son cabinet en éructant leurs ordres. Une heure pour préparer ses affaires. Obligation de se rendre au commissariat de la ville. Fusillade si désobéissance. Rassemblement sur la place de la ville. Visages hagards, pleurs d'enfants, odeur de peur, relents de mort. Impression de déjà-vu, c'était hier…

Il est arraché à ses pensées par des hurlements à l'autre bout du wagon. Ce sont les lamentations d'une femme dont on arrache les entrailles.

Il veut se frayer un passage dans la masse, martèle un « laissez-moi passer, je suis médecin », enjambe des corps, bute sur des bagages. Sa sacoche – qu'il a réussi à emmener avec lui – renverse un seau rempli d'excréments. Il veut réveiller une vieille femme assoupie pour accéder à l'endroit d'où proviennent les cris. Il la secoue, mais elle ne réagit pas. Son corps vacille puis bascule lentement. Elle est morte, gelée.

Il enjambe le cadavre et arrive devant une femme livide, le front emperlé de sueur, qui se tient le ventre et gémit. Le cœur du médecin s'emballe quand son regard descend. La robe de la femme est gorgée de sang. Elle est enceinte et le travail a commencé.

Il se précipite pour la soutenir, exhorte ses voisins à lui faire de la place pour l'allonger, mais il n'y arrive pas. Horrifié, il réalise qu'elle est maintenue au sol par son sang gelé.

Il réclame de l'aide, explique la situation avec des mots hachés.

Un homme lui tend alors une petite lampe à alcool, trouvée au fond d'un sac. Cette lampe est leur salut à tous. Il l'allume et exhorte ceux qui sont près des ouvertures à ramener de la neige et des glaçons, afin de les faire fondre.

À force d'asperger les jambes de la pauvre femme d'eau chaude, ils arrivent à la dégager de sa gangue de sang gelé et à l'allonger. Il fouille dans sa vieille sacoche, mais il n'a rien qui lui permette de la faire accoucher sans risques supplémentaires. Épuisée, la femme finit par s'endormir. Un vieux monsieur enlève son écharpe et la roule en boule pour lui glisser sous la tête. Le médecin se relève et demande qu'on veille la gisante et qu'on l'appelle si les choses se compliquent.

Il fait demi-tour, enjambe à nouveau le cadavre gelé de la vieille et regagne sa place, harassé.

Le train arrive à Linzervorstadt le lendemain matin. Personne ne l'a appelé dans l'intervalle. Dans le flot des prisonniers qui se déverse sur le quai, il ne voit pas la jeune femme.

Les gardes les répartissent dans de longues files de prisonniers hébétés. Ils avancent à petits pas serrés, sous de gros flocons. Il arrive devant un garde enrhumé, dont le nez rougi et luisant laisse tomber des gouttes sur ses papiers.

— Vous êtes médecin ? constate le soldat en lisant ses papiers. Vaclav !

Un autre garde s'avance et demande au docteur de sortir du rang. Avec une amabilité si surprenante qu'elle en devient dangereuse, il lui explique qu'il sera transféré à l'infirmerie du camp, en tant qu'assistant du médecin-chef. Bien sûr, il reste prisonnier, mais il bénéficiera de nombreux privilèges, tels qu'une chambre individuelle, des repas pris à part et même un salaire.

Ils arrivent devant un baraquement dont les planches semblent avoir été récemment repeintes. Ils gravissent quelques marches et, au moment d'ouvrir la porte, Vaclav suspend son geste et regarde le Dr Weill dans les yeux.

— Docteur, vous êtes ici pour soigner les patients du mieux possible, sans poser de questions. N'oubliez jamais que vous êtes un prisonnier en transit. Contentez-vous de soigner avec les moyens à disposition. Toute requête qui nous paraîtrait déplacée équivaudrait à une provocation. Auquel cas, vous risqueriez de vous retrouver encore dans cette infirmerie, mais du mauvais côté. Suis-je bien clair ?

Exténué, le médecin détourne le regard et acquiesce. Le garde affiche un grand sourire et ouvre la porte de l'infirmerie.

Durant les jours qui suivent, le Dr Weill affronte l'ignominie. Chaque jour qui passe lui apporte son lot de souffrances à traiter avec des moyens dérisoires. Que peut la médecine contre la malnutrition ? Contre ces corps décharnés aux abdomens proéminents, aux côtes saillantes, aux orbites creusées, aux membres si fragiles qu'il craint de les briser en les manipulant ?

Les rares médicaments dont il dispose ne peuvent rien contre les épidémies de typhus ou de dysenterie qui déciment le camp. À peine peut-il soulager çà et là quelques souffrances.

Et puis il y a ces blessures qu'il faut soigner, mais qu'on n'a pas le droit d'évoquer. Ces prisonniers au dos zébré de marques de fouet. Ces chevilles cassées. Ces mains aux ongles arrachés. Ces femmes brisées.

La veille, ils ont amené la mère Hinckel dans un état lamentable. Tout le camp connaît cette matrone à l'air débonnaire. On sait les efforts qu'elle accomplit pour tenter de soustraire les prisonnières dont elle a la charge à la férocité des gardes ou des habitants du village voisin.

Mais cette fois-ci, c'est la mère Hinckel elle-même qui a été amenée couverte de sang et de boue. Effrayé, le Dr Weill a essayé de soigner les plaies, les brûlures de cigarettes, les dents et les côtes cassées. Après lui avoir administré un sédatif, il n'a pu contenir sa rage et est allé trouver le médecin-chef dans son bureau pour exprimer sa colère.

Il déverse son trop-plein de rancœur tandis que le médecin-chef Hrdlička allume une cigarette et l'écoute, impassible. Quand Weill a fini, son supérieur écrase son mégot et fait craquer les jointures de ses doigts boudinés.

— Vous êtes un bon médecin, Weill. Alors ce que je vais vous dire restera pour cette fois entre nous. Nous sommes ici pour soigner, pas pour faire de la politique. Chacun ses compétences, mêlons-nous de ce qui nous regarde. Mais puisque vous vous êtes ouvert à moi, je vais en faire autant. Voyez-vous, je ne suis pas comme vous, un *Volksdeutsche*, un Sudète, ou que sais-je encore. Je suis un vrai Tchécoslovaque, qui a vu sa famille se faire spolier ses terres et ses biens par des nazis dans votre genre.

Weill veut objecter, mais Hrdlička le coupe d'une main autoritaire.

— Ne m'interrompez pas, Weill ! Quand je dis « votre genre », je ne parle pas de vous en particulier, mais de votre peuple en général. Car que vous le vouliez ou non, vous êtes avant tout un Allemand, pas un Tchèque. Aussi, ma position est simple : vous nous avez fait subir l'enfer, nous vous le rendons. Œil pour œil, dent pour dent, comme le rappelle l'inscription au fronton de ce camp.

« Oh, bien sûr, je sais que tout n'est pas noir ou blanc, vous avez vos victimes, nous avons nos tortionnaires. Mais votre peuple dans son ensemble mérite ce qui lui arrive, ce n'est qu'une juste punition. Je suis, tout comme vous, un homme de l'art. Un médecin qui a décidé de consacrer sa vie à alléger les souffrances de ses contemporains. J'exerce dans ce camp le plus consciencieusement possible, Weill. Ne me demandez pas en plus d'éprouver de la compassion pour une populace qui ne m'inspire que du mépris. J'ajoute que j'apprécie vos compétences, et même votre compagnie. Aussi vous ferai-je la faveur exceptionnelle de garder cet entretien confidentiel. Mais ce sera la seule fois. Au prochain épanchement de votre part, je ferai un rapport au général. Vous pouvez y aller, Weill, d'autres patients vous attendent. »

Il s'allume une nouvelle cigarette et plisse les yeux.

Weill regagne le dispensaire. Vidé, il s'assied à son bureau. Il réalise alors que son indignation a failli causer sa perte. Le garde qui l'avait escorté le jour de son arrivée s'était montré très clair. Il ne doit qu'à la mansuétude du médecin-chef de pouvoir continuer à exercer. Mais il se sait désormais davantage sur la sellette.

Il ne lui reste pas d'autre alternative que se consacrer à son travail. Après tout, la capitulation est signée depuis des mois. Les choses ne doivent-elles pas retourner à la normale ? Combien de temps encore avant que les Alliés ne viennent rétablir l'ordre ?

Il ouvre la porte de la pièce où s'entassent les malades et les blessés. Une infirmière lui tend un bloc. Des dizaines de noms se chevauchent comme des notes sur une portée funèbre. Il se frotte les yeux, harassé.

— Qui est le suivant ? demande-t-il d'une voix lasse.

— Par ici, docteur.

L'infirmière le conduit près d'une paillasse où gît une jeune femme aux traits tirés, au visage blafard et grimaçant.

— Qu'est-ce qu'elle a ?

— Douleurs au ventre.

Il soupire. Le typhus et la dysenterie font des ravages. Ils vont bientôt être en rupture de médicaments, et il craint ne pouvoir venir en aide à tous les patients.

— Combien de diarrhées par jour ?

— Aucune.

Il hausse les sourcils.

— De la température ?

— Non plus. C'est pour ça que je vous l'ai amenée, docteur. Elle ne présente aucun des symptômes habituels. Pas de fièvre ni d'hémorragie, pas de tension, pas de migraines. Juste les douleurs abdominales.

Intrigué, le médecin s'agenouille à côté de la souffrante. Il passe doucement sa main sur le front luisant de la jeune femme. Il est glacé.

— Comment vous appelez-vous, madame ?

— Anna, répond la patiente à travers ses dents serrées. Anna Fierlinger.

— Anna, je suis le Dr Weill. Je vais vous examiner pour savoir d'où proviennent ces douleurs.

L'infirmière aide Anna à ôter sa veste d'uniforme. Pourtant habitué aux horreurs du camp, le Dr Weill ne peut s'empêcher de grimacer. Cette jeune femme au si beau visage devait être superbe avant. Ici, elle ne présente que les signes avant-coureurs de la mort.

Il l'ausculte, observant les yeux, la gorge, tâtant le cou, descendant sur la poitrine qui seule semble avoir échappé aux ravages de la famine et arrive sur le ventre gonflé.

Il marque alors un temps d'arrêt et relève la tête. Il regarde Anna dans les yeux, puis saisit son stéthoscope et le pose sur son ventre dur. Enfin, il écarte doucement les jambes d'Anna, qui se raidit sous le contact.

— Détendez-vous, Anna. Ce ne sera pas long, je veux juste vérifier quelque chose.

Elle tourne la tête vers la fenêtre tandis qu'il l'examine. Quand il se relève, son regard a changé. Est-ce de la pitié que la jeune femme y lit ?

— Anna, dit-il d'une voix douce. Anna, vous êtes enceinte.

CHAPITRE 34

Forêt-Noire, 2006

Terrée sous ma couette, je me noie dans des phases de sommeil toujours plus épaisses. Combien de jours, combien de nuits s'écoulent ainsi ? J'ai perdu la notion du temps.

Inge a renoncé à me sortir de mon antre. Elle dépose des plateaux devant ma porte. Elle me prépare ses fameuses soupes, des salades, de la viande froide, des yaourts et des bouteilles d'eau. J'y touche à peine. En bonne petite mère courage, elle m'en prépare chaque jour de nouveaux.

Ma chambre pue le rat crevé. Je transpire des litres de sueur sous ma couette trempée. Mon haleine me donne envie de vomir. Je me traîne jusqu'à la salle de bains pour évacuer ce que je peux, et retourne m'envelopper dans mes draps poisseux.

Le gîte est calme. J'entends à peine Inge s'affairer dans les autres pièces. Un peu de radio, quelques bruits de casserole. Parfois, la porte d'entrée qui claque me sort de ma torpeur. Inge part en balade ou en courses. La maison est alors plongée dans le silence, mais je ne cherche même pas à profiter de ces instants où je suis sans surveillance.

Ma léthargie se prolonge ainsi, seulement rythmée par les plateaux d'Inge et mes endormissements à répétition.

Et puis un matin, je me lève. Je me rends dans la salle de bains en évitant mon reflet dans le miroir. Je quitte mon tee-shirt et ma culotte souillée, avance un pied prudent dans la baignoire, et tourne le mitigeur.

Ma douche a duré une heure. Je me suis récurée jusqu'au sang et me suis lavé quatre fois les cheveux.

Je ramasse mes vêtements collants, les jette à la poubelle, regagne ma chambre, tire les rideaux et ouvre les fenêtres en clignant des yeux.

Je retire les draps et la housse de couette, que je fourre dans une armoire.

Je sors des affaires propres du sac préparé par Inge. Je les enfile comme une nouvelle peau.

J'ouvre la porte, ramasse le plateau-repas et me dirige vers le salon.

Inge est assise sur la terrasse, en train de faire des mots croisés. Elle ne manifeste aucune surprise en me dévisageant par-dessus ses lunettes.

Je vais poser le plateau dans la kitchenette et prends une banane dans une corbeille.

Dans un coin, je trouve ce que je cherchais : ma sacoche. Tout en mangeant mon fruit, je la ramasse et rejoins Inge sur la terrasse.

Je m'assois face à elle, sors mes cahiers, mes feutres, effectue mon petit rituel. Je remplace la pile de mon dictaphone par sécurité, m'assure que le voyant rouge est bien allumé, et le pose près d'Inge.

— Nous nous étions arrêtées à votre intégration dans la RAF. Comment en êtes-vous sortie ?

CHAPITRE 35

Berlin, août 1977

Inge sort du squat essoufflée. Elle tremble tellement qu'elle peine à enfiler son imperméable.

Surtout, ne pas courir, ne pas se faire remarquer. Elle n'a pas un regard pour les camarades sortis en même temps qu'elle. Chacun quitte les lieux la tête rentrée dans les épaules, rasant les murs des immeubles, pressé de retrouver qui sa chambre d'étudiant, qui sa famille, et de laisser derrière lui ces derniers mois de folie meurtrière.

Inge ne sait où aller. Son studio minuscule lui semble un abri dérisoire. Qui sait s'ils ne l'y attendent pas déjà ? Elle jette autour d'elle des regards apeurés. Quelques passants qui se pressent pour se mettre à l'abri de la pluie, des travailleurs qui rentrent chez eux, des retraités qui promènent leurs chiens.

Combien de policiers parmi eux ?

Combien de flics en planque, chargés de les surveiller, de les traquer pour finir par leur tomber dessus au moment où ils s'y attendront le moins ?

Ne pas céder à la panique.

Elle remonte le boulevard en rajustant son imperméable. Elle grelotte de peur, presse le pas, tourne brusquement dans telle ou telle artère, marque un temps d'arrêt, revient sur ses pas, fait demi-tour.

Ses errements l'amènent sur la Kottbusser Tor, grouillante de monde malgré la pluie qui s'est intensifiée. Elle plonge dans la foule avec soulagement. Elle se dit que cette marée humaine la protégera des agents de l'État, prendra fait et cause pour elle en cas d'interpellation musclée.

Le grondement de la rame de métro aérien la fait sursauter. À l'abri de la pluie, avachis contre les piliers, des junkies ne se cachent même pas pour se faire leur shoot. Ce spectacle suffit à raviver ses craintes. Elle ne veut pas échapper aux policiers pour tomber dans les pattes d'une bande de camés défoncés à mort.

Des odeurs d'oignons frits et de viande grillée lui tiraillent l'estomac. Un kebab, tout proche, fera un abri provisoire. Elle s'engouffre dans le boui-boui et s'installe à une table poisseuse, face à la porte d'entrée.

Accrochée au mur, une petite télé aux couleurs criardes diffuse à une dizaine d'immigrés un reportage sur les funérailles d'Elvis Presley.

Un Arabe vient s'enquérir de sa commande dans un allemand auquel elle ne comprend rien. Du doigt, elle indique la cafetière et la broche sur laquelle cuit la viande.

Tandis que le moustachu lui prépare son sandwich, elle fixe l'entrée, cherche à distinguer, à travers la vitrine embuée, si personne ne l'attend sur le trottoir d'en face.

Au bout de quelques minutes, elle se détend légèrement. Aucun client suspect n'est entré, et la pluie finit par vider les trottoirs.

Elle se replonge alors dans le déroulé de cette triste soirée. Comment en est-elle arrivée là ?

Les événements se sont succédé à une telle vitesse. Malgré leur préparation, leur volonté inflexible, il était évident qu'ils allaient se faire déborder, broyer par la machine qu'ils avaient eux-mêmes enclenchée.

L'assassinat du banquier Jürgen Ponto a été l'élément déclencheur. Mais comment expliquer au grand public que ce meurtre n'était pas prémédité ? Que ce ne devait être qu'un enlèvement, qui a tragiquement dégénéré ? Après autant d'attentats et de mort, un énième communiqué de presse fera-t-il la différence auprès d'une opinion publique qui les soutient de moins en moins ?

Jürgen Ponto, l'un des cinq maîtres de l'économie fédérale allemande, assassiné par la RAF, à laquelle appartient la sœur de sa propre filleule…

Brigitte Mohnhaupt était remontée comme jamais, prête à incendier tout Berlin. Il était écrit qu'elle prendrait cette décision funeste à laquelle Inge ne pouvait…

Elle pousse un cri de surprise. Un client l'a bousculée, faisant tomber son gobelet. Il s'excuse dans un charabia, ramasse le verre et, par gestes, propose à Inge de lui en payer un autre.

Elle tente de calmer les battements de son cœur et fait comprendre que c'est inutile.

Le type n'insiste pas et retourne aux obsèques du King.

Ce n'est pas seulement Elvis Presley qu'on enterre. Ce sont aussi les idéaux d'Inge, mort-nés, étouffés avant même d'avoir vécu, emportés par une vague de violence et de cynisme meurtrier.

Ce soir, Brigitte Mohnhaupt les a tous réunis. Sur un ton encore plus grave que d'habitude, elle leur a expliqué la situation : l'escalade dans la violence est inéluctable. Il faut répondre aux provocations de la police et de la justice. Aller encore plus loin dans l'action. Frapper encore plus vite. Plus fort. Quitte à faire souffrir quelques innocents.

Ils se sont tous regardés, surtout les nouveaux. Les anciens, eux, ont baissé les yeux.

— Comment ça, des innocents ? a finalement demandé une petite boulotte aux tresses blondes.

— Nous n'avons plus le temps de finasser, a répondu Brigitte. Nos camarades meurent en prison, la presse se retourne contre nous, nos soutiens nous lâchent un à un. Il nous faut exiger la libération d'Andreas et des autres. Et pour cela, voici notre cible.

Elle a jeté au centre du cercle une photo grand format en noir et blanc. Un portrait représentant un visage mafflu, aux lèvres épaisses et aux cheveux ondulés.

— Hanns Martin Schleyer, a expliqué Mohnhaupt. Représentant du patronat et, accessoirement, ancien sous-lieutenant SS. C'est lui, notre prochaine cible. Nous allons l'enlever et réclamer la libération de nos camarades en échange de la sienne.

Sa voix ne faiblit pas alors qu'elle continue :

— Seulement, depuis les attentats contre Buback et Punto, il ne se déplace plus sans escorte. Et le temps joue contre nous. Nous devons agir vite, en plein jour et brutalement. Ce qui veut dire qu'il y aura peut-être des morts.

Un murmure parcourt l'assemblée. Jusqu'alors, la RAF a toujours cherché à épargner les civils ou les travailleurs. Mais ce que propose Brigitte Mohnhaupt ce soir est contraire à tout ce qu'ils ont prôné jusqu'ici.

Elle lève la voix pour endiguer les protestations.

— Nous savons très bien ce que vous pensez, et le comprenons. Aussi, avant de continuer, nous avons besoin de savoir qui, dans cette pièce, est avec nous. Jusqu'au bout, et quoi qu'il en coûte.

Timidement, des mains se dressent. Bientôt, une majorité de bras levés l'emporte. Seules quelques rares personnes n'ont pu se résoudre à cautionner ce qui va suivre.

Très calmement, Brigitte Mohnhaupt s'adresse aux dissidents :

— Nous respectons votre choix, mais nous allons vous demander de partir et de quitter définitivement ces lieux. Ce qui va suivre ne peut être entendu que des membres impliqués. Il y va de la survie de tous. Bonne route, camarades.

C'est ainsi qu'Inge Oelze et quelques-uns de ses compagnons quittent le squat de la RAF, et qu'elle se retrouve à errer dans un Berlin humide, cherchant des réponses et un endroit où s'abriter.

Son sandwich lui pèse sur l'estomac. Elle ferme les yeux et tente d'endiguer sa nausée. Quand elle les rouvre, sa décision est prise. Tellement évidente.

Elle se lève et quitte le kebab. Regard circulaire sur le trottoir. Toujours pas de policiers prêts à la cravater.

Elle inspire et court vers le métro. Insensible aux détritus qui en jonchent les couloirs, elle pile devant un plan des lignes, trouve la station recherchée et reprend sa course. Elle dépense ses dernières pièces dans l'achat d'un ticket et s'engouffre dans une rame clairsemée qui l'emmène jusqu'au district de Gesundbrunnen.

Quand elle sort de la station, elle est saisie par le contraste avec l'agitation du quartier qu'elle vient de fuir. Des rues froides, désertes, qui transpirent la crainte. Certainement la présence du poste de contrôle, là-bas, au bout de la rue.

C'est pourtant cette artère qu'elle remonte sans oser se retourner, tâchant de maîtriser sa peur, de marcher d'un pas posé.

Les sens aux aguets, elle n'entend rien, à part les battements de son cœur qui lui martyrisent les tempes.

Elle n'est plus qu'à quelques dizaines de mètres du poste-frontière, et malgré elle, la cadence de ses pas s'accélère.

Ralentis, bon Dieu, ralentis ! Ne va pas les alarmer, ils seraient foutus de te tirer dessus.

Des douaniers ouest-allemands sortent de leur guérite, la main sur le baudrier, et l'interpellent :

— Mademoiselle, arrêtez-vous !

Inge ne se contrôle plus, son corps a pris le relais. Elle lève les mains, mais continue à avancer.

— Mademoiselle, arrêtez-vous, c'est un ordre !

Un sourire dément traverse son visage baigné de larmes. L'un des douaniers décide de l'intercepter tandis que son collègue dégaine son revolver et la tient en joue.

Dès qu'elle arrive à leur portée, il la ceinture et la plaque au sol. Elle se débat comme une furie et hurle :

— Laissez-moi passer ! Laissez-moi passer, je dois lui parler !

Ils se mettent à deux pour la maintenir au sol, tandis que d'autres hommes en uniforme déboulent.

De l'autre côté du poste-frontière, alertés par les cris, des soldats de la RDA se montrent prudemment. En les apercevant, Inge se débat de plus belle. Accrochant le regard d'un gradé de l'Est, un blondinet à la casquette trop grande, elle l'implore alors que les gardes-frontières occidentaux la menottent :

— Vous ! S'il vous plaît, allez chercher votre supérieur. Il s'appelle Helmut Fierlinger, je sais qu'il est en poste ici ! Allez vite le chercher, par pitié ! Helmut Fierlinger. C'est mon frère ! Je m'appelle Inge Oelze, je suis citoyenne de la République démocratique allemande, et je veux rentrer chez moi !

CHAPITRE 36

Forêt-Noire, 2006

Elle se tait, perdue dans ses souvenirs. Les yeux fixés sur la toile cirée, Inge revit ces événements douloureux, puis relève la tête, et me regarde, interdite.

— Patricia ? Est-ce que… est-ce que vous allez bien ?

Question saugrenue si on considère qu'elle est posée à un cadavre ambulant qui vient de sortir d'un centre de désintoxication, d'un hôpital psychiatrique concentrationnaire, et des quatre murs d'une chambre perdue au fin fond de la Forêt-Noire.

Mais Inge a très bien compris que ce qu'elle lit sur mon visage n'est pas dû au traitement de ces dernières semaines.

D'un doigt que j'aimerais moins tremblant, je montre le dictaphone qui continue à enregistrer.

— Que s'est-il passé ? Que s'est-il passé après ce soir-là ?

— J'allais y venir, Patricia. Les responsables de chaque côté du poste-frontière se sont réunis. Ils ont appelé mon frère.

Il était affecté à cette caserne, et a confirmé que j'étais bien sa sœur, passée clandestinement à l'Ouest quelque temps plus tôt.

— Et ?

— Eh bien, je suppose que du côté occidental, on n'a pas voulu s'embarrasser de tracasseries administratives, et que du côté socialiste, on était trop heureux de récupérer une fugitive venue se rendre d'elle-même. Pour la propagande, c'était toujours appréciable d'accueillir une fille du pays, revenue à la mère patrie. Le retour de l'enfant prodigue, en quelque sorte.

J'ai un étourdissement, ma vision se brouille. D'une voix inaudible, je demande :

— Inge, par pitié, dites-moi que vous avez pris mes cigarettes.

Elle se lève, fouille dans la cuisine et en rapporte un paquet de blondes froissé, une boîte d'allumettes et un grand verre d'eau.

Je néglige ce dernier, sors une cigarette abîmée, l'allume et inspire profondément, bloquant la fumée dans mes poumons malmenés.

Trois secondes se passent, puis je me lève brusquement, me penche par-dessus la rambarde du balcon et vomis. Des hoquets de bile qui s'enchaînent, me coupent la respiration et me plient en deux.

Inge n'intervient pas. Me laisse me vider. Elle sait qu'il faut que je réapprivoise mon corps, et que ça ne se fera pas sans douleur.

Quand mes spasmes se sont apaisés, je me traîne jusqu'à ma chaise et m'y écroule. Mon front est couvert d'une sueur froide, et je suis glacée en dedans.

J'attrape le verre d'eau et le vide à petites gorgées. Puis, quand je suis sûre qu'il ne va pas rejoindre le reste de mon estomac sur le perron du gîte, je reprends la parole :

— C'est donc ce soir-là que vous êtes repassée à l'Est ? En août 1977 ?

— Oui, c'est ce que j'étais en train de vous expliquer. Et ça s'est déroulé sans aucun souci. Bien sûr, si les autorités occidentales avaient su, ce soir-là, que j'étais membre de la Fraction Armée Rouge, elles m'auraient arrêtée, mais contrairement à ce que je craignais, mon nom ne figurait pas dans les enquêtes de police. J'étais un trop petit poisson pour eux. Une quantité négligeable. Ils n'avaient même pas eu vent de mon existence, car je n'avais rejoint les rangs de l'organisation que quatre mois plus tôt… En ce qui concerne leurs homologues de l'Est, je m'attendais à un procès pour avoir passé la frontière en fraude. Mais au lieu de ça, ils m'ont…

Je la coupe par la seule question qui me vienne à l'esprit. La plus bête que je puisse poser.

— Vous êtes sûre ?

— Sûre de quoi ?

— Que c'est bien en 1977 que vous êtes repassée à l'Est.

Elle a un petit rire flûté. Un rire de vieille lady distinguée.

— Je ne suis pas encore sénile, Patricia ! C'était l'été 1977, en août, et je n'ai plus refranchi cette maudite frontière jusqu'à sa destruction vingt-deux ans plus tard. Pourquoi cette question ?

Je retire un épais dossier de ma sacoche et trouve la feuille qui m'intéresse. Un scan des archives de la Stasi, que je lui glisse.

— Regardez. Ce sont les fameux documents dont je vous ai parlé la première fois que nous nous sommes rencontrées. Il y est indiqué que vous êtes repassée à l'Est en 1980, en même temps que d'autres activistes de la RAF, dont Susanne Albrecht.

Elle lit plusieurs fois le document, puis le redépose sur la table et se laisse aller dans son fauteuil, le regard perdu dans les forêts.

— Je comprends mieux, murmure-t-elle.

— Vous comprenez mieux quoi ?

Elle retourne en cuisine et revient au bout de quelques minutes avec deux bols de sa fichue soupe. Comme si elle devait effectuer ce rituel à chaque révélation pénible.

Je m'apprête à décliner, mais elle anticipe.

— Vous n'avez pas le choix, Patricia. Vous allez boire cette soupe en même temps que moi si vous voulez que je continue à parler. Et celle-ci, vous êtes priée de ne pas la vomir comme la première poivrote venue, c'est compris ?

Vaincue, j'accepte son bol fumant et y plonge les lèvres, réprimant un spasme.

Inge en boit plusieurs gorgées avant de reprendre :

— La Stasi était un incroyable appareil d'État. Encore plus organisé que ce que vous pensez. Une machine *a priori* implacable. Mais comme toute machine, elle pouvait avoir, de temps à autre, des petits ratés. Ce qui est le cas ici. Ce que j'étais en train de vous expliquer, c'est que je pensais que j'aurais droit à un procès pour être passée à l'Ouest, et que je ferais de la prison. Mais au lieu de ça, non seulement je n'ai pas été inquiétée par la Stasi, mais mieux encore, elle a facilité mes démarches pour mon retour au pays : papiers d'identité, travail, etc.

— Des papiers d'identité ?

— Oui, ils m'offraient carrément une nouvelle identité. Je ne m'appelais plus Inge Oelze, citoyenne fugitive et activiste terroriste, mais Inge Lamprecht. À nouvelle vie, nouveau nom.

— Pourquoi un tel excès de prudence ?

Elle porte le bol à ses lèvres, les yeux mi-clos.

— Contrairement à la police ouest-allemande, celle de l'Est était au courant pour mon activisme et le voyait d'un bon œil. Tout ce qui pouvait concourir à déstabiliser l'État occidental était forcément bienvenu. Raison pour laquelle ils ont facilité mon retour à l'Est, comme ils l'ont fait trois ans plus tard pour Albrecht et les autres. Ils ont même poussé le vice jusqu'à naturaliser est-allemands des terroristes pourtant nés à l'Ouest.

« En revanche, là où ils se sont trompés, c'est que je suis bel et bien revenue en 77. Pas en 80. De tous les ex-membres de l'Armée Rouge, j'ai été parmi les premiers, si ce n'est la première, à passer à l'Est. Quatre petits mois, Patricia. Quelques semaines à peine à assister à des réunions sans oser prendre la parole, et à tracter timidement à la sortie des usines. Vous parlez d'une terroriste en mie de pain… D'ailleurs, s'il vous fallait une preuve supplémentaire, c'est qu'après la chute du Mur, les autorités de l'Allemagne réunifiée se sont remises à traquer les terroristes qui se croyaient à l'abri. Si mes souvenirs sont bons, Susanne Albrecht a ainsi été condamnée à de la prison en 1990, ainsi que de nombreux camarades. Mais moi, je n'ai jamais été inquiétée. Personne n'est venu me chercher. Je pense que c'est dû au fait que je sois retournée au pays plus tôt. Avant que ça ne dégénère. Avant le détournement de l'avion de la Lufthansa, avant l'enlèvement et l'assassinat de Schleyer. J'ai davantage été une sympathisante qu'une activiste, et je n'ai pas de sang sur les mains. »

Mon bol explose par terre. Je me lève, regagne ma chambre et me recouche. Je reste ainsi plusieurs heures, sans bouger ni dormir, le regard fixe. J'entends Inge qui ramasse les débris du bol. Je l'entends qui parle au téléphone. Je l'entends qui frappe à ma porte.

Je reste sans réaction. Elle repart.

Dans la soirée, je n'ai toujours pas bougé. Elle revient à la charge et entre, sans frapper. Elle s'assied sur le bord de mon lit. Sa voix est à la fois calme et ferme.

— Je ne sais pas ce que j'ai dit qui vous a replongée dans cet état. Nous aurions sans doute dû reprendre en douceur.

Elle m'observe un instant et poursuit :

— Je vais vous laisser vous reposer, mais sachez qu'à la suite de notre conversation, j'ai appelé mon frère, Helmut. Ça faisait des mois que je n'avais plus de nouvelles, mais il m'a proposé de venir passer deux jours chez lui, et j'ai décidé d'accepter. Ce sera pour moi l'occasion de revenir avec des photos, des documents de l'époque. Vous pourrez ainsi constater par vous-même que je ne perds pas la tête, et que ce sont les archives qui sont erronées. Et puis j'ai l'impression que nos entretiens vont bientôt toucher à leur fin. Il serait bon que vous ayez de la documentation pour illustrer votre texte.

« Je pars maintenant et serai de retour dans trois jours. Vous trouverez tout ce dont vous aurez besoin dans les placards. Je vous laisse seule, agissez comme bon vous semble. Faites simplement attention à la vaisselle, si vous cassez encore un bol, je vais finir par perdre ma caution. Prenez soin de vous, Patricia. »

Elle quitte la chambre, s'affaire quelques minutes dans l'entrée et claque la porte derrière elle.

Je suis seule dans mon lit, seule dans la chambre, seule dans ce gîte perdu.

Même l'Histoire me ment.

CHAPITRE 37

Berlin, 1946

Anna a renoncé à compter les heures. Au début, elle tressaillait chaque fois que le train s'arrêtait en pleine campagne. Elle scrutait la porte du wagon en serrant son châle, dévorée par la crainte de voir des uniformes surgir et les faire sortir pour les contraindre à une nouvelle marche forcée.

Elle se dit qu'elle préférerait être exécutée sur place que de devoir revivre une telle épreuve. Mais les arrêts se sont succédé sans qu'aucun garde fasse irruption. Elle a saisi des bribes de conversation. Les voies ferrées sont tellement abîmées que les trains circulent en alternance et à très petite vitesse. Qu'il en soit ainsi, pourvu qu'elles arrivent enfin à Berlin.

Le train est bondé, on se marche dessus. On parle en allemand, mais parfois, quelques mots en polonais ou en hongrois se font entendre, vite réprimés par un chut ! craintif.

Heureusement pour Anna, un passager a eu pitié d'elle et de son bébé. Il leur a laissé sa place, à côté de la vitre. Elle a bredouillé un remerciement et s'est assise sur une banquette trop dure.

Elle voit défiler des paysages gris, des champs sans vie, des bourgades abandonnées.

Parfois, elle baisse les yeux et regarde son bébé. Sa petite fille est unique. Depuis sa naissance, elle n'a presque jamais pleuré. Elle contemple ce qui l'entoure de ses grands yeux gris, spectatrice innocente d'un drame qui lui échappe. Comme si cette enfant, mise au monde dans un camp de la frontière autrichienne, était née trop grave et trop sage, déjà consciente de l'horreur d'un monde où elle est arrivée sans se plaindre.

La mère et l'enfant ne se quittent pas du regard. Anna aimerait lui sourire, lui témoigner un geste d'affection, mais elle n'y arrive pas. Elle serait prête à se sacrifier pour sa fille, lui donner sa vie sur-le-champ, mais un simple sourire est une chose impensable. Le bébé, muré dans son silence scrutateur, lui renvoie son visage dur et fermé.

— Comment s'appelle-t-elle ?

Anna relève la tête. Sur la banquette d'en face se tient une petite vieille, un panier usé sur les genoux et une oie sous le bras. Curieux attelage, la vieillarde menue et son volatile immobile.

— Inge, murmure Anna.

— C'est charmant, répond la vieille en grattant le crâne de l'oie. Vous allez rejoindre son papa ?

Anna dévisage la vieille femme, qui ne paraît nullement dérangée par ses questions indiscrètes. Elle n'a pas envie d'engager la conversation avec cette inconnue, mais elle sent qu'elle va insister jusqu'à ce qu'elle obtienne sa réponse. Alors en baissant les yeux, elle souffle :

— Non, il est mort. À la guerre.

Elle a beau répondre par le strict minimum, en faisant attention à bien détacher les syllabes, son accent est quand même trop marqué. La vieille l'a tout de suite entendu et demande sur un ton méfiant :

— Vous êtes d'où ?

À quoi bon biaiser ? Cette question, Anna sait qu'on la lui posera encore dans les temps à venir.

— Tchécoslovaquie.

— Sudète ?

— Oui.

La vieille se renfrogne. Elle serre son oie contre elle et laisse planer un silence accusateur. Puis son regard s'attarde sur le bébé emmailloté, et sa vilaine moue finit par s'estomper.

— Je suppose que vous n'y êtes pour rien, souffle-t-elle. Mais que venez-vous faire à Berlin ? Je ne veux pas être pessimiste, mais des réfugiés, il y en a des dizaines de milliers dans la ville. Les autorités font tout pour empêcher les Sudètes de revenir. Les gens comme vous dorment dans la rue, sur les trottoirs ! Avec votre bébé, vous risquez de…

— Oh non, je ne viens pas habiter à Berlin ! Je veux juste y prendre une correspondance.

— Ah, vous avez des contacts ailleurs ? Tant mieux pour vous… Vous savez, c'est dur pour tout le monde… Je ne dis pas ça contre vous, hein, mais enfin, on ne peut pas accueillir toute la misère du monde quand on n'arrive même pas à survivre nous-mêmes…

Le train roule au pas dans les rues dévastées de la capitale. Tout n'est que ruines, gravats, trous béants, immeubles éventrés. De son doigt ridé, la vieillarde montre un groupe de femmes affairées autour d'une habitation effondrée. À l'aide de pelles, elles remplissent des brouettes en bois pour tenter de dégager les décombres.

— Ce sont les *Trümmerfrauen*, explique la vieillarde. Tous les jours, elles viennent débarrasser les débris, pour aider la ville à se relever. Depuis que la ville a été bombardée, elles ont pris le relais des hommes qui sont morts au front. Elles ont perdu un mari, un fils ou un frère, du coup, ce sont elles qui tentent de guérir Berlin… Vous comprenez, quand on vous voit débarquer avec vos charrettes et vos haillons, alors que vous n'êtes peut-être même pas nés ici, forcément, on ne voit pas ça d'un bon œil.

Anna se dit que le hasard est parfois capricieux. Compressée dans un wagon rempli d'Allemands suspicieux, elle tombe sur la seule personne qui accepte de lui parler à elle, l'« ennemie ». L'effet nourrisson ? Comme pour confirmer l'hypothèse, la vieille se penche et caresse furtivement la tête de la fillette.

— Mais bon, vous, ça n'est pas pareil, vous savez déjà où aller. De la famille, je suppose ?

— Non, pas vraiment. Enfin, si… Disons que je suis à la recherche de mon fils.

En quelques mots, elle explique les mois passés dans le camp, comment elle a pris la décision de confier Helmut à une famille inconnue pour lui donner une chance de survivre, et comment, avant son propre départ, elle a convaincu le père Neubaueur de lui donner leur adresse, afin de retrouver son fils.

La vieille a le regard embué. Anna est gênée. Elle s'est confiée à une inconnue. Qui sait si elle n'a pas réveillé chez elle son propre lot de drames, de disparitions ou de manques ?

— Ma pauvre petite, vous n'avez pas idée de l'entreprise dans laquelle vous vous lancez…

— Comment ça ?

— Il y a tellement de cas comme le vôtre. Des parents à qui on a enlevé leurs enfants… Des réfugiés qui affluent de partout et qui recherchent des membres de leur famille. Quelle tristesse… Vous savez, il existe des émissions spéciales à la radio, où parents et enfants séparés donnent leur nouvelle adresse, au cas où les uns ou les autres les entendraient. Ça me déchire le cœur… Et même, si je vous disais… Vous savez ce qu'ils ont fait ?

— Qui ça, « ils » ?

Le train est entré en gare. La vieille se penche et baisse la voix, jetant un regard suspicieux sur les voyageurs qui se lèvent.

— Les Russes… Le mois dernier, ils ont organisé une foire aux bébés, en plein Berlin !

— Une foire aux bébés ?

— Oui, des enfants présumés orphelins étaient exposés, comme des bestiaux, et pouvaient être adoptés, comme ça, sans que la Croix-Rouge ait pu intervenir. En quelques heures à peine, pfout ! *Ausverkauft !* Ils ont tous été adoptés sans qu'on soit sûr que leurs parents étaient bien morts ! Alors je ne veux pas être de mauvais augure, mais pour votre fils…

Anna se lève brusquement, les joues rougies.

— Je vous remercie, madame, mais pour Helmut, c'est différent. Je sais où il habite, ça n'est qu'une question d'heures avant que nous ne soyons à nouveau réunis.

Elle rajuste son fichu, attrape son baluchon, harnache la petite Inge dans ses langes et quitte le train, abandonnant la petite vieille interdite, son oie et son cabas.

Sur le quai de la gare, elle est saisie d'un vertige. La verrière du toit n'est plus qu'une plaie ouverte qui n'abrite aucun voyageur du vent ou de la pluie. Des wagons éventrés gisent au bout de voies abandonnées où les herbes folles s'immiscent à travers le ballast.

Elle réalise que ces wagons immobilisés sont devenus des abris de fortune où s'entassent des familles entières et des enfants allongés à même le bois moisi.

Autour d'elle, la masse des réfugiés l'étourdit, manque à chaque seconde de l'emporter dans son flot ininterrompu. Ça sent la crasse, la sueur, l'urine, et plus que tout, ça sent la peur, l'odeur âcre de la panique qu'elle lit sur les visages émaciés.

Elle blottit son bébé au creux de sa poitrine et tente de franchir la marée de ces âmes en détresse. Péniblement, elle finit par s'extraire du hall et débouche à l'extérieur de la gare. Le spectacle qui l'y attend est pire.

Immeubles en ruine, montagnes de gravats, cratères dans la chaussée. Le quartier a été rasé, il ne subsiste que quelques murs ou habitations branlantes. La poussière créée par le ballet des charrettes et des rares voitures la fait suffoquer.

Des centaines de tentes ont été dressées autour de la gare. Le plus souvent, une bâche loqueteuse abritant une femme, quelques vieillards et des enfants rachitiques. Des sans-abri venus de toute l'Allemagne, d'Autriche et des anciennes régions annexées, venus crever sur les trottoirs d'une ville agonisante.

Abasourdie, Anna tourne sur elle-même, sentant les larmes monter. Qu'est-elle venue faire ici ? Berlin est dévastée, exsangue. Qu'espère-t-elle donc, réfugiée anonyme parmi des milliers d'autres ? Allemande malgré elle qui n'a jamais mis les pieds dans ce pays dont tout le monde lui crache qu'il est pourtant le sien ?

Elle aurait dû essayer de rejoindre Helmut par la route, plutôt que de transiter par la capitale. Mais au moment où les Russes ont libéré le camp de Linzervorstadt, elle était perdue, n'ayant pour toute indication que ce papier que lui a remis le père Neubaueur. Elle s'était rendue à la gare la plus proche. Un convoi partait pour Berlin. Elle avait pensé qu'elle y trouverait des réponses. Et la voici désemparée, devant le squelette d'une gare détruite, au milieu d'une ville en ruine.

On lui touche le bras, elle sursaute. C'est la vieille avec son oie, qui a fini par la retrouver. Comme si de rien n'était, elle reprend le fil de sa discussion :

— Vous voyez, c'est ce que je vous expliquais. La ville s'est transformée en mouroir. Ces pauvres gens dorment dans les parcs, les jardins, sous des portes cochères. Ils débarquent de cette gare, ou de celle de Stettin, et envahissent les rues. Berlin est en train de devenir une véritable jungle. Tenez, est-ce que vous sentez ?

Anna renifle, se demandant ce qu'une ville comme celle-ci peut bien sentir.

— Eh bien, vous ne sentez rien ? Mais ça sent la merde, ma petite ! La merde ! Vous débarquez ici malades, mourants, avec la dysenterie ! Vous vous videz dans la rue, vous crevez dans vos déjections ! Qu'est-ce qui nous prouve qu'on ne va pas attraper vos saloperies, nous aussi ?

— Mais… et les autorités, elles ne font rien ? Après tout, nous sommes censés être des compatriotes, si j'ai bien compris ?

La vieille regarde à nouveau autour d'elle, pour vérifier qu'aucune oreille indiscrète ne puisse l'entendre.

— J'ai une sœur qui travaille à la caserne de la Kruppstrasse, dans le quartier Moabit. C'est un ancien baraquement de la Wehrmacht qui contient six cents lits. Dès les premiers jours de l'après-guerre, il a été transformé en dispensaire pour les réfugiés. Savez-vous combien il en accueille par jour ? Trois mille ! Trois mille réfugiés pour six cents lits ! Avec obligation de ne rester qu'une nuit, après, on les met dehors pour laisser la place à trois mille autres…

Elle baisse encore plus la voix et murmure :

— Au début, on distribuait de la nourriture, des médicaments. Mais depuis plusieurs semaines, on a donné l'ordre de ne plus rien distribuer. Plus de cartes de rationnement.

— Mais pourquoi ?

Le visage de la vieille femme se voile d'une vraie tristesse. En dépit de sa méfiance, elle éprouve de la honte et de la colère quand elle explique à Anna :

— Pour dissuader les futurs réfugiés, ma petite… Comme on ne peut vous fermer les portes de la ville, on vous abandonne à votre sort, dans des conditions inhumaines, afin que de vous-mêmes, vous renonciez à venir... Mais c'est peine perdue. Berlin reste la capitale, avec ce que cela suppose de promesses et... Oh, mon Dieu ! Qu'est-ce que je vous disais ? Pauvres petits...

Une charrette tirée par un cheval décharné passe d'un pas fatigué. Une bâche a été jetée sur son contenu, mais les formes ne laissent planer aucune ambiguïté sur le macabre chargement. Anna porte la main à sa bouche.

— On croise ces convois plusieurs fois par semaine, soupire la vieille. La dysenterie, la malnutrition, le froid... On les laisse dormir dans les rues ou dans des bâtiments délabrés. Beaucoup ne survivent pas à la nuit...

C'en est trop pour Anna. Elle revit son périple à travers la Tchécoslovaquie, la faim et le froid, elle revoit ce matin glacé où elle a tenté en vain de réveiller Horst, son jeune garçon, dont elle a dû abandonner le corps dans une forêt perdue de Bohême.

Elle ravale ses larmes et repart en courant vers la gare. Il faut qu'elle trouve un train qui l'éloigne de cet enfer et la rapproche d'Helmut.

Son regard est attiré par des personnes qui se massent au pied d'un mur. Une multitude de feuilles de tous les formats et de toutes les couleurs sont accrochées à même les briques. Anna s'approche, essaie de déchiffrer ces écritures souvent grossières.

Son cœur se serre quand elle comprend ce dont il s'agit : des parents à la recherche de leurs enfants. Des noms, des adresses sont inscrits au crayon de bois sur des lambeaux de papier. Appels dérisoires, derniers spasmes d'un espoir déjà mort.

Les paroles de la vieille dame lui reviennent. Des images de cauchemar l'assaillent : une foire aux bébés où l'on achète des nourrissons squelettiques ; des enfants inscrivant, d'une écriture malhabile, le nom d'un frère ou d'une sœur disparus sur un bout de papier...

Elle s'engouffre dans la gare, bien décidée à ne pas rester une heure de plus à Berlin. Elle finit par interpeller un agent des transports au visage épuisé et aux cernes violacés. Elle lui explique la situation, qu'elle n'est qu'en transit, qu'elle veut juste prendre une correspondance, un train qui la rapprochera de son garçon. Tant pis s'il lui faut traverser le pays dans tous les sens, pourvu qu'on l'aide à s'enfuir de cette ville.

L'employé harassé s'apprête à lui répondre ce qu'il répète jusqu'à l'épuisement depuis des semaines, que le réseau ferré est tellement endommagé qu'il est impossible de planifier des trajets, que les rares lignes praticables sont réservées aux convois humanitaires ou au transport de marchandises, que les communications entre les villes sont si difficiles à établir que…

Est-ce le regard implorant d'Anna ? Le bébé qui a extrait son visage de ses langes et qui le scrute sans ciller ? Il soupire et emmène la jeune femme à l'écart.

— Je ne peux rien vous promettre, mais je vais essayer de vous rapprocher de là où vous voulez aller. De toute façon, seule, ici, avec votre bébé, vous ne pourriez pas vous en sortir. Où habite cette famille ?

Fébrilement, la jeune femme déplie son papier froissé et le lui tend.

— Ici ! Ils habitent ici. À Jävenitz !

CHAPITRE 38

Forêt-Noire, 2006

Je suis restée dans mon lit jusqu'au lendemain, incapable de penser à autre chose qu'à cette fichue phrase : « Elle est passée à l'Est avant. »

Rien d'autre ne compte désormais que cette vérité qui me fait vaciller dans mes certitudes.

Un reste d'obstination a bien tenté de ranimer mes doutes : se pourrait-il qu'elle se soit trompée ? Que les archives de la Stasi aient raison, qu'elle soit bien revenue en 1980 ? Voire qu'elle ait menti ?

Mais pourquoi ? Pourquoi chercherait-elle à trafiquer la réalité alors qu'elle est d'une complète sincérité dans le reste de son témoignage ? Ses souvenirs sont si précis qu'il est improbable qu'elle commette une telle erreur. Elle reviendra certainement de chez son frère avec les dernières preuves.

Au fond de moi, je sais qu'elle a raison, que ce sont les fonctionnaires de la police d'État qui se sont trompés.

Inge Lamprecht est repassée à l'Est en août 1977. En tout cas, avant le 5 septembre.

Mais est-ce que ça change quelque chose ?

La raison me dicte que ça remet tout en cause ; mon cœur meurtri que ça ne change rien.

Deux jours après son départ, je me lève enfin. Pour la première fois depuis que nous sommes arrivées, je me décide à sortir du gîte, à m'aventurer sur les sentiers qui partent de la ferme et sillonnent la forêt.

Je ne marche qu'une vingtaine de minutes. Mon corps, privé de nourriture et d'exercice depuis des semaines, peine à tenir la cadence. En plus, je déteste la nature.

Cette marche ne suffit pas à calmer mon esprit tourmenté. Toujours cette litanie : elle est passée à l'Est avant ; et, en arrière-plan, cette interrogation : que dois-je faire ?

De retour au gîte, j'aperçois la propriétaire qui me fait de grands signes amicaux depuis son perron. Impossible de faire comme si je ne l'avais pas vue. Me forçant à un rictus, je réponds à son bonjour et tâche de rentrer directement, mais en vain. Elle m'interpelle et me fait signe d'approcher.

Je la rejoins à l'entrée de sa maison où elle m'explique qu'avant de partir, Inge lui a laissé des recommandations, et qu'elle tient à ma disposition divers produits issus de sa ferme, que je n'ai qu'à choisir, et qu'elle les rajoutera à la facture lors de notre départ.

Je suis prête à lui prendre n'importe quoi pour qu'elle me foute la paix et me laisse rentrer. Je veux retrouver mon lit, dormir encore.

Elle m'indique une armoire vitrée dans laquelle trônent des conserves poussiéreuses et des photos de fruits et légumes. Les prix sont indiqués avec une belle écriture déliée et scolaire. Je m'apprête à choisir la première denrée qui se présente, une boîte de pâté d'origine indistincte, quand mon regard accroche un bien autrement plus précieux.

Sans plus hésiter, je tends le doigt.

— Je vais prendre ça.

Son sourire disparaît, elle paraît gênée. Je comprends qu'Inge a dû lui expliquer la situation, et qu'elle lui a donné d'autres recommandations.

J'essaie d'accentuer mon sourire.

— C'est pour lui faire un cadeau. À Mme Oelze, pour la remercier de m'avoir offert ce séjour.

Elle me dévisage encore quelques instants puis hausse les épaules. Après tout, ce n'est pas tous les jours que des clients vont lui permettre d'écouler son stock de produits frelatés.

Elle sort une clé de son tablier, ouvre la porte d'une remise et en ressort avec l'objet de ma convoitise.

Je lis la désapprobation dans son regard, mais m'en contrefous. Si elle savait le nombre de fois où j'ai lu ces reproches dans les yeux des gens.

Sans dire merci, je tourne les talons et repars vers notre gîte, une bouteille de schnaps à la main.

J'ai gardé la bouteille dans mon lit jusqu'au soir. Je l'ai manipulée, roulée, secouée. J'ai observé les rayons du soleil changer de couleur à travers le liquide transparent. J'ai agrippé le bouchon métallique, ai testé sa résistance, guettant les prémices du premier craquement avant de relâcher ma torsion juste à temps.

J'ai joué avec cette bouteille pendant des heures, sans jamais l'ouvrir.

Le soir est tombé quand des phares éclairent l'intérieur de la chambre. Le moteur s'arrête, la porte de l'entrée claque. Inge est de retour, je me dépêche de cacher la bouteille sous mon lit, je me pelotonne sous ma couette et j'attends qu'elle vienne prendre de mes nouvelles, comme elle le fait depuis le début.

Mais elle ne vient pas.

Étonnée, je tends l'oreille. Je ne perçois rien. Pourtant, si elle était ressortie, je l'aurais entendue.

Je reste ainsi dans mon lit, aux aguets, essayant de capter un signe de vie, mais je n'entends rien.

La curiosité l'emporte et je me lève, grelottante. Je jette une couverture sur mes épaules, hésite, m'agenouille pour récupérer la bouteille de schnaps et sors de ma chambre.

Inge est assise dans le salon, me tournant le dos. Seule une lampe suspendue au-dessus de la table dispense une faible lueur. Devant elle sont éparpillées des feuilles et des photos.

Je m'approche encore. Elle a relevé ses cheveux en un chignon duquel s'échappent des mèches argentées, libérant sa nuque ridée.

Je contourne la table pour lui faire face et ne peux masquer ma stupeur. Malgré la semi-obscurité, j'aperçois ses yeux rougis et son visage fripé qui a vieilli de plusieurs années en trois jours.

— Inge ? Mais qu'est-ce qui se passe ?

Pour toute réponse, elle regarde la bouteille de schnaps avec une férocité que je ne lui connaissais pas. Son regard passe de la bouteille à mon visage dans un mutisme accusateur. Malgré moi, me voici en train de me justifier.

— Non, ce n'est pas ce que vous croyez ! Justement, je voulais vous montrer : j'ai acheté cette bouteille ce matin. Et je suis restée toute la journée seule avec, sans l'ouvrir ni en boire la moindre goutte. C'est ce que je voulais vous dire, vous… Mais bon sang, Inge, que vous arrive-t-il ?

Elle montre la masse de documents éparpillés devant elle.

— Toutes ces années dans l'ignorance… Toutes ces années de mensonges… Toutes ces années perdues…

Sa voix monte dans les aigus. Pourvu qu'elle ne fasse pas une crise d'hystérie, je ne saurais comment la gérer. Je lui demande, le plus doucement possible :

— Je ne comprends pas, Inge. Pourquoi avez-vous perdu des années ?

Elle attrape une photo en noir et blanc, un homme en uniforme allemand, et me la jette avec rage.

— Lui ! Josef Fierlinger. Mon père ! Mon père biologique que je n'ai jamais connu. Le soldat allemand mort dans les bombardements avant ma naissance ! Celui dont ma mère m'a toujours parlé avant de mourir… Je viens d'apprendre que ce n'était pas mon vrai père !

Elle éclate en sanglots et enfouit la tête dans ses bras. Je regarde ses épaules secouées de tremblements. Je ne sais que faire, abasourdie par cette nouvelle.

Finalement, je me rends dans la cuisine, fouille dans les placards, trouve des sachets de soupe lyophilisée et une casserole que je remplis d'eau.

Verser l'eau frémissante sur la poudre est le maximum que mes talents de cuisinière m'autorisent. Mais je doute qu'Inge soit en état d'apprécier la différence.

Je la rejoins lestée de mon plateau. Elle s'est calmée et ne renifle plus que par intermittence, son regard délavé perdu dans la contemplation des étoiles.

J'ai versé trop d'eau dans les bols, ma soupe ressemble à un bouillon insipide et clairsemé. Pourtant, nous la buvons sans dire un mot.

Quand nous avons fini, je débarrasse nos affaires et reviens m'asseoir face à elle. Avec une spontanéité dont je suis la première surprise, je prends ses mains glacées et rêches dans les miennes.

— Et si vous m'expliquiez ?

Elle se tamponne une dernière fois les yeux avec son mouchoir en tissu, rajuste ses lunettes et se racle la gorge. La Inge Oelze que je connais, forte, impassible, tente de reprendre le dessus.

— Quand je suis arrivée chez Helmut, il paraissait fébrile. J'ai mis ça sur le compte de nos retrouvailles un peu forcées. Il faut dire que nous nous voyons très peu, et nos rapports n'ont jamais été simples, vous savez... Bref, on a bu un café, discuté de tout et de rien. C'était comme s'il cherchait à éviter la raison de ma venue. J'ai finalement abordé la question, d'autant que j'avais repéré, sur la table, un dossier débordant de documents. Il est allé le chercher, mais avant de me le confier, il m'a dit : « Il y a quelque chose que je dois t'avouer. »

Elle lève la tête, les yeux grands ouverts, comme pour empêcher les larmes de revenir.

— Ce qu'il m'a alors révélé était tellement... incroyable... Le plus simple est encore de vous l'expliquer avec des photos. Tenez, celle en couleur, là, sur votre gauche.

J'attrape un vieux cliché aux coins cornés. L'image n'est pas très nette, mais on y voit un homme fort, engoncé dans un pull vert foncé trop étroit, le teint rubicond, qui propose un sourire édenté à l'objectif.

— Richard Oelze, annonce Inge. Mon père adoptif. Celui que j'ai toujours considéré comme mon propre père. Le seul que j'ai connu.

— Le croque-mort, celui que vous appeliez « papa Richard »...

— Oui, c'est lui. De toute façon, je n'ai, et pour cause, aucun souvenir de mon père biologique, le nazi...

Elle a prononcé ces derniers mots avec mépris et colère. Je lève un sourcil malgré moi.

— Celui-ci ?

Je montre la photo du soldat en uniforme, aperçue tout à l'heure.

— Lui-même. Josef Fierlinger, soldat dans la Wehrmacht, mort dans les bombardements de Berlin, en 1945, quelques mois avant ma naissance… On m'a toujours dit que c'était lui, mon père biologique. Jusqu'à hier.

Elle extrait du tas de documents une nouvelle photo en noir et blanc, en très mauvais état, partiellement déchirée. Le portrait d'un tout jeune homme, aux cheveux blonds et fins, portant de petites lunettes rondes.

— Patricia, je vous présente Miroslav Horak. Ce jeune homme était instituteur à Priesten en ex-Tchécoslovaquie. C'était le village de mes parents. Quand mon père présumé est parti au front et que ma mère a dû trouver du travail pour nourrir mes frères, elle a été engagée chez ce beau garçon, qui n'a pas tardé à la mettre dans son lit et à l'engrosser. De moi, faut-il le préciser. Mais la débâcle allemande et le retour forcé de ma famille au pays lui auront permis de ne pas reconnaître la paternité, puisque ma mère a été chassée et que, bien évidemment, elle n'a plus jamais eu de nouvelles de son beau professeur… Jusqu'à hier, je pensais avoir eu deux pères, et voici qu'à soixante ans, je m'en découvre un troisième ! Ce n'est pas magnifique ?

J'en reste sans voix. Mon regard passe d'une photo à l'autre, observant ces visages si différents, s'attardant sur des détails insignifiants : le pull vert trop petit, les lunettes rondes, la vareuse luisante de l'uniforme…

— Et… comment votre frère l'a-t-il appris ?

— Mais il l'a toujours su, Patricia ! Toujours ! C'est notre mère qui le lui a dit avant de mourir. Notre mère que Helmut affirmait détester ! Notre mère qu'il n'a pas voulu revoir quand nous sommes arrivées à Jävenitz !

— Mais pourquoi lui avoir dit à lui, et pas à vous ?

— Qu'est-ce que j'en sais, moi ? Parce qu'elle savait qu'elle allait mourir ? Qu'elle pensait que j'étais encore trop petite ? Qu'elle voulait m'épargner cette épreuve supplémentaire ? Comment voulez-vous que je le sache, merde !

Elle abat son poing sur la table, faisant vaciller la bouteille d'eau-de-vie. Puis elle enlève ses lunettes et se frotte les yeux, le visage gris de lassitude.

— Je... Excusez-moi, Patricia. Je n'aurais pas dû m'emporter contre vous. Vous n'y êtes pour rien.

— Je vous en prie, Inge, ce n'est pas grave... Ce que j'ai du mal à saisir, c'est pourquoi votre frère vous en parle maintenant. Pourquoi maintenant, et pas plus tôt, ou alors, carrément jamais ?

Elle attrape un torchon sur le dossier d'une chaise, et commence à nettoyer ses lunettes, pourtant impeccables.

— Notre mère avait demandé à Helmut de m'apprendre la vérité aux alentours de mes dix-huit ans. Seulement, c'est la période à laquelle il était soldat dans la NVA, alors que moi, je n'aspirais qu'à passer à l'Ouest. Et puis, mon frère m'en a toujours voulu d'être devenue une fugitive. Passer à l'Ouest, c'était peut-être dangereux, mais pour votre famille, celle qui était restée, c'était un calvaire. Être surveillés en permanence par la Stasi, au cas où vous auriez été complices de cette fuite. Alors imaginez mon propre frère, soldat dans la *Nationale Volksarmee*, ce qu'il a dû subir avec une sœur traîtresse à la nation... Je suppose qu'il n'avait pas prévu de me révéler ce petit secret de famille, et qu'il a fallu que je le sollicite ces derniers jours pour qu'il se décide à m'en parler...

Mon regard se pose sur la photo de l'instituteur tchèque, dont la beauté juvénile nous nargue à travers les décennies.

— Et ce Miroslav, votre... père, qu'est-il devenu, après la guerre, vous le savez ?

Elle soupire, blasée. Le temps qui passe vous apprend à encaisser les chocs. En dépit de sa tristesse, Inge a déjà commencé à intégrer la nouvelle.

— Aussi incroyable que ça puisse paraître, Helmut a effectué quelques recherches. Je dis incroyable, car après tout, qui est ce Miroslav, pour lui, à part l'amant de sa mère, l'homme qui a cocufié son père ? Mais ça, c'est du Helmut tout craché : éternel écorché vif, la colère à fleur de peau, et en même temps, la mémoire vivante et le garant de la famille... Bref, au moment de réaliser notre arbre généalogique, il a entamé des démarches, mais elles ont tourné court. La seule chose qu'il ait trouvée, c'est cette carte postale.

Elle me tend une vieille photo jaunie, représentant un camp, avec des baraquements indistincts, et ce qui ressemble à un mirador. Je la retourne. L'encre ne s'est pas trop effacée, l'écriture est soignée. Mais c'est écrit en tchèque, et je ne sais pas le lire. Je regarde le timbre, un carré vert, estampillé « République française ».

— C'est le seul document qu'on ait de lui, m'explique Inge. Apparemment, après la reddition du Reich, il aurait été envoyé dans un camp de prisonniers politiques, en France. Et les recherches se sont arrêtées là.

Je fronce les sourcils. Quelque chose me paraît illogique.

— Pourquoi avoir été fait prisonnier ? S'il était tchèque, il n'était pas considéré comme sudète ou occupant. Pourquoi aurait-il été inquiété ?

— Vous m'en demandez beaucoup trop, Patricia ! Je viens seulement d'apprendre l'existence de ce troisième père, et toutes mes certitudes ont volé en éclats. Alors analyser le parcours d'un type dont je n'avais jamais entendu parler jusqu'à hier, excusez-moi...

Je me sens bête. Elle a raison, naturellement. Mais est-ce la journaliste qui reprend le dessus ? Car j'ai à peine honte de trouver ce coup de théâtre passionnant.

— Et... ça ne vous intéresserait pas de savoir ce qu'il est devenu ? Ce qu'il a fait après le camp ? Où il est enterré ? Si vous avez de la famille dont vous ignorez l'existence ?

Elle tourne vers moi un visage dur, barré d'une expression de surprise.

— Mais Patricia, qu'est-ce que vous voulez que ça me foute ? J'ai vécu soixante ans sans connaître l'existence de cet homme, alors pourquoi voudriez-vous que, tout à coup, je m'en préoccupe ?

J'approche ma chaise de la sienne et reprends ses mains fripées dans les miennes.

— Vous savez, Inge, quand mon père est mort, ma mère a progressivement sombré dans la folie. Elle alternait des phases profondes de dépression avec des périodes éphémères de lucidité. Peu après une énième hospitalisation, elle a ramassé dans la maison tout ce qui se rapportait à papa, photos, vêtements, objets… Elle a tout mis dans des cartons, qu'elle est allée porter à la déchetterie. Depuis ce jour, les seuls souvenirs que j'ai de lui sont les rares que ma mémoire de petite fille n'a pas effacés. Je n'ai pas besoin des rapports de tous ces psychologues pour savoir que mes errances et mes excès trouvent leur origine dans ce manque que je n'ai jamais pu combler, parce qu'on m'en a ôté l'occasion. Alors, qu'on ait quinze ou soixante ans, il me semble que lorsqu'on a l'opportunité de savoir d'où on vient, il ne faut pas la rejeter. Parce que quel que soit l'avenir qu'il nous reste, il faut l'aborder avec un maximum de repères.

Dans la semi-obscurité, je vois de nouvelles larmes lui couler sur le visage. Avec une voix de petite fille, elle me demande :

— Mais comment pourrais-je obtenir ces renseignements, Patricia ? Helmut a déjà essayé de son côté, et nous disposons de si peu d'éléments. Cette carte postale datée de 1946, et c'est tout.

J'affiche un sourire confiant et désigne son téléphone portable.

— Je peux ?

Elle acquiesce.

Je compose un numéro de mémoire. Trois sonneries, et Paul décroche.

— Salut beau gosse, c'est Patricia… Oui, je vais bien, merci… Écoute, je n'ai pas le temps de trop te parler, mais promis, je te donne des nouvelles bientôt. Là, j'ai besoin de ton savoir-faire, mon Paulo, et de ton réseau… Tu es toujours en contact avec ton pote au ministère de la Défense ?… Super ! Prends de quoi noter, s'il te plaît…

CHAPITRE 39

Forêt-Noire, 2006

Les trois jours qui suivent se déroulent dans une atmosphère paisible.

Nous nous baladons en forêt, cueillons des myrtilles, et sous les instructions d'Inge, je réalise mon premier pot de confiture – une gelée trop sucrée et trop épaisse. Le midi, nous allons boire le café chez la propriétaire, nous y parlons récoltes, élevage et météo. Nous avons trouvé un jeu de cartes dans le gîte, et y jouons en soirée.

La bouteille de schnaps, toujours pucelle, trône au bout de la table, comme un totem.

Nos discussions sont superficielles, et cela nous convient parfaitement.

Pas une fois nous n'évoquons nos situations respectives. Mes notes et mon dictaphone restent dans ma sacoche. De son côté, Inge a remisé les documents de son frère dans son dossier, lui-même rangé dans sa chambre. Les règles se sont fixées tacitement : nous ne parlerons pas de nos vies tant que nous n'aurons pas de nouvelles de Paul.

Ce dernier nous rejoint quatre jours plus tard. Je le vois déplier sa grande carcasse pour sortir de sa Mercedes, et ne peux m'empêcher de me demander comment il fait pour être élégant en toutes circonstances. Il vient de rouler plus de sept heures d'affilée, mais ses vêtements semblent sortir du pressing, et sa voiture d'un *car wash*.

Je vais à sa rencontre, tandis qu'Inge attend, inquiète, sur le perron. Je le serre contre moi, à sa grande surprise. Les effusions n'ont jamais été dans nos habitudes, alors il me tape maladroitement dans le dos pour me rendre la pareille.

La tête enfouie dans son pull, je murmure :

— C'est bon de te voir, beau gosse. Vraiment.

Je l'accompagne dans le gîte. C'est tout juste si, devant Inge, il ne se fend pas d'un baisemain. Elle semble conquise, et son anxiété laisse la place à un franc sourire.

Nous prenons le temps d'un repas rustique, agrémenté d'anecdotes croustillantes dont mon collègue a le secret. Nous passons ensuite sur la terrasse pour prendre le café et profiter de cette nuit douce et étoilée. Paul et moi avons enfilé nos manteaux, Inge a passé un châle épais.

Puis tout naturellement, mon collègue sort un carnet à la couverture en cuir défraîchi. Sans ciller, il plonge son regard dans celui d'Inge et annonce sur un ton presque badin :

— Chère Inge, grâce à mes contacts au ministère de la Défense, j'ai réussi à obtenir les renseignements demandés. Il m'a fallu appeler un ancien fonctionnaire à la retraite, lequel avait commencé sa carrière au ministère des Expulsés, des Réfugiés et des Blessés de guerre, ministère qui n'existe pourtant plus depuis quarante ans. Mais passons. J'ai ici quelques renseignements sur ce Miroslav Horak, votre père biologique, si j'ai bien compris ce que Patricia m'a expliqué.

Inge serre les coins de son châle contre sa poitrine.

— J'avoue ne pas savoir par où commencer, hésite mon collègue. Car il a eu une vie assez… étonnante !

Ce que son côté cabotin peut parfois m'exaspérer ! Pour tout dire, au moment présent, je le trouve franchement de mauvais goût. Ma pauvre Inge est sur le point de défaillir.

— Commence par le début, ça sera déjà pas mal…

Il se gratte la tête, les yeux rivés sur ses notes.

— Hum, c'est un peu plus compliqué que ça, Patricia. Je crois que je vais plutôt commencer par la fin.

Il se penche vers Inge et, très doucement, lui prend les mains.

— Inge, nous savons ce qu'a fait votre père après la guerre. Et vous savez quoi ? Il est toujours vivant…

CHAPITRE 40

Priesten, Bohême, Tchécoslovaquie, 1945

Assis sur les marches du perron, Miroslav offre son visage au soleil d'hiver. La luminosité froide lui fait plisser les yeux, presque autant que la fumée de sa cigarette.

Enfant, une constitution chétive l'avait dissuadé d'essayer de commencer à fumer en même temps que ses camarades. Au lycée puis à l'université, il s'était imposé de ne jamais toucher ni au tabac ni à l'alcool, contrairement à ses condisciples qui découvraient, en même temps que la liberté de leurs dix-huit ans, l'ivresse et les amours étudiantes. Il avait toujours cultivé sa différence, aiguisé son esprit critique et érigé la méfiance en principe de vie.

Sans doute en paie-t-il les conséquences aujourd'hui, mais il ne le regrette pas. Il n'a cédé à aucune sirène, de quelque camp que ce soit. Allemands de souche ou expatriés, nationaux-socialistes ou communistes, Tchécoslovaques revanchards ou modérés, Russes ou Américains… aucun ne possède la vérité.

Même ses papiers d'identité lui mentent. À ses yeux, la nationalité ne veut rien dire. Rien de plus dérisoire que l'appartenance aveugle à des frontières dont l'Histoire a prouvé qu'elles ne sont pas immuables. À quoi bon s'étriper pour un morceau de terre dont les contours seront redessinés à l'armistice suivant ? Miroslav sait que les vainqueurs de la guerre discutent depuis longtemps d'un énième partage du gâteau. Encore une redistribution arbitraire des territoires, au mépris des populations. Une nouvelle décision inique qui portera en elle les germes du prochain conflit et qui nourrira le terreau des nationalismes les plus revanchards.

Aujourd'hui, il est citoyen tchécoslovaque. Mais dans vingt ou trente ans, est-ce que ça voudra encore dire quelque chose ?

Il observe la petite dizaine de prisonniers qui se promènent dans la cour de la mairie, transformée à la hâte en prison de fortune. Ses camarades et lui n'ont pas l'apparence de détenus. Habillés en civil, autorisés à circuler et communiquer librement au sein du bâtiment.

Jusqu'au garde qui les surveille, à peine sorti de l'adolescence, portant un casque trop grand, dont la jugulaire pendouille de façon grotesque. Il tient, serré contre lui, un fusil dont on se demande s'il s'en est servi pour autre chose que tirer les lapins. Un jeune homme anxieux, qui ne cesse de le regarder avec des yeux implorants, quêtant un pardon muet.

Miroslav lui adresse un petit sourire crispé, comme pour le rassurer. Ce jeune homme mal dégrossi a été son élève, il n'y a pas si longtemps.

Une silhouette s'intercale entre le soleil et lui. Une ombre gigantesque dont il reconnaît la voix. Une voix qu'il aimerait entendre hurler en enfer.

— Professeur ?

Le ventre de Miroslav se noue de haine.

La voix grave et rocailleuse se fait implorante.

— Professeur. S'il vous plaît…

— Fous le camp, Georg ! Retourne avec les bouchers de ton espèce, sale monstre !

L'instituteur a toutes les peines à se contenir et à ne pas sauter au cou du colosse défiguré. Comme il aimerait lui finir le visage en lui labourant les chairs avec les ongles ! L'étrangler, crever cette abomination !

Le géant ne bouge pas, les bras ballants, pataud. Il est toujours aussi imposant, mais quelque chose a changé. Son visage n'exprime plus la même arrogance. Ce titan qui transpirait la confiance et le mépris a perdu de sa superbe.

— Je t'ai dit de foutre le camp ! crache Miroslav. Si tes supérieurs ont quelque chose à me demander, qu'ils viennent eux-mêmes me voir. Ou qu'ils m'envoient Tobias ! dit-il en désignant le jeune garde. Même à lui, je veux bien parler. À tout le village, s'il le faut, sauf à toi, pourriture !

Il sait que Georg peut le tuer sur place, à mains nues. Mais ce dernier reste immobile, son œil unique rempli de larmes.

— Professeur, reprend le chef de la milice d'une voix geignarde, je suis prisonnier, moi aussi. Ils m'ont arrêté ce matin et m'ont conduit ici… Je ne comprends pas.

L'instituteur le dévisage. Il pensait que Georg continuerait à asseoir son autorité et à poursuivre ses exactions, mais le voici désormais rendu à la vie civile et prisonnier. Malgré sa colère, il ne peut s'empêcher de demander :

— Pourquoi ? À cause d'Olga, c'est ça ? Cette pauvre fille que tu as brûlée comme une sorcière… Tu n'espérais tout de même pas t'en sortir impuni, non ?

Miroslav aimerait que la déchéance de Georg trouve ses raisons dans ses actes barbares, mais il n'y croit pas. Georg est loin d'être un cas isolé, il sait que de telles exactions sont commises dans tout le pays. En ce moment même, des membres du cabinet d'Edvard Beneš, leur nouveau président, sont en train de pondre une loi qui amnistiera tous ces bourreaux.

Georg s'assied à côté de l'instituteur, qui réprime un mouvement de recul.

— Je les ai entendus parler, quand ils sont venus me chercher. Ils ont dit que mes grands-parents étaient hongrois, et que du coup, ils m'expulseraient, moi aussi !

Miroslav éclate d'un rire méchant. Georg le regarde, interloqué.

— Pourquoi est-ce que vous riez ? Je vais être envoyé en Hongrie, alors que je n'y connais personne. Je n'ai plus de famille là-bas. Je n'y suis même jamais allé !

— Ce qui me fait rire, Georg ? C'est que tu te retrouves dans la même situation que ces pauvres gens que tu as traqués. Tu devrais d'ailleurs t'estimer heureux de ne pas subir le quart des souffrances que tu leur as infligées.

— Mais ce n'est pas pareil, enfin ! Eux, c'étaient des…

— Oui, vas-y, dis-le. Des Allemands, c'est ça ? Et alors, quelle est la différence ?

— Ben… c'étaient nos ennemis. Ils étaient venus prendre nos terres.

— Mais bon Dieu, foutu abruti que tu es ! D'abord on chasse les Allemands, parce que ce sont ceux qui sont arrivés les derniers dans le pays. Puis, une fois qu'on se sera débarrassé de ces parasites, chaque pays en profitera pour faire le ménage en douce, expulsera ceux qui ne sont pas de souche. C'est ce qui se passe avec toi, Georg. Dans le lot de tous les Sudètes qui sont sur les routes en ce moment, on peut bien placer quelques poignées de Hongrois, de Polonais, ou que sais-je encore ? Et même ici, chez nous, on risque de voir bientôt arriver des réfugiés tchécoslovaques, eux-mêmes chassés de Pologne ou de Roumanie. C'est le grand ménage dans toute l'Europe, Georg !

Sa voix se brise, sa colère et son indignation ne suffisent plus à masquer sa tristesse. Il pense à Anna et à ses deux garçons. Il n'ose imaginer les conditions atroces de leur voyage.

À ses côtés, Georg réfléchit à ce que lui a expliqué l'instituteur.

— Vous avez une cigarette ? S'il vous plaît.

Miroslav sort son paquet puis, après une brève hésitation, le lance au colosse.

— Tiens, garde-le. J'ai commencé à fumer il y a deux jours, j'arrête aujourd'hui.

Georg coince une cigarette dans sa bouche tordue, et après avoir tiré quelques profondes bouffées, finit par demander :

— Et vous, professeur, qu'est-ce que vous faites là ? Vous êtes tchécoslovaque pure souche, pourtant.

Miroslav s'est levé. Les mains dans les poches, il joue du bout du pied avec une petite pierre.

— Tu sais très bien ce que je fais ici. J'ai couché avec une Allemande, que j'ai essayé de sauver face à votre colère à tous. Donc si je ne suis pas avec vous, je suis forcément contre vous. Mais je ne crains rien : quatre ou cinq mille couronnes d'amende, un peu de prison. Dans dix jours, au pire, je serai libéré, et je pourrai faire ce que bon me semble.

— Vous allez reprendre l'école ? Continuer comme avant ?

Miroslav arrête de jouer avec son caillou et se plante face au mur d'enceinte. Il regarde le ciel, au-delà des murs et des frontières.

— Rien ne sera comme avant, murmure-t-il. Comment pourrais-je continuer à vivre ici, alors que plus rien ne m'y retient, sauf des souvenirs qui me tueraient à petit feu ?

— Et... Anna ? hasarde Georg. Vous ne voulez pas essayer de la rejoindre ?

— Comment je saurais ce qu'elle est devenue ? Et même si par miracle je retrouvais sa trace, j'aurais trop peur d'apprendre de terribles nouvelles. À tout prendre, je préfère m'imaginer qu'elle est vivante et qu'elle a refait sa vie avec ses garçons.

— Alors, si ce n'est pas pour retrouver Anna, vous voulez partir où ?

L'instituteur se retourne, un étrange sourire aux lèvres.

— En zone française.

— Pourquoi si loin ? Vous connaissez quelqu'un, là-bas ?

— Non, personne. Mais j'ai appris que le gouvernement français a accepté que des réfugiés allemands viennent s'y installer. Alors je vais y aller, moi aussi, je ne me sentirai pas dépaysé.

— Attendez, c'est absurde. Vous êtes tchèque, professeur, pas sudète ni prisonnier allemand. Vous êtes libre d'aller où vous voulez, alors pourquoi là-bas ?

— Pour me rendre utile ? Après tout, je parle allemand, tchèque et un peu d'anglais. Je suis sûr que mes compétences seront précieuses.

Après un énième silence, Georg demande timidement :

— Vous faites ça pour Anna, n'est-ce pas ? En allant aider les réfugiés allemands, vous tentez de vous racheter parce que vous n'avez pas pu l'aider, elle.

Sa remarque cueille Miroslav comme un crochet au foie.

Il fait demi-tour et se dirige vers la mairie. Georg veut le retenir :

— Attendez, professeur. Je ne voulais pas vous blesser. Je voulais juste…

Miroslav pivote. Son visage est fermé, livide.

— Tu penses ce que tu veux, espèce de monstre défiguré ! Une chose est sûre, dans deux semaines, je serai libre. Toi, dans le meilleur des cas, tu croupiras dans la rue ! Je te souhaite le pire qui puisse t'arriver, Georg ! De crever la gueule ouverte sur un trottoir de Budapest ! Contrairement à toi, j'ai toute la vie devant moi !

CHAPITRE 41

2006

Cette fois, c'est moi qui conduis. Les rôles ont changé. Je suis la béquille, Inge la patiente prostrée contre la vitre de sa vieille Škoda.

La veille au soir, après que Paul lui a appris que son vrai père, ce Tchèque dont elle n'avait jamais entendu parler, était toujours vivant, elle a demandé des précisions à mon collègue, qui les lui a données avec une bienveillance dont je l'ai rarement vu faire preuve. D'après les documents d'archives mis au jour, Miroslav Horak a été jugé pour accointances avec l'occupant allemand. En l'occurrence, les accointances consistaient surtout à avoir couché avec la mère d'Inge.

Après un passage par la zone occupée française, il a été envoyé dans un camp près de la ville de Saint-Étienne. À la fermeture de ce camp, on perd momentanément sa trace. Mais elle réapparaît quelques années plus tard, sous la forme d'une demande de naturalisation française, effectuée à la préfecture stéphanoise. C'est grâce à ce document qu'on a appris qu'après sa libération, il a désiré rester en France, où il a travaillé comme ouvrier agricole dans les fermes de la région, avant de trouver un emploi de bibliothécaire dans une petite ville du département. D'après les actes de l'état civil français, il ne s'est marié qu'au début des années 1950, et n'a reconnu aucun enfant.

Là où les contacts de Paul ont fait fort, c'est que voyant que l'état civil n'indiquait aucune date ni aucun lieu de décès, ils ont mis un point d'honneur à le retrouver. L'ex-instituteur allant sur ses quatre-vingt-dix ans, ils ont accentué leurs recherches dans les maisons de retraite et les hospices de la région. Recherches fructueuses : Miroslav Horak achève actuellement son existence dans un centre médicalisé du côté de Lyon.

Après avoir appris toutes ces nouvelles, Inge s'est levée, a ramassé nos tasses et est partie se coucher.

Paul a dormi sur le canapé, et j'ai regagné ma chambre. J'ai fait le tri dans le courrier qu'il est passé prendre à mon appartement. Factures et publicités se succèdent, je ne les ouvre même pas. Plus deux courriers de l'hôpital. Ils attendront encore un peu pour que je paie leurs analyses pourries.

Même topo avec la messagerie de mon téléphone portable. Paul m'a rapporté un cordon, et j'ai pu le recharger pendant la soirée. Les rares messages qu'on m'a laissés sont d'une froideur quelconque : le journal, le secrétariat du gynéco, le journal, et encore le journal.

Et puis une voix féminine, gentille et précautionneuse. Une voix d'une grande douceur, qui m'annonce qu'il faut que je me rende d'urgence à l'hospice de maman. Que c'est la fin, qu'elle est en train de partir, et qu'il faudrait que je sois là pour ses derniers instants.

Le téléphone glisse sur les draps. Assise au bout du lit, je me contemple dans le miroir de la penderie. C'est pourtant vrai, maman est morte. Maman est morte, et l'anonymat de ces courriers, la froideur de mes messages me rappellent soudain que je suis seule. Seule depuis toujours. Que mes deux uniques amis sont avec moi dans ce gîte perdu de la Forêt-Noire.

Au petit matin, alors que Paul et moi sommes attablés pour notre premier café de la journée, Inge nous rejoint, habillée, coiffée, maquillée.

— Je pars en France, nous annonce-t-elle. J'ai réfléchi toute la nuit à ce que vous m'avez appris hier, Paul. Cet homme est peut-être un inconnu, mais puisqu'il m'est donné l'occasion unique de le rencontrer, je ne peux pas l'ignorer.

Elle se sert un café qu'elle boit debout.

— J'ai vécu toute ma vie dans le souvenir d'un fantôme que je n'ai jamais connu. Quant à celui qui m'a élevée, mon père adoptif, il est mort depuis plus de quinze ans. Je ne me suis jamais mariée, le seul amour de ma vie a été assassiné alors que je n'étais encore qu'une jeune fille, et je n'ai pas eu d'enfants.

Elle repose sa tasse, Paul et moi retenons notre souffle.

— Et là, venu d'on ne sait où, me tombe sur le dos un père qui, comble de l'ironie, est toujours vivant. Tous les hommes qui auraient dû compter dans ma vie sont morts avant d'avoir pu m'aimer comme il aurait fallu. Je me suis résignée à ne jamais connaître les caresses d'un mari, la fierté dans le regard d'un père ou le rire d'un fils. Et alors que j'aborde le crépuscule de ma vie, j'apprends qu'un vieillard qui a engrossé ma mère il y a soixante et un ans, est en train de finir ses jours dans le sud de la France. Vous appelez ça comment, vous ?

Nous restons muets.

— Il faut que j'en aie le cœur net. Que je voie cet homme qui a traversé le siècle, là où les autres n'ont fait que l'effleurer. Simplement le voir. Une seule et unique fois. Sans lui dire qui je suis. Juste mettre un visage sur une chimère, sur ce qui aurait pu être…

Elle s'interrompt, sort un mouchoir de sa veste et se tamponne les yeux, sans ostentation.

— Avant de partir, je vais régler notre logeuse. Prenez le temps pour vous préparer, je…

— Je viens avec vous !

Je n'ai rien calculé. Je me suis levée pour la retenir, avant qu'elle tourne les talons. Elle ne peut pas partir. Pas maintenant. Pas toute seule.

Elle hausse les sourcils.

— Pardon ?

— Je viens avec vous. Je veux vous accompagner, Inge. Vous… vous m'avez tellement aidée et soutenue ces dernières semaines. Sans vous, je serais en train de crever dans un hôpital sordide. Laissez-moi vous rendre la pareille. Laissez-moi venir avec vous en France, vous aider dans cette épreuve. Paul, tu es d'accord ?

Il acquiesce.

— Vous êtes sûre, Patricia ? hésite Inge. Ça n'est l'affaire que de deux ou trois jours, je serai de retour avant la fin de la semaine. Et je ne veux surtout pas que vous vous sentiez redevable de quoi que ce soit.

J'ai déjà ramassé mes affaires dans le salon et me suis dépêchée de regagner ma chambre. Je fourre à la hâte mes vêtements dans ma valise avant de revenir dans le salon, le souffle court.

— Si cela peut vous rassurer, je ne me sens redevable de rien du tout. Simplement, je ne suis pas certaine que ce ne soit l'affaire que de deux ou trois jours, comme vous dites. Se découvrir un père, ça laisse des traces.

Le GPS indiquait cinq heures de route. J'ai tenu à conduire, afin qu'Inge puisse se perdre dans ses pensées. Je respecte son mutisme. Qui sait comment je réagirais, à sa place ?

Nous arrivons en milieu d'après-midi. Un panneau indique l'entrée de la commune, Genas, en proche banlieue lyonnaise. L'hospice se situe en centre-ville, dans un quartier résidentiel. Nous nous garons à l'extérieur des grilles.

« Les Soleillades » – c'est le nom du centre – est semblable à tous les autres, quel que soit le côté de la frontière. De grands bâtiments clairs, entourés d'un parc aéré, égayé par quelques massifs de fleurs rouges. Des arbres dispensent des zones d'ombre que traversent des résidents à petits pas furtifs ou poussés dans des fauteuils roulants.

Malgré le soleil généreux de cette fin de journée, je grelotte et croise les bras sur ma poitrine.

Je ne pensais pas que j'aurais à me rendre si tôt dans un tel établissement après la mort de maman.

Inge me regarde, hésitante. Je me force à sourire et nous remontons l'allée centrale.

Une secrétaire boulotte nous accueille avec un grand sourire et un français mâtiné d'un accent traînant.

Inge et moi nous dévisageons, puis éclatons de rire. Un fou rire nerveux, qui nous prend au dépourvu et laisse notre interlocutrice ébahie.

La rapidité avec laquelle les événements se sont succédé a occulté un aspect du problème : nous sommes en France, et aucune d'entre nous ne s'est assurée que l'autre parlait cette langue.

Après avoir repris notre souffle sous le regard irrité de la petite brune, je demande à Inge :

— Vous ne parlez pas français, j'imagine ?

— Pas le moindre mot ! À l'école, c'était russe obligatoire. Et vous ?

— J'ai de vagues rudiments. Mais je parle anglais. Je suis sûre qu'on va se faire comprendre.

Je me tourne vers la secrétaire en blouse rose, et dans un mélange plus qu'approximatif d'anglais et de français, commence par lui présenter nos excuses, puis lui expose l'objet de notre visite : nous sommes venues rendre visite à l'un de leurs résidents, Miroslav Horak.

Ses yeux s'écarquillent. Elle croise les bras et me pose une longue question que je dois lui demander de répéter.

— Qu'est-ce qu'elle vous a dit ? demande Inge, soudain anxieuse.

Je fais signe à la demoiselle de nous attendre quelques instants, puis emmène Inge à l'écart.

— Elle est très étonnée, car votre... Miroslav n'a plus de visite de quiconque depuis longtemps. Elle m'a demandé d'où nous venions et si nous étions de la famille. Qu'est-ce que je lui dis ?

— On a besoin d'un justificatif pour rendre visite à un de leurs résidents ? C'est une maison de retraite ou une prison ?

Par-dessus l'épaule d'Inge, j'observe la secrétaire qui nous dévisage, circonspecte.

— Je ne sais pas... Si Miroslav n'a jamais de visites, et vu son grand âge, on peut comprendre qu'elle soit étonnée, d'autant que nous ne parlons pas français... Alors, je réponds quoi ?

Inge réfléchit à peine avant de trancher :

— Je n'aime pas ces questions. Vous n'avez qu'à lui dire, je ne sais pas moi, que nous sommes de la famille éloignée. N'est-ce pas le cas, d'ailleurs ? Tellement éloignée que je n'ai jamais entendu parler de lui en soixante ans... Brodez quelque chose. C'est vous, l'écrivain !

Je pèse le pour et le contre, puis retourne m'accouder au comptoir de l'accueil.

Les négociations durent quelques minutes. La secrétaire prend son téléphone et parlemente à son tour, puis me fait comprendre qu'il faut que nous attendions quelques instants.

Après plusieurs minutes à poireauter dans le hall lumineux, nous voyons un homme sortir d'un couloir et s'approcher de nous. Il est grand, porte des petites lunettes rondes et des cheveux ras, et s'exprime dans un anglais académique, mais sans hésitation.

— Bonjour, mesdames, je suis le Dr Chastelière, le directeur de cet établissement. Avant de vous conduire à la chambre de M. Horak, j'aimerais m'entretenir avec vous quelques instants. Vous voulez bien me suivre ?

Nous le suivons jusqu'à un bureau sans âme. Après nous avoir fait asseoir, le docteur rejoint son fauteuil directorial et attaque sans préambule.

— Si j'ai demandé à vous rencontrer avant, c'est parce que M. Horak n'a pas eu une seule visite en près de dix ans. Vous comprendrez donc notre surprise quand vous vous êtes présentées à l'accueil.

Je ne peux masquer ma surprise.

— Dix ans ?

Le Dr Chastelière croise les doigts et les porte à son menton.

— M. Horak est entré, à sa demande, dans notre établissement il y a une dizaine d'années en effet. D'ailleurs, je n'en étais pas encore le directeur. C'était une volonté de sa part, conscient qu'à quatre-vingts ans, il était trop diminué pour vivre seul à son domicile. Et puis vous voyez, il a fait preuve d'une longévité remarquable, qui en fait un de nos plus vieux résidents.

Je m'apprête à traduire à Inge, mais cette dernière me fait signe qu'elle a compris l'essentiel des explications.

— Et donc, je relance, aucune visite ces dernières années ?

Le toubib me fixe à travers ses petites lunettes, avec l'assurance de ceux à qui on ne refuse pas grand-chose.

— Je ne suis pas tenu de vous livrer ces informations, finit-il par répondre. Mais elles ne portent pas à conséquence, et j'avoue que votre présence à toutes les deux l'emporte sur la confidentialité administrative.

Il desserre les doigts et ouvre le dossier cartonné qui n'attendait que nous sur son bureau.

— Miroslav Horak, né en Autriche-Hongrie en 1916. Prisonnier de guerre envoyé en France après la Deuxième

Guerre mondiale. Libéré un an plus tard, il s'est installé dans la région, qu'il n'a semble-t-il jamais quittée. Marié en 1951 à Lucette Bonnefoy, une Française qui décédera en 1975. Ils n'ont pas eu d'enfants, et M. Horak ne s'est jamais remarié. Comme il n'a ni famille ni héritiers, les seules personnes qui auraient pu lui rendre visite sont d'éventuels amis, mais à l'âge canonique qui est le sien, il y a fort à penser qu'il les a enterrés avant. Les frais d'admission dans notre établissement sont couverts par l'assurance santé et la mutuelle de M. Horak, placé sous tutelle par décision du tribunal administratif.

Il referme le dossier dans un claquement qui nous fait sursauter.

— Vous savez ce qu'il y a à savoir, mesdames. Aussi, je vous repose ma question : qui êtes-vous et pourquoi voulez-vous voir M. Horak après une décennie de solitude ?

Inge et moi nous dévisageons. Elle m'interroge du regard, mais je ne peux lui répondre. La décision, seule, lui appartient.

Alors, dans un anglais traînant, elle répond :

— Miroslav Horak est mon père.

CHAPITRE 42

Région lyonnaise, 2006

Avec mon aide, Inge explique la situation au médecin, sans rien omettre : sa naissance sur les routes de l'exode, son arrivée en Allemagne, le décès de sa mère, sa famille adoptive. Jusqu'aux révélations de son frère aîné quelques jours plus tôt, et la découverte de ce père biologique jusqu'alors inconnu.

Le directeur nous écoute sans nous interrompre. On le devine captivé, mais il garde sa réserve professionnelle.

Quand Inge a terminé, il ôte ses lunettes qu'il essuie méticuleusement, le temps de s'accorder une dernière réflexion.

— Tout ceci est fascinant, finit-il par répondre. Oui, vraiment, fascinant est le mot. Néanmoins, et même si je suis enclin à vous croire, nous allons nous heurter à de sérieuses difficultés juridiques.

— Des difficultés ?

— Eh bien, oui. D'un point de vue administratif et juridique, rien ne prouve que madame soit bien la fille de M. Horak. Ce dernier, si j'en crois ce que vous m'avez raconté, n'a jamais su que sa maîtresse était enceinte au moment de leur séparation à la fin de la guerre. Il n'a donc pu reconnaître l'enfant, et il n'en existera aucune trace sur aucun état civil. La seule solution serait de pratiquer un test génétique pour une reconnaissance en paternité.

Pour être sûre qu'elle comprenne parfaitement, je traduis les explications du docteur à Inge. Cette dernière s'emporte aussitôt, et la colère fait gronder les R de son anglais balbutiant.

— Mais je me fous d'une quelconque reconnaissance ! Vous croyez quoi ? Que je suis venue réclamer un héritage ? Je n'en ai rien à faire, docteur ! J'ai vécu plus de soixante ans sans avoir jamais entendu parler de cet homme, ce n'est pas maintenant que je vais quémander quoi que ce soit. Gardez vos tests, je veux juste le voir, ne serait-ce qu'une fois. J'en ai quand même le droit, non ?

Pour toute réponse, le Dr Chastelière déplie sa grande carcasse et nous ouvre la porte de son bureau.

— Suivez-moi.

Nous traversons de nombreux couloirs jusqu'à une annexe du bâtiment principal. Les murs clairs et les odeurs typiques précèdent les explications du directeur.

— Nous sommes dans l'aile médicalisée de l'établissement.

Je m'abstiens de lui demander s'ils possèdent aussi une chapelle, et nous nous arrêtons devant la porte d'une chambre. Le directeur se tourne alors vers Inge.

— Avant d'entrer, je dois vous prévenir, madame. M. Horak, votre… père… Il a quatre-vingt-dix ans. Il n'est plus en état de parler ou d'entendre. Il… il est mourant, et ne se rendra même pas compte de votre présence.

Ma paupière tressaille. C'est à croire que la nouvelle m'affecte plus qu'elle ne perturbe Inge, qui bouscule presque le directeur pour ouvrir la porte.

— Il y a deux jours encore, j'ignorais que cet homme existait. Alors que je ne puisse parler avec lui, que croyez-vous que ça me fasse ?

Je reste plantée, incapable de bouger. J'adresse un rictus à Inge.

— Je… je préfère ne pas entrer. J'aurais peur de ne pas être à ma place. Allez-y seule, si vous voulez bien. Je vous attendrai sur le parking, d'accord ?

Son visage se ferme et je crois distinguer, derrière ses lunettes, une fugace lueur de mépris. Puis elle retrouve son impassibilité habituelle, hausse les épaules et se retourne sur un laconique :

— Comme vous voulez.

Elle emboîte le pas du médecin et je fais volte-face, me retenant pour ne pas courir en direction de la sortie.

Arrivée sur le parking, je retrouve un semblant d'oxygène, cligne des yeux et rejoins la voiture d'Inge.

Je m'y assois, ferme les paupières et inspire profondément. Des bouffées de chaleur m'assaillent. Je n'ai jamais supporté le soleil.

La déception que j'ai lue dans le regard d'Inge au moment de rebrousser chemin ne me taraude pas plus que ça. Elle s'en remettra. Elle n'aura qu'à mettre ma lâcheté sur le compte de la mort de maman.

Maman…

En dépit du bordel qui règne dans ma vie, j'aime que les choses soient réglées, classées, archivées. Comme j'ai un peu de temps devant moi, je veux me mettre à jour, trop de choses en attente depuis mes hospitalisations. Je vais d'abord appeler le journal, voir avec le directeur de rédaction à quelle date je pourrai revenir. Puis le cabinet du notaire, savoir ce qu'il en est de la succession de maman. Baliser ainsi mon retour me permettra de ne pas angoisser à l'idée de repartir.

J'étouffe un juron. Dans la précipitation du départ, je n'ai pas pensé à souscrire un forfait international, et mon mobile reste silencieux.

Je jette mon téléphone sur le siège passager, m'éponge le front, puis je m'occupe du courrier apporté par Paul. Je découvre des factures, des relances, puis j'ouvre une enveloppe provenant du cabinet de mon obstétricien.

Un éblouissement me saisit. Des souvenirs confus me reviennent : les appels du cabinet du gynéco… Mais dans ce cas, pourquoi n'avoir rien recherché à la clinique de désintox, avec tous leurs putains d'examens ? Parce que je suis une vieille alcoolo, c'est ça, et qu'il ne leur viendrait pas à l'idée que…

La chaleur devient étouffante, je vais tourner de l'œil.

Au bord du malaise, j'aperçois Inge qui sort du bâtiment. J'arrive à m'extraire du véhicule, je lisse mes vêtements et essaie de me donner une contenance.

Elle n'est plus qu'à quelques mètres, mais mes yeux sont embrouillés par la sueur, et je n'arrive pas à distinguer son visage.

Elle arrive sur le parking et je lui adresse un sourire. J'aimerais lui demander comment s'est déroulée la rencontre, mais j'ai juste le temps de me retourner pour vomir sur le bitume.

CHAPITRE 43

Région lyonnaise, 2006

— Vous êtes enceinte de combien de mois ?

Je prends le temps de souffler sur ma tasse de café. La perspicacité d'Inge est décidément redoutable.

— Si j'en crois le courrier du labo, bientôt trois.

— Vous devez être contente, non ? N'est-ce pas ce que vous espériez depuis si longtemps ?

Au temps pour sa perspicacité. À ce moment précis, je suis envahie par une multitude de sentiments, mais la joie n'y figure pas. Cela dit, comment pourrait-elle interpréter ce qui, au mieux, s'apparente à de l'indifférence de ma part ?

Des années que je multiplie les interventions pour féconder mon corps trop aride. Autant d'énergie, de fric et de larmes pour irriguer une machine stérile. Et alors que j'avais enfin renoncé à cette perspective, me voici enceinte, contre toute attente.

Le Dr Schelling avait raison, c'est dans ma tête que ça s'est joué. La capitulation a débloqué ma matrice.

— Vous ne répondez rien, relance Inge. Cette perspective vous fait peur ?

Je regarde autour de nous, la déco vieillotte du troquet dans lequel nous sommes entrées après que je me suis vidée sur le parking de l'hospice.

Le café a un vieux goût de bile froide, mais je le finis dans une grimace.

— Je ne pense pas que ce soit de la peur. Mais de l'inconscience, certainement. Je ne connais pas le père, et serais infoutue de le retrouver parmi tous les inconnus qui se sont succédé entre mes cuisses. Je me suis soûlée à mort sans savoir que je portais la vie, au point que le fœtus doit déjà voir des chauves-souris dans mon utérus. Je suis psychologiquement instable, alcoolique et en détresse affective. Donc non, Inge, je n'ai pas peur. C'est juste du grand n'importe quoi.

— Alors vous allez encore fuir.

— Pardon ?

Elle m'a répondu avec une telle évidence et un tel mépris que j'en reste interloquée.

— N'est-ce pas ce que vous faites en permanence, Patricia ? Fuir, encore et toujours ? Échapper à vos responsabilités ? Refuser d'affronter les vérités ? Vous complaire dans vos mensonges et vos expédients ?

— Mais enfin, Inge, qu'est-ce qui vous prend ?

Une douleur sourde me contracte l'estomac. De l'autre côté de la table en Formica, Inge se frotte les yeux. Mais elle ne semble pas décidée à jouer la carte de l'apaisement. Pire, elle enfonce le clou, avec une jubilation presque libératoire.

— Si on y réfléchit bien, de ce que vous m'en avez raconté, vous avez passé votre vie à trouver des excuses à vos excès ; votre mère dépressive et malade, votre prétendue stérilité, vos problèmes avec l'alcool, que sais-je encore ? Tenez, même entre nous, le nombre de fois où vous m'avez posé un lapin ou êtes partie en trombe de chez moi sans raison. La fuite, Patricia, la fuite, encore et toujours… et les mensonges, en permanence. Vous mentez à votre entourage, et pire, vous vous mentez à vous-même.

Je commence à voir trouble. Je m'imagine me lever, l'attraper par son chignon et lui fracasser la tête sur la table pour la faire taire.

— Taisez-vous, réponds-je d'une voix blanche. Taisez-vous tout de suite.

— Oh que non, ma petite ! Il est temps, au contraire, que vous et moi ayons enfin cette discussion. Parce que j'en ai assez de jouer les mères de substitution pour une quadragénaire inconsciente et dissimulatrice.

Autour de nous, des visages curieux, interpellés par notre discussion dans une langue étrangère, nous observent.

— Vous voyez, poursuit Inge sur sa lancée, je viens juste de rencontrer mon père. À soixante ans passés, je découvre que mon frère m'a menti tout ce temps, que ma mère, dont je me souviens à peine, a été engrossée par un type dont je n'avais jamais entendu parler, et qui achève son existence comme un légume dans un mouroir français. Reconnaissez que je pourrais légitimement me sentir bouleversée, non ? Eh bien malgré cela, nous voilà, une fois de plus, en train de parler de vous. De vous, et encore et toujours de vous, comme si tout ne tournait qu'autour de votre petit nombril. Vous savez quoi, Patricia ? Jusqu'ici, j'ai été patiente, je suis entrée dans votre petit jeu, je vous ai accompagnée, réconfortée, soutenue, alors que depuis le début, vous me mentez.

Ma voix n'est plus qu'un souffle.

— Je vous ai menti ?

Elle lève les mains, au comble de l'exaspération.

— Depuis la première minute, Patricia ! Depuis que vous m'avez donné votre carte de visite, en prétextant écrire votre prétendu article sur les Allemands ayant effectué l'aller-retour Est-Ouest. Vous pensez vraiment que j'y ai cru une seule seconde ? Patricia, suis-je bête à ce point ?

— Mais…

— Non. Plus de mais. Plus d'excuses ou de mensonges. Plus maintenant.

Elle fouille dans son sac à main, sort un billet qu'elle laisse sur la table et se lève, prête à m'abandonner dans ce café minable, au milieu d'inconnus.

Je lui agrippe le poignet, la retiens comme une enfant apeurée.

— Inge, s'il vous plaît…

Son regard exprime toute la fatigue et la dureté du monde. Je capitule.

— Je vais tout vous expliquer.

Elle se rassied, croise les mains et attend ma confession.

— Jusqu'à il y a quelques jours, je pensais que vous aviez tué mon père.

CHAPITRE 44

Cologne, 5 septembre 1977

L'assaut a été d'une brutalité inouïe. Le fracas des impacts, l'atrocité des balles qui déchirent les chairs.

Il y a d'abord eu ce landau, jeté sur la chaussée au passage de la Mercedes bleue d'Hanns Martin Schleyer, le chef du patronat allemand. Son chauffeur n'a eu que le temps de piler, mais la voiture qui les escorte, dans laquelle se trouvent deux policiers et le garde du corps de Schleyer, ne peut éviter la collision et les heurte par l'arrière.

Puis c'est une Mercedes jaune qui surgit et leur barre la route. Le temps que les policiers réalisent qu'il s'agit d'un traquenard, la violence se déchaîne. Plus d'une centaine de balles, crachées par des fusils-mitrailleurs, traversent la tôle, les vitres et les corps.

Un minibus déboule alors. Hanns Martin Schleyer, épargné par les rafales, y est embarqué. Son enlèvement obéit à une manœuvre de la Fraction Armée Rouge : négocier la libération de ses membres historiques, toujours emprisonnés.

Mais face à l'intransigeance des autorités, cette stratégie n'aura que des conséquences néfastes. Pendant près d'un mois, les événements tragiques se succéderont en une escalade funeste, jusqu'aux prétendus suicides, dans leurs cellules, d'Andreas Baader, Gudrun Ensslin et Jan-Carl Raspe.

Hanns Martin Schleyer sera finalement abattu de trois balles dans la nuque, et son corps retrouvé dans le coffre d'une voiture, à Mulhouse, en France.

Cinq morts au total, en comptant les deux policiers, le chauffeur et le garde du corps de Schleyer, abattus au moment du kidnapping, dans cette rue de Cologne.

Au moment de mourir, l'un d'entre eux pensera une dernière fois à sa fille, sa petite crevette blonde au sourire édenté, sa plus grande fierté, sa joie, sa raison de vivre. Son ultime souffle sera pour elle.

Sa Patricia.

CHAPITRE 45

Région lyonnaise, 2006

En l'espace d'une confession, le visage d'Inge s'est creusé. Sa peau ne m'a jamais paru aussi parcheminée. Les rides au coin de ses lèvres lui déforment la bouche en un rictus de détresse. À l'extérieur du café, le soleil s'est enfin caché et la température a chuté. Elle frissonne.

— L'enlèvement d'Hanns Martin Schleyer, murmure-t-elle, et le carnage qui l'a accompagné.

Elle lève les yeux vers moi. Son agressivité a disparu, remplacée par des larmes qui affleurent. Implorerait-elle un quelconque pardon ?

— Votre père, Patricia…

— Était l'un des policiers que vous avez abattus le 5 septembre 1977, oui.

Elle se mord la joue.

— Patricia… Je vous ai expliqué que j'étais revenue à l'Est avant ce jour funeste. Que j'avais quitté la RAF, car je ne voulais pas participer à cette escalade de violence.

Me reviennent mes certitudes ébranlées, les archives erronées de la Stasi, et la réhabilitation des faits au fil de nos discussions. C'est vrai, Inge Oelze/Lamprecht avait déjà déserté les rangs de la Fraction Armée Rouge le jour où ses comparses ont abattu mon père comme un animal. Pourtant…

— Qu'est-ce que vous voulez que ça me foute ?

Ni haine ni passion. Je n'en ai plus la force. Elle, elle ne cherche pas à se défendre. Elle attend mon verdict.

Une pulsion me prend alors. L'envie d'un alcool fort, là, maintenant. Si j'en commande un, je sais qu'Inge ne s'y opposera pas. Puis aussitôt après, une nouvelle nausée, que j'ai toutes les peines du monde à endiguer.

J'interpelle le garçon, lui commande un Coca, et attends qu'il me l'apporte pour reprendre :

— Avant, après… au fond, ça n'a aucune importance. Vous n'aviez peut-être pas le doigt sur la détente ce jour-là, et vous étiez peut-être tranquillement dans la chaleur de votre foyer à l'Est, mais c'est votre idéologie de merde qui a amené vos complices à tuer quatre innocents ce jour-là. Des pères de famille, des fils, des maris, de simples fonctionnaires qui ne faisaient que leur travail, et que vous avez sacrifiés comme des chiens. Quand je pense que vous prôniez la défense des travailleurs, mais que vous en avez massacré quatre. Vous avez préféré détruire des familles entières plutôt que de reconnaître la faillite de votre système. Vous êtes coupable, Inge, comme les autres. Comme les Baader, les Meinhof, les Ensslin, les Mohnhaupt. Tous coupables. Dites-moi, vous arrivez à dormir, depuis toutes ces années ? Les pleurs de tous ces orphelins ne vous réveillent pas la nuit ?

J'arrête ma logorrhée et la dévisage. En face de moi, c'est le retour de la Inge indéchiffrable, marmoréenne.

— Vous ne dites rien ?

Je préférerais qu'elle se remette en colère, qu'elle se justifie à coups d'éclats de voix, plutôt que de rester aussi impassible.

— Et qu'est-ce que vous auriez fait, Patricia ? répond-elle finalement. Je veux dire, si j'avais été vraiment présente en ce jour tragique ? Si j'avais fait partie de ce commando, ou même simplement été en train de faire bouillir de l'eau pour le thé dans le local. Dites-moi, Patricia : pourquoi tout ce stratagème ? Pourquoi autant de manigances et de mensonges juste pour me confronter ? Que j'aie quitté les rangs de la RAF avant l'assassinat de votre père n'y changera rien, je n'arriverai pas à vous faire entendre raison. J'aimerais tellement vous convaincre que je n'y étais pour rien, vous présenter des excuses, mais votre colère ne s'éteindra jamais. Et vous savez quoi ? Je la comprends. Moi aussi, quand Christian est mort sous les balles des gardes-frontières j'en ai voulu à tout un pays, à tout un système, à la Terre entière…

Elle marque un temps d'arrêt, puis reprend avec un rire sans joie :

— Dans mes nuits blanches, je me voyais abattre un par un quiconque portait un uniforme de la Bundeswehr. Et pourtant, je vous assure que je n'ai jamais tenu une arme de ma vie. Les seules balles que j'ai tirées n'étaient que de vulgaires tracts sur les marchés.

Elle frissonne et se frotte les bras.

— C'est ça que vous vouliez faire, Patricia ? Me tuer, trente ans après, pour vous venger ?

Je ne sais quoi lui répondre. Je n'en sais foutre rien moi-même. Ce que je voulais avant tout, c'était mettre des noms et des visages sur les assassins de mon père. Juste savoir. Toutes mes dernières années n'ont été consacrées qu'à cette quête. Mais je réalise alors, dans ce café sans âme à des centaines de kilomètres de chez moi, que je ne savais même pas quoi faire *après*.

Inge se lève lentement, enfile sa veste. Elle semble accablée, rattrapée par le poids de l'Histoire.

— Avec tout ça, nous n'avons pas pris la peine d'évoquer mes retrouvailles avec mon propre « père », Patricia. Mais ce serait sans doute déplacé d'en parler maintenant... Je suis épuisée par cette journée, et vous devez l'être également. Prenez soin de vous, ma petite. Plus que jamais désormais. Moi, je retourne à l'hôtel, j'ai besoin d'être seule. Néanmoins, s'il vous prenait l'envie de venir me poignarder cette nuit, envoyez-moi un texto avant, j'entrebâillerai la porte de ma chambre pour vous faciliter la tâche.

Je hausse un sourcil. Elle se fout de ma gueule, en plus ? Elle mériterait que je la prenne au mot.

— Sachez juste que j'ai rendez-vous demain matin, très tôt, avec le Dr Chastelière. Peut-être serait-il opportun que vous m'accompagniez, Patricia. Je crois que ça pourrait nous aider. Vous et moi.

— Je ne comprends pas... Vous voulez que je sois là pour quoi ?

Mais elle a déjà tourné les talons et s'apprête à quitter le café.

— Je viendrai vous chercher demain matin, si vous êtes d'accord. Et pour ce que ça vaut, cela fait bien longtemps que je n'entends plus aucun cri la nuit. Ni ceux de Christian, ni ceux de ma mère ou de mes frères, ni de quiconque. Parce que mes nuits sont sans rêves ni cauchemars. Il n'est pas trop tard pour vous, Patricia. La vie vous attend. Tous les deux.

Deux heures plus tard, je me tiens à la fenêtre de ma chambre, plongée dans l'obscurité. Dehors, la ville est calme, malgré la douce température de ce soir d'été. Sur la table, les reliefs de mon repas et une grande bouteille d'eau.

Je m'arrache à ma contemplation de la ville somnolente et attrape mon sac à main. À l'intérieur, une petite poche dont j'extrais une bourse en taffetas. Je desserre le lien et fais basculer deux bagues dans ma main. Leurs alliances. Je les ai toujours connues au doigt de maman. Ce sont les seuls souvenirs que j'ai voulu garder après sa mort.

Je les passe à mon annulaire droit et tends la main. Elles me vont parfaitement. Papa avait les doigts si fins. Des odeurs de sapin de Noël remontent, se mêlent à des flonflons de kermesse, au goût de la crème à la vanille, à la caresse d'une main sur ma joue quand je fais semblant de dormir.

Ma main se pose, protection instinctive, sur mon ventre.

Papa, maman… Qu'est-ce que j'ai pu vous aimer…

CHAPITRE 46

Région lyonnaise, 2006

C'est un mourant comme maman. Comme ceux dont j'apercevais les silhouettes dans les chambres de son hospice.

Miroslav Horak est comme tous ceux dont la vie ne tient plus qu'à un souffle artificiel. Les joues creusées, la bouche ouverte sur un dentier trop grand qui lui donne un air de rongeur à l'agonie. Des paupières veinées qui jamais ne se rouvriront. Quelques poils de barbe grisâtres disséminés sur une peau jaune et craquelée comme un vieux parchemin.

Le doux ronronnement des machines et des pompes qui lui administrent je ne sais quels médicaments. Depuis combien de temps est-il plongé dans cet état végétatif ? À quoi bon ? Surtout s'il n'a plus de visites depuis des années.

De l'autre côté du lit, Inge l'observe, toujours aussi impassible. À quoi peut-elle bien penser en contemplant cette momie qui fut son père ? Que peut-on bien penser quand, alors que point le crépuscule de sa propre vie, on réalise qu'on a eu trois pères, dont deux qu'on n'a jamais connus ?

Finalement, à nous deux, ça fait une moyenne…

À l'entrée de la chambre, le Dr Chastelière respecte le silence d'Inge, la mine grave. Il n'est pas encore 7 heures, Inge est venue me chercher aux aurores, les visites ne sont pas encore autorisées à cette heure si matinale. Qu'est-ce qu'on fout là, à se recueillir devant cette presque dépouille ?

La voix décidée d'Inge rompt enfin la torpeur de la chambre.

— C'est bon, docteur, allons-y.

— Vous êtes bien certaine ?

— Oui.

Le praticien s'approche d'une des potences et, à l'aide d'une petite clé, ouvre le capot d'une machine. Avec des gestes assurés, il appuie sur plusieurs boutons, referme le coffre de l'appareil, et désigne deux pressoirs qui pendent au bout de leur fil. Puis il se tourne vers moi.

— Je veux être sûr que votre amie comprenne bien ce que je vais vous expliquer, me dit-il en anglais. Veuillez le lui traduire aussi fidèlement que possible, je vous prie.

Je hoche la tête, en proie à une interrogation de plus en plus vive. Inge ne réagit pas.

— Ce bouton-ci délivre les bolus de morphine. Celui-ci de midazolam.

Devant mes sourcils froncés, il précise :

— Un puissant sédatif. J'ai configuré les pompes pour réduire les délais d'administration entre deux doses à deux minutes. Moins, je ne pouvais pas. Donc tout ce que vous avez à faire, c'est appuyer sur ces deux boutons, toutes les deux minutes.

— Combien de temps ça va prendre ? demande Inge, la voix dénuée d'émotion.

— Étant donné l'état de faiblesse avancée de votre père, je dirais quelques heures. Si jamais il faut recharger une des pompes, vous m'appelez moi, et moi seul. Est-ce que tout est clair, madame Oelze ?

— Très clair. Merci, docteur.

— En ce cas, je vous laisse. J'ai donné des instructions pour que vous ne soyez pas dérangées, mais je suis dans mon bureau, au bout du couloir, si vous avez besoin. Ou quand ce sera fini... Bon courage.

Il quitte la chambre sans un regard pour Miroslav. Inge approche deux fauteuils de la potence et s'installe.

Je n'ai pas bougé, comme statufiée. Ce toubib vient tout simplement de nous donner la marche à suivre pour euthanasier Miroslav Horak. À nous. Deux étrangères qu'il n'a jamais vues jusqu'à hier.

— Vous venez vous asseoir, Patricia ?

Tout ce que je trouve à répondre, c'est :

— Mais comment... Il n'a pas le droit...

Inge m'adresse un petit sourire triste. Le premier depuis hier.

— J'ai eu une discussion à cœur ouvert avec lui hier, pendant que vous m'attendiez sur le parking. Je lui ai raconté mon histoire et celle de ma famille. Je pense qu'il m'a crue. Quand je lui ai demandé ce que je pouvais faire, il a haussé les épaules. Sans reconnaissance juridique de notre filiation, je n'ai aucun pouvoir, de quelque ordre que ce soit. L'unique « preuve » que j'aie d'être la fille de cet homme, c'est la seule parole de mon frère.

— Et pourtant, ce médecin vous a crue.

Elle pose le regard sur le corps décharné à ses côtés.

— Je pense, oui... S'est alors posée la question de la suite. Selon lui, Miroslav peut s'éteindre dans son sommeil demain comme dans deux ans. Tant qu'il sera raccordé à ces machines, personne ne peut le prévoir avec certitude. D'autant qu'il n'a jamais laissé de consignes et n'a pas de famille pour prendre la décision. Jusqu'à hier...

La tête me tourne. Je n'ai rien avalé depuis qu'Inge est venue me réveiller ce matin.

— C'est quand même un peu fort, non ? C'est quoi ce toubib de pacotille ? Vous débarquez d'on ne sait où, vous lui sortez une histoire rocambolesque de père biologique inconnu sorti d'un chapeau, et lui, sur votre simple bonne foi, vous autorise à tuer ce pauvre vieux dont vous ne savez rien ? Merde, ce n'est pas un clébard, quand même !

— Patricia, je comprends votre indignation, mais… essayez d'envisager les choses sans passion excessive.

Sans passion excessive ? Elle en a de bonnes, elle ! Pourtant, je lui fais signe de continuer.

— Au vu des rares documents que mon frère a exhumés, tout concorde au niveau des dates et des lieux. Bien sûr, rien ne garantit à cent pour cent la véracité de notre supposée filiation, mais tout est cohérent. Et quand bien même, vous avez entendu le Dr Chastelière comme moi hier : depuis plus de dix ans, ce pauvre homme n'a pas eu la moindre visite. Qui sait depuis combien de mois, d'années peut-être, il est réduit à cet état végétatif, rattaché à la vie par des machines, avec des aides-soignantes qui viennent le nettoyer et lui changer ses couches sans même qu'il en ait conscience ? Vous appelez ça une vie, vous ? Au fond, que ce Miroslav soit vraiment mon père ou non, ne lui rendrions-nous pas service en lui permettant de partir ?

Que répondre ? Des images de ma propre mère, fossilisée dans son mouroir, me percutent. Combien de fois ai-je supplié ses propres médecins d'abréger ses souffrances, de lui administrer la dose fatale, en me heurtant à leur refus ? Pourquoi ne pas accorder à Inge, et à ce pauvre homme, une opportunité qu'on ne m'a jamais offerte ?

— J'ai une dernière question, Inge. Pourquoi m'avoir attendue ? Si le toubib vous a donné son autorisation, vous auriez très bien pu passer à l'acte sans moi. Alors pourquoi vouloir que je sois présente ? Surtout au regard de ce que nous nous sommes avoué hier… Certains pourraient trouver la situation ironique.

Pour la première fois, Inge se penche vers le vieil homme. Doucement, elle prend une de ses mains entre les siennes. Elle ne le quitte pas du regard quand elle me répond :

— Je sais que vous n'avez pas eu l'occasion de dire au revoir à votre propre père, Patricia. Alors vous jugerez peut-être indécent que je vous demande de m'accompagner au moment où je m'apprête à dire adieu au mien. Mais je crois que j'ai besoin d'une amie… Tout simplement…

Je saisis le dossier du deuxième fauteuil et m'y assois. Inge libère une de ses mains et attrape un bouton. D'un geste hésitant, j'effleure les pieds glacés du vieil homme à travers les draps.

Il est temps de penser aux vivants.

CHAPITRE 47

Mer Baltique, juillet 1977

Il ferme le clapet du réservoir et s'étire. Encore deux heures de route et ils seront arrivés. Conduire de nuit ne l'a jamais dérangé. Il aime l'atmosphère un peu glauque des stations-service la nuit, les odeurs d'essence et de café.

Au moment de reprendre le volant, il regarde à l'arrière et sourit. Nicole dort profondément, mais sa canaille de Patricia a les yeux grands ouverts, son vieux doudou crasseux à la bouche. Il ouvre la porte arrière avec précaution et chuchote :

— Et alors, crevette, tu ne dors plus ?

Elle secoue la tête, ensommeillée. Sur un ton de conspirateur, Dieter Sammer désigne sa femme endormie.

— Ça te dirait de me rejoindre à l'avant ? On ne dira rien à maman, hein ? C'est juste nous deux.

La fillette, les yeux brillants, agite la tête. Les restes de sommeil ont vite disparu. Elle ôte sa ceinture et passe sur le siège avant, l'air grave. Son père lui ébouriffe les cheveux.

— En route, moussaillon ! La mer nous attend.

Il sort de la station-service et reprend l'autoroute en glissant une cassette dans l'autoradio. Il ne sait pas conduire sans musique, même le son au minimum, comme maintenant, pour ne pas réveiller sa femme.

Patricia écoute ces drôles de mélodies que son père aime siffler, le dimanche en se rasant.

— Papa ?

— Oui, crevette ?

— Ils chantent en quelle langue, les monsieurs ?

— C'est de l'anglais, tu veux que je te traduise ?

Pendant plus d'une heure, Dieter Sammer raconte à sa fillette, émerveillée, des histoires fabuleuses de sous-marin jaune, d'un pompier avec la photo de la reine dans sa poche, d'un morse assis sur un corn flake, ou d'une fille dans le ciel avec des yeux kaléidoscopiques.

La petite fille écoute, fascinée par cet univers et par ce papa si doué qui parle toutes les langues, même s'il improvise les paroles quand il ne les comprend pas. Rien d'autre ne compte que ce moment magique entre lui et elle. Elle aimerait qu'il dure toujours, comme ces champs de fraises dont parle la chanson.

Ils arrivent en avance, leur location n'est pas encore ouverte, alors ils patientent, face à la mer qui commence à miroiter sous les premiers rayons du soleil.

Patricia observe avec enchantement le jour qui chasse la nuit, la mer qui se teinte de toutes ces nuances. Elle est si excitée, elle sait que ces vacances seront magiques, même si…

— Papa ?

Dieter répond, les yeux fermés :

— Oui ?

— C'est vrai ce que j'ai entendu ? Que maman et toi, vous allez faire un bébé ? Que je vais avoir un petit frère ou une petite sœur ?

Un franc sourire étire maintenant le visage de son père qui demande, les yeux toujours fermés :

— Tu captes vraiment tout, toi, c'est pas croyable ! Et si c'était le cas, ça te gênerait ?

— Oh non ! C'est juste que…

Elle hésite, n'ose pas exprimer ce doute qui la taraude. Dieter rouvre les yeux, étend son long bras et ramène sa fille contre son torse.

— Tu as peur de ne plus être ma chérie d'amour préférée qui sent bon des pieds et des oreilles, c'est ça ?

Elle rit franchement, le nez enfoui dans le gilet de son père, mais en même temps, elle a une boule dans la gorge, elle a peur que ces moments de complicité s'arrêtent, qu'elle doive partager ce papa unique, tellement pas comme les autres, qui la fait trop rire et lui donne envie de pleurer quand il part travailler.

Dehors, des volets claquent. Le propriétaire vient d'ouvrir le gîte, les vacances vont vraiment pouvoir commencer.

Pourtant, Dieter garde sa crevette serrée contre lui. Avec une gravité inhabituelle, il lui glisse à l'oreille :

— Patricia Sammer, tu es la plus belle chose qui soit arrivée dans ma vie. Je te promets que quoi qu'il arrive, que tu aies dix-huit frères et sœurs ou qu'il te pousse un nez de sorcière plein de verrues poilues, tu seras toujours mon enfant adorée. Même quand tu seras une affreuse adolescente qui me verra comme un vieux croûton, je serai là et tu ne pourras pas te passer de moi… Maintenant, réveille ta mère, je n'en peux plus de l'entendre ronfler ! Je vais aller chercher les clés de la maison. Et après, à la flotte, crevette !

Il s'extrait de la voiture après avoir embrassé son bout de femme sur la tête. Tandis qu'il s'éloigne vers la maison, Patricia se blottit dans son siège, sous sa couverture. Elle se sent si bien, tellement en sécurité qu'elle n'a pas envie de bouger. Face à elle, le soleil continue son ascension au-dessus de la mer. Ses rayons remplissent progressivement la voiture, réchauffent et éblouissent la fillette.

C'est décidé, à partir d'aujourd'hui, elle ne grandira plus jamais, et la vie sera comme ce matin, si lumineuse.

UN MOT DE L'AUTEUR

C'est à une discussion familiale durant l'été 2012, non loin de la baie du Mont-Saint-Michel, que *Post Frontière* doit son origine. Mon beau-frère, Dirk, est allemand. Il est né la même année que moi, 1975, et a vécu dans un village d'Allemagne de l'Est, Jävenitz, jusqu'à la chute du Mur et la réunification allemande en 1989.

J'aime l'écouter raconter ses souvenirs du régime est-allemand, lui qui en a connu l'agonie.

Cet été-là, Dirk me raconte la destinée incroyable d'Inge, sa mère. Une destinée personnelle, faite de secrets de famille, de drames et de révélations, qui s'imbriquent à ce point dans les méandres historiques de son pays, que j'en ai le vertige.

Au fil des anecdotes, des souvenirs émus qui s'entrechoquent, un double constat s'impose à moi :

Quand la petite histoire rejoint à ce point la grande, on tient une incroyable source romanesque, de celles qui peuvent faire les grands livres.

Nous, Français, croyons connaître des choses sur l'Allemagne, mais en réalité, ce que nous apprennent les manuels d'Histoire n'est qu'une vision parcellaire, lacunaire et – disons-le – encore teintée de relents de complexes vainqueurs/vaincus des précédents conflits.

Dès lors, une certitude, si évidente qu'elle en devient obsessionnelle, se fait en moi : je dois écrire. Sur Inge. Sur ce pays. Dont les trajectoires, bouleversées par les mouvements de frontières au fil des décennies, font cruellement écho aux drames que connaît encore le monde aujourd'hui.

S'ensuit alors une longue période de processus créatif. Près de trois ans pendant lesquels j'accumule lectures, entretiens, recherche de documentation, et enfin, présentation d'un projet aux éditeurs.

J'ai cette chance qu'une maison d'édition s'y intéresse. Sur la foi de mes intentions et de quelques pages d'essai, elle veut signer ce texte non encore écrit. Seul souci, c'est un éditeur de littérature noire et policière. Et si la dimension sombre de mon projet est évidente, il ne s'agit pas dans mon esprit d'un roman policier, encore moins d'un thriller. Néanmoins, la perspective de signer un contrat d'édition me convainc de modifier mon histoire et d'y rajouter une trame policière à la limite du thriller, qui justifiera sa publication dans sa collection. C'est donc cette première version, assez éloignée de mon intention d'origine, que j'écris, et qui sort en 2016, sous un titre que certains d'entre vous connaissent peut-être déjà : *Rouge Armé*.

Malheureusement, en dépit d'un accueil critique plutôt élogieux, les ventes restent confidentielles. Et bientôt, l'avis d'une autre de mes éditrices qui a lu cette version me taraude. Un avis porteur de promesses, et non de regrets : « C'est un très bon livre. Mais il aurait dû être excellent. »

Cette éditrice, Karine Lanini, devient mon agente en 2019. Elle sait canaliser mon caractère tout feu tout flamme, avec sa propre certitude : il me faut retravailler ce texte, afin d'en faire ce qui aurait dû être sa destinée initiale : un roman de littérature générale porteur d'une histoire comme on en lit rarement, et non un titre hybride, faussement policier.

Ce retravail aura pris plus de deux ans. Gommer la dimension polar, donc, au profit d'un resserrement psychologique entre mes deux personnages, Patricia et Inge, repenser toute la fin du roman, et recentrer la narration autour d'une problématique essentielle : que deviennent nos destinées quand les frontières bougent ?

Si la littérature doit aider à comprendre le monde, alors il fallait que mon histoire, avec toute l'humilité nécessaire, s'efforce d'apporter son caillou à l'édifice.

Et puis s'il est vrai que l'on apprend, à chaque nouveau livre, à écrire toujours mieux, près de huit ans se sont écoulés entre les deux versions, et d'aucuns jugeront à quel point j'ai continué à apprendre depuis tout ce temps...

La réécriture terminée, me restait à trouver la maison d'édition qui donnerait sa chance à cette nouvelle mouture. Qui comprendrait mon ambition et la ferait sienne. Talent Éditions s'est imposée comme une évidence. Des premiers mails enthousiastes envoyés en cours de lecture de manuscrit, jusqu'à leur argumentaire pour me convaincre de travailler avec eux, il n'y eut pas de débat. Il a suffi qu'ils me disent qu'ils voulaient publier mon roman dans la version que je portais en moi depuis le début, et qu'ils mettraient tout en œuvre de leur côté pour soutenir ce texte auquel ils ont cru dès les premières lignes.

Je ne regrette ni ne renie la première version de ce roman : elle m'a mis le pied à l'étrier, quand bien même la monture ne m'était pas totalement adaptée. Car le succès d'un livre tient à différentes rencontres.

La première a été celle avec mon agente, qui m'a accompagné et encouragé durant tout le processus de réécriture. La deuxième est celle avec ma nouvelle maison d'édition, qui m'a confié les clés du camion, avec une liberté de création si rare dans ce milieu. Et la troisième est celle avec le public. Gageons que nous avons mis tous les éléments en place pour qu'elle ait enfin lieu, et que les destinées de Patricia et d'Inge vous touchent, comme elles m'accompagnent depuis plus de dix ans.

Maxime Gillio, 19 juin 2023

REMERCIEMENTS

Inge, Karl und Dirk Lamprecht, liebe Freunde, vielen Dank, dass ihr mir eure Erinnerungen anvertraut habt, dass ihr mir eure Leben und Herzen geöffnet habt. Ich habe sie geplündert, verdreht und verändert und ihr habt mir dennoch vertraut. Meine ewige Dankbarkeit habt ihr gewonnen. Dieses Buch ist das eure.

Herbert, Karine, Sophie, Frédéric, Cyril, Elena, Paul, Delphine, Rachel, Florence, Thierry et Serge : chacun d'entre vous sait ce que je lui dois.

À PROPOS DE L'AUTEUR

Ancien professeur de lettres, Maxime Gillio a décidé depuis une quinzaine d'années de se consacrer exclusivement à l'écriture : romancier aux multiples casquettes, il a publié de nombreux romans dans des genres très différents, du polar à la littérature jeunesse. Il est également directeur de collection du fonds Frédéric Dard dit San-Antonio, sa référence en littérature. Avec *Post Frontière*, un roman beaucoup plus personnel qui s'inspire d'une histoire vraie, il nous entraîne dans une fresque familiale autour de trois femmes ballottées au gré des époques et des méandres de l'Histoire. Un roman aux cruelles résonances contemporaines.

Imprimé en France par CPI
en juillet 2023

Dépôt légal : juillet 2023
N° d'impression : 175381